悄吟文丛

古耜 主编

我去地坛，只为能与他相遇

杨海蒂 著

中国言实出版社

图书在版编目（CIP）数据

悄吟文丛／古耜主编 . -- 北京：中国言实出版
社，2017.7

ISBN 978-7-5171-2472-6

Ⅰ.①悄… Ⅱ.①古… Ⅲ.①散文集—中国—当代
Ⅳ.① I267

中国版本图书馆 CIP 数据核字 (2017) 第 171659 号

出 版 人：王昕朋
总 监 制：朱艳华
责任编辑：郭江妮
文字编辑：阳　晨
封面设计：张凯琳
责任印制：佟贵兆

出版发行　中国言实出版社
　　　地　址：北京市朝阳区北苑路 180 号加利大厦 5 号楼 105 室
　　　邮　编：100101
　　　编辑部：北京市海淀区北太平庄路甲 1 号
　　　邮　编：100088
　　　电　话：64924853（总编室）　64924716（发行部）
　　　网　址：www.zgyscbs.cn
　　　E-mail：zgyscbs@263.net

经　　销　新华书店
印　　刷　北京温林源印刷有限公司
版　　次　2017 年 8 月第 1 版　　2017 年 8 月第 1 次印刷
规　　格　787 毫米 × 1092 毫米　　1/32　11.125 印张
字　　数　210 千字
定　　价　1680 元（全十册）　　ISBN　978-7-5171-2472-6

东风吹水绿参差

古耜

　　以"五四"新文化运动为起点的中国现代散文，已经走过近百年的风雨历程。时至今日，隔着历史与岁月的烟尘，我们该怎样描述和评价现代散文的行进轨迹与艺术成就？也许还可以换一种问法：如果现代散文仍然可以新中国成立为时间界标，划作"现代"和"当代"两个阶段，那么，它在哪个阶段成就更高，影响更大？

　　在散文的"现代"阶段，屹立着伟大而不朽的鲁迅，仅仅因为先生的存在，我们便很难说当代散文在整体上已经超越了现代散文。但是，如果我们把观察的视野缩小或收窄，单就现代散文中的女性写作立论，那么，断定"当代"阶段的女性散文，是异军突起，后来居上，便算不上狂妄。这里有两方面的依据坚实而有力：

　　第一，新中国成立后的六十多年间，尤其是进入新时期以来，大陆文坛先后出现了若干位笔下纵横多个文学门类，但均擅长散文写作，且不断有这方面名篇佳作问世的女作家，如杨绛、宗璞、张洁、铁凝、王安忆、张抗抗、迟子建等。她们散文作品所达到的艺术水准，并不逊色于现代女性散文的佼佼者。况且冰心、丁玲等著名现代女作家在步入当代之后，依旧有足以传世的散文发表，这亦有效地增添了当代女性散文创作的高度和重量。

第二，借助时代变革和历史前行的巨大动力，从新时期到新世纪，女性散文写作呈现出繁花迷眼、生机勃勃的宏观态势：几代女作家从不同的主体条件出发，捧出各具特色、各见优长的散文作品，立体周遍地烛照历史与现实，生活与生命；才华横溢的青年女作家不断涌现，其创意盎然的作品，显示了强劲的生命力与可持续性；女作家的性别意识空前觉醒，也空前成熟，其散文主旨既强调女性的自尊与自强，也呼唤两性的和谐与互补；不同手法、不同风格的女性散文各美其美，魏紫姚黄，各擅胜场……于是，在如今的社会和文学生活中，女性散文构成了一道绚丽多彩而又舒展自由的艺术风景线。这显然是孕育并成长于重压和动荡年代，因而不得不执着于妇女解放和民族生存的"现代"女性散文所无法比拟与想象的。

在二十一世纪历史和时间的刻度上，女性散文创作取得了丰硕成果和扎实进步，但也同整个中国文学一样，面临着前所未有的挑战与考验：与后工业社会结伴而来的后现代主义思潮斑驳杂芜，利弊互见。它带给女性散文的，可能是观念的去蔽，题材的拓展，也可能是理想的放逐，审美的矮化，而更多的可能，则是创作的困惑、迷惘，顾此失彼或无所适从……惟其如此，面对五光十色的后现代语境，女性散文家要实现有价值的创作，就必须头脑清醒，坐标明确，进而辩证取舍，扬弃前行。也正是在这一意义上，有一批女作家值得关注——她们出生于二十世纪六七十年代之交，进入新世纪后开始展露才华，并逐渐成为女性散文创作的中坚力量。对于她们来说，现代和后现代主义自然不是陌生或无益之物，但青春韶华所经历的激情澎湃的现实主义和人文主义大潮，早已先入为主，成为一种挥之不去的精神底色。这决定了她们的散文创作，尽管一向以开放和"拿来"的姿态，努力借鉴和吸取多方面的文学滋养，但其锁定的重心和主旨，却始终是对人的生存关切和心灵呵护，可谓鼎新却不弃守正。显然，这是一条积极健康、勃发向上的艺术路径。正是沿着这一路向，习习、王芸、苏沧桑、安然、杨海蒂、张鸿、沙爽、项丽敏、高安侠、刘梅花等十位女作家，不约而同地走到了一起，她们以彼此呼应而又各自不同的创作实绩，展示了当下女性散文的应有之意和应然之道。

习习来自西北名城兰州。她的散文写城市历史，也写家庭命运；写生活感知，也写生命体验；近期的一些篇章还流露出让思想伴情韵以行的特征。而无论写什么，作家都坚持以善良悲悯的情怀和舒缓沉静的笔调，去发掘和体味人间的真诚、亮丽和温暖，同时烛照生活的暗角和打量人性的幽微。因此，习习的散文是收敛的，又是充实的；是含蓄的，又是执着的；是朴素本色的，又是包含着大美至情的。

足迹涉及湖北和南昌的王芸，左手写小说，右手写散文。在她的散文世界里，有对荆楚大地历史褶皱的独特转还，也有对女作家张爱玲文学和生命历程的细致盘点，当然更多的还是对此生此在，世间万象的传神勾勒与灵动描摹。而在所有这些书写中，最堪称流光溢彩、卓尔不群的，是作家以思想为引领，在语言丛林里所进行的探索和实验，它赋予作品一种颖异超拔的陌生化效果，令人咀嚼再三，余味绵绵。

或许是西子湖畔钟灵毓秀，苏沧桑拥有很高的艺术天赋和丰沛的创作才情。从她笔下流出的散文轻盈而敏锐，秀丽而坚实，温婉而凝重，每见"复调"的魅力。尤其难能可贵的是，她的散文远离女性写作常见的庸常与琐碎，而代之以立足时代高度的对自然和精神生态的双重透析与深入剖解，传递出思想的风采。若干近作更是以生花妙笔，热情讲述普通人亦爱亦痛的梦想与追求，极具现实感和启示性。

在井冈山下成长起来的安然，一向把文学写作视为精神居所和尘世天堂。从这样的生命坐标出发，她喜欢让心灵穿行于入世和出世之间，既入乎其内，捕捉蓬勃生机，又出乎其外，领略无限高致，从而走近人生的艺术化和审美化。她的散文善于将独特的思辨融入美妙的场景，虚实相间，形神互补，时而禅意淡淡，时而书香悠悠，由此构成一个灵动、丰腴、安宁、隽永的艺术世界，为身处喧嚣扰攘的现代人送上一份清凉与滋养。

供职京城的杨海蒂，创作涉及小说、报告文学、影视文学等多种样式，其中散文是她的最爱和主打，因而也更见其精神与才情。海蒂的散文题材开阔，门类多样，而每种题材和门类的作品，都具有自己的特色：她写人物，善于捕捉典型细节，寥寥几笔，能使对象呼之欲出；她写风物，每见开阔大气，但泼墨之余又不失精致；至于她的知性和议论文字，不仅目光别致，而且妙趣横生。所有这些，托举出一个立体多面的杨海蒂。

驻足羊城的张鸿，既是文学编辑，又是散文作家。其整体创作风格可谓亦秀亦豪。之所以言秀，是鉴于作家的一枝纤笔，足以激活一批风华绝代而又特立独行的异国女性，尽显她们的绰约风姿与奇异柔情；而之所以说豪，则是因为作家的笔墨一旦回到现实，便总喜欢指向远方，于是，边防战士的壮举、边疆老人的传奇，以及奇异山水，绝地风情，纷至沓来。这种集柔润和刚健于一身的写作，庶几接近伍尔夫所说的文学上的"雌雄互补"？

穿行于辽宁和天津之间的沙爽，先写诗歌后写散文，这使得其散文含有明显的诗性。如意象的提炼，想象的飞腾，修辞的奇异，以及象征、隐喻的使用等，这样的散文自有一种空灵跉踔之美。当然，诗性的散文依旧是散文，在沙爽笔下，流动的思绪，含蓄的针砭，委婉的嘲讽，以及经过变形处理的经验叙事，毕竟是布局谋篇的常规手段，它们赋予沙爽的散文深度和张力，使其别有一种意趣与风韵。

项丽敏的散文写作同她长期以来的临湖而居密不可分——黄山脚下恬静灵秀的太平湖，给了她美的陶冶与享受，同时也培育了她对大自然的敬畏与热爱，进而驱使她以平等谦逊的态度和安详温润的文字，去描绘那湖光山色，春野花开，去倾听那人声犬吠，万物生息。所有这些，看似只是美景的摄取，但它出现于物欲拥塞的消费时代，则不啻一片繁茂葳蕤的精神绿洲，令人心驰神往。当然，丽敏也知道，文学需要丰富，需要拓展，人与自然的关系只是文学的无数话题之一，为此，她开始写光阴里的器物，山乡间的美食，还有读书心得，读碟感悟……这预示着丽敏的散文正由单纯走向丰富。

高安侠是延安和石油的女儿。她的散文明显植根于这片土地和这个行业，但却不曾滞留或局限于对表层事物和琐细现象的简单描摹；而是坚持以知识女性的睿智目光，回眸生命历程，审视个人经验，打量周边生活，品味历史风景，就中探寻普遍的人性奥秘和人生价值，努力拓展作品的认知空间。同时，作家文心活跃，笔墨恣肆，时而柔情似水，时而气势如虹，更为其散文世界平添一番神采。

偏居乌鞘岭下天祝小城的刘梅花，是一位灵秀而坚韧的女子。她人生的道路并不顺遂，但文学却给了她极大的眷顾。短短数年间，她凭着天赋和勤奋，发表和出版了大量散文作品，成为广有影响的女作家。梅花写西域历史、乡土记忆和个人经历，均能独辟蹊径、别具只眼，让老话题生出新意味。晚近一个时期，她将生命体悟、草木形态、中药知识，以及吸收了方言和古语的表达融为一体，形成一种承载了"草木禅心"的新颖叙事，从而充分显示了其从容不迫的艺术创新能力。

总之，十位女性散文家在关爱人生的大背景、大向度之下，以各具性灵、各展斑斓的创作，连接起一幅摇曳多姿、美不胜收的艺术长卷。现在，这幅长卷在中国言实出版社的鼎力支持下，冠以"悄吟文丛"的标识，同广大读者见面了。此时此刻，作为文丛的主编，我除了向十位女作家表示由衷祝贺，向出版社的领导和同志们表示诚挚感谢之外，还想请大家共赏宋人张栻的诗句："便觉眼前生意满，东风吹水绿参差。"——这是我选编"悄吟文丛"的总体感受，或者说是我对当下女性散文创作的一种形象描绘。

（作者系著名文学评论家、作家）

杨海蒂，其人其文 / 郁 乃

　　杨海蒂是谁？她是现当代中国大陆名副其实的美女作家，她写散文写小说写剧本写诗歌，她的人和她的文，都有着古美的挚情纯朴，似光，似风，似水，也刚也柔，也情也义，也深也阔。英国女作家伍尔芙说过，"一个人，如果是个纯粹的男人或女人，那将是天大的不幸。无论任何人，都应该是个具有女人味的男人或具有男人味的女人。"这一论说也是中国古来的刚柔并济之意。精神质地和肉身品性的恰好协调，或许对于一个文学艺术者来说，意义非凡。杨海蒂，就是如此的文字写作者。

　　我是在认识杨海蒂的人之前，先认知她的文。世间所有的尘缘，人与人，人与物，人与山水，人与文字，种种的遇见，都是一种碰巧或恰好。遇见了并惊喜惊艳，这是更好的恰好。有种遇见，是不慌不忙的欣赏，我和海蒂的遇见，经年如此。

　　初读海蒂的文字，大约是春节前后，偶然在一个海外的文学网站上，看到了她的散文《我去地坛，只为能与他相遇》。当时，读完整篇的文章，仿佛遇见了一个很熟悉的人，她说出的心声也是我欲言的心语。随即留言，"辞达理定的好文！我也深敬史铁生，敬他那灵性的文字和深厚的精神。海蒂：若得缘，我们去问安史铁生吧，哪怕向他深情问候一句便转身离去也好。"海蒂回复我："谢谢郁乃。能感知你的美丽、善良、真诚、智慧。希望我们能如愿'得缘'。"

　　自此，我陆续地读了一些海蒂的文学作品，但大都局限于我的阅读视觉之内的狭窄空间，更深更多的读海蒂的文字，是在认识了她的人之后。在面见之前，我和海蒂，有着不多不少的电话交谈，每一次，都是开怀至极，有荤有素，有山有海，有神有禅。从生活聊到文学，从文学聊到世界，无所不聊，无所畏惧。没有对彼此的信任，不会有如此透彻的对谈。其实，我是个大多时候都寡言的人，不遇胸怀坦荡的人，我寡言甚至无言。彼此能畅说心里话，是对彼此人品最庄严的认定。人与人之交，贵在真诚。海蒂很真实，我也很真实。

　　与一个人的交流，从文字到声谈到面识，仿佛从平原到高地到海边，渐次展开渐次辽阔，这是一个视觉美学的舒缓展开，更是时间美学的空间定位。在文字里读出情义，在声谈中听出情义，又在面识中品出情义，这样的人，这样人写的这样文字，能得缘遇见，唯有感恩不言谢。

初识海蒂的人，是在秋天，在北京，我们如约而见。为参加"海外华人女作家协会"的武汉双年会，我取道北京转机飞武汉，和陈若曦约好在北京小聚（陈若曦是海外华人女作家协会首创会长），再一同前往武汉开会。同时，也电话约好海蒂，北京一见。

海蒂也喜欢陈若曦。常常在电话里聊起文学世界里的人物，或大或小，我俩有着惊人的相似处——欣赏的人或文，很接近。视觉、嗅觉、味觉，都因一个情义词句而动。曾跟海蒂聊天时我说，"情义比天大，真挚的爱情，是三分义七分情。"海蒂马上说，"是五分情五分义。"现在，我相当赞成她的观点。没有义字托举的情，爱一转身，情便坍塌。

我和海蒂的遇见，也似一台古老的元曲，简约至道。没有剧本，没有锣鼓，没有勾栏，也没有导演和观众，更没有粉墨花彩戏服。我们彼此素面打着招呼，自己入戏并在戏中不慌不忙地缓缓唱和。首都机场 T3 航站大楼国际航班到达厅，我和陈若曦站在川流不息的人群中，看到了微笑向我们走来的杨海蒂。她怀抱着一个大文件纸袋，背着包，素面而至眼前，说是从单位赶来，正感冒着，看得出人很憔悴。看见海蒂的第一眼，让我惊诧，不是电话里的地阔天平的她，不像文字里横刀立马天地玄黄的她，也不像照片里明星般的她，地地道道的一个江南娇美女子呀！有一些娇柔，有一些文弱，有一些安静。素雅之美，不会让人昏旋，却让人清醒而神悦。

海蒂和她的文字也像电话里的一样，情义大于天。她本可以不必抱病赶来机场接机的，她可以直接去饭店或者第二天再来见面的。后来，我对海蒂说，"你怎么感冒那么重却硬撑着赶去接机。"她说，"你和陈若曦大姐来，我只要还能走，就一定会去机场接你们的。"

人与人之间，只要照面，便可看见红尘或俗世中人的本相。一个性情中人，活的就是情义人生。

在我和陈若曦的强烈坚持下，车子先送海蒂回家休息一下，我们去订好饭店安顿，晚上再大家聚餐。

晚上的聚餐，是海蒂安排好的，她约了几个文学界的朋友同聚，为我和陈若曦接风。可能是下午回家稍微休息了一下的缘故，晚上的海蒂，一出现，整个饭局春光明媚。淡妆素衣的她，真是有出水芙蓉的清秀之美。她在酒桌上落落大方，得体待客，谈笑有度。或许，世间的美女千千万，而文学美女更是美中之美吧。文字养育出来的女人，倾城也护城，倾国也护国。古往今来，多少英雄豪杰文人墨客，宁可为之倒下的恰恰就是女人的书香之气。所谓的东方美女，就是恰好的书香之美，垂首宋词滑落胸襟，扬眉红袖抖出唐诗风韵，浅笑满面魏晋竹风。

我曾跟海蒂电话里闲聊说，"海蒂，你的人有唐诗的辽阔和辉煌，也有宋词的婉约和清纯。"海蒂有些意外，"你怎么会有这样的感觉？我从没听人这么说我的。"我说，"你的眼神里，就荡漾着宋词和唐诗，还有禅言和佛语。"海蒂的眼神清澈如乡野溪流，干净无杂；瞬间一闪的羞态，仿佛没有遮拦的天然之美，晶莹剔透。

我看人面相，最重看人的眼神，因为眼神是无法化妆的人体全身表面的唯一之处。一个人的眼神，动静间，可显山露水，也可藏锋掩锐。一个内心干净善良的人，眼神必净必善。在后来的交往中，我确信了自己对海蒂眼神的断定。我跟海蒂开玩笑，"海蒂，你干不了伤天害理的坏事，因为你很善良，当然你也会自动隔离坏人，因为你有智慧。聪慧又善良的人，不肯伤害别人，也不愿被坏人伤害。"这一点，或许我和海蒂相同。

再见海蒂，是在冬天，我去广州参加"世界华人作家笔会"，会后临时受邀去北京参加中国文学馆的一个活动。到达北京后，我给海蒂打电话，问她有无时间见面。这突然的约见，让她有些措手不及，但她二话没说，放下正在吃的半碗面，匆匆驱车来到我住的饭店。十一月下旬的北京，天寒地冻，她就什么都不顾的在寒风里奔来。第二天，放下手头一切工作陪我出行。她和我的闺蜜，一左一右，呵护着我在茫茫人海的大北京，畅通无阻地欢喜。当遇到有问题沟通不顺时，海蒂的唐诗壮观的情绪就露出来了，马上拨打电话联络，三分钟就疏通好了。眼见为实：海蒂是大女人时，就是边塞唐诗"霜花草上大如钱，挥刀不入迷蒙天"（李贺）；海蒂是小女人时，就是宋词小令，上阕向水，下阕向花，波光花香；海蒂是不大不小的女人时，就是人生如戏戏如人生的舞台旋美。对了，海蒂可是当过舞蹈演员的，她的舞，会不会是唐诗中的"美人舞如莲花旋，世人有眼应未见"（唐·岑参）？期待有缘一饱海蒂的舞姿眼福。

生命行至中年，海蒂的文字，一如她那干净的眼神，始终保持着不变的清澈、明亮、温暖。她喜她悲她悯她爱，都围绕着滚滚红尘的人间情怀落笔成章。一个真正的作家，仅有驱动文字的能力还不够，一定还要有悲悯的情怀、仰天的理想和纵深的觉悟。海蒂，曾经在她那篇抒情散文《我去地坛，只为能与他相遇》里，痛着史铁生的痛，悟着史铁生的悟。一个正当年轻撒欢的生命，突然淹没于病海，惊恐无措，痛苦地挣扎和无奈，这是史铁生个人的苦难，也是生命场中每一个人都有可能面临的苦难。史铁生是逆流苦难而泅渡到生之希望水岸上的勇者，肉身坐在轮椅上，精神却站在文学场，八方受风又千山万水，不停地放飞生命觉悟者的信鸽。

海蒂的《我去地坛，只为能与他相遇》，不是俗世的男女情遇之愿，而是一束光向另一束光的靠近，是思想也或灵魂的发现和求见。海蒂走进史铁生的地坛，并在史铁生的文学场发现文学的意义和纯真，因此她看见的史铁生地坛，是一个异常安静、辽阔、博大的悲悯世界，花开树绿，落叶归根。苦难不再咆哮也不再挣扎，一切都被尘土掩埋，在这尘埃之上开出生命的新花。这是史铁生的精神世界，也是杨海蒂热爱的世界。史铁生去地坛和自己面对，杨海蒂去地坛，去面对史铁生的世界也同时面对她自己。

多少读者也包括我，为杨海蒂的这篇地坛散文而感慨万千。情怀，是一座桥，海蒂搭起的这座文字桥，让世间有情怀之人，不停地过桥去看望史铁生，求索一种活着的精神。可是，这有限的一篇《我去地坛，只为能与他相遇》，怎能述尽海蒂无限的大悲大喜的大情怀。当她抽笔转身去写韩少功后，我在她的《山南水北归去来》的文字中，看见了扶笔无言、当歌无声的真性情的杨海蒂。她在文字里自述：这也许是最难写的一篇，因为他是传奇式人物，是个矛盾复杂体，是思想、灵魂、文化的探索者，是官场异类和文坛另类（叶立文语）。但是，她仍是以小女子胆气向天生的无畏无惧采访韩少功，而且，开口便问韩少功的脆弱是什么？对，海蒂是另辟险境，从脆弱抵达强悍之处，因为她猜想到韩少功的强悍的最内部，是一个男子汉最柔软的心底，那里，一定有亘古不变的山河岁月，春暖花开。

海蒂用心用情用义，将极少交道毫无私交的韩少功的出世、入世、隐世的生命轨迹，以水墨般的笔彩，呈现于世人面前。远方有诗，眼前有生活，远望与垂首间，只听见：理想主义的风，吹过；现实主义者的风，吹过；英雄主义者的风，吹过。

尚未读过海蒂的小说、剧本等其他文体的作品，但无论哪种文体的写作，都离不开作者的情怀和真挚。一个文字写作者，其文心当如清清的净水，或藏于地下被挖掘成井，或流于大地之上成为江河湖泊，可饮可灌可承载。我期待着，海蒂的文字成大江大河，载着她的生命之舟，横渡岁月之美。

前些天，和海蒂通电话，谈到我的诗歌写作时，我说，"海蒂，你也写诗吧。"其实，海蒂的文字，有着天生的诗人气韵。如果她肯让文字成诗，就是随手摸腰的一个小动作。海蒂在电话里笑了，我说，"海蒂，你的腰身柔软如柳，挂满了诗歌的风铃，叮叮当当，一步一摇动，遇风则鸣，遇情则歌。"海蒂大笑。我接着说，"等我再遇见你，就拿着小木棒趁你不备敲打你的诗铃，让你红颜大惊。"说着，我也笑起来。偶尔的顽皮，让我们都笑魇如花吧。一个人有无灵性，是写诗的重要所在。海蒂的空灵之气，都藏在她的眼神里。海蒂爱美，而美是一切文学艺术觉醒的方向。她注定会成为一个猎美的诗人，一匹马一杆枪，独自走进深山老林，打她的诗虎，掠她的诗羊，还有雪白的小山兔。遇上飞雪满天，说不定她还能智取威虎山，活捉了座山雕（笑）。

闲话海蒂，在文字里，我仿佛就坐在海蒂的对面，跟她谈笑风生。我曾跟海蒂说过，看到她的文字，让我想起了古老的木寺，整个的建构，无一颗工业时代的铁钉子，全是木与木的拥抱和密接。自然的美，其实不需要任何的外部切入。我曾在日本的哪个山野之乡，见过这样的古寺，还记得当时的惊叹。我也曾对海蒂说过，真正的文学艺术，造型可能像现代高楼建筑上的避雷针，特别是诗歌和杂文这两种文体的写作，以最高的向度，昼夜面对雷鸣闪电的挑战，但是避雷针不是以毁灭抵挡雷电，而是引导电流于无声处，静灭。这是物理学上的正负电流的消化，其实，也是文学建筑上的导电意义。穿过苦难，留住温暖，走出苦难，面对希望，才是文学的现实生活意义。

海蒂心底有根定情棒，遇到美，摇动；遇到美文，摇动；遇到写美文的刀客剑侠，大摇动。她爱自然山水的美，也爱人间俗世的美。她曾跟我聊过父辈故事，聊过青春少女时代。对美的散文、美的小说、美的诗歌，她都是一往情深的痴凝。我猜想，英雄主义情怀的她，一定是文学场中的豪杰侠客。近日读到她为贾平凹最新长篇小说《极花》写就的"编辑手记"《〈极花〉：恋曲与挽歌》，其中几段文字让我很是叫好，"乡土中国，乡村人口是大多数，从特定意义上说，写好了农村和农民，才算是写好了中国和中华民族。""对社会生活、世态人情甚至对'食色，性也'的饮食男女有着深邃洞察深刻认知的贾平凹，以四两拨千斤的态势，为传统意义上的乡村写下一曲壮烈凄美的挽歌《极花》。""人生是悲哀的，生命却是美丽的。断裂的城乡二元结构，使乡村长期贫穷落后，以至于人心扭曲、人格畸变、人性异化，但人们依然不乏人生乐趣和人情温暖。'兔子'，或许就是作者对生命的感念、对希望的昭示。这是作者对生命的恋曲，同时体现出他悲天悯人的慈悲心。"海蒂在温热的字里行间，一寸一寸的，以笔代犁，划过贾平凹的文字厚土，呈现给读者一个丰富、饱满、生动的文学大家贾平凹的实像。仅有笔墨而无情怀，是写不了贾平凹的，因为贾平凹已自坐于文学天地中，成山，成水。贾平凹写《极花》，是一种俗世情怀和悲悯，穿过现实的种种丑恶，进入更广阔天地的大情怀和大悲悯，并在泪痕中走出时间的沧桑。我猜，海蒂所以拥泪携笔面对贾平凹的《极花》世界，也正是此种大情怀大悲悯的知觉知悟。

2009 年秋天，我曾去西安参加一个文学笔会，见到过贾平凹先生。他的人和他的文字，一样的厚实。一方水土养一方人，确是。

走笔至此，想对海蒂说：你是风也是帆，你在你自己的世界里自成方圆之器，盛载你的文学梦，地老天荒。伍尔芙说"到灯塔去"，你也会对自己说"到灯塔去"。掌声之外，我站在天涯海角，会一直为你鼓掌，为你祝福。友情于我们的意义，就是真诚守望和欢呼鼓励。

（又：海蒂，我闭关几天，去大世界掠目你的文章，去记忆里拽来你的样子打量，然后在一个大半天里，完笔此文。此刻，窗外阳光灿烂，樱舞鸟鸣，皆为美生。）

郁乃，海外著名华人女作家、诗人。

目　录

第一辑　横谈

我看幽默 / 003

贤兄来信 / 007

闲话戒指 / 009

品头论足 / 013

征婚攻略 / 017

小姐与先生 / 021

女人的逻辑 / 024

致晖晖 / 028

现代靓女 / 031

麻将比赛之我见 / 034

金钱飘香？ / 036

陋室铭 / 038

学裁缝 / 041

戏说时装 / 045

戏说女人 / 049

小议感动 / 051

第二辑 纵论

我去地坛，只为能与他相遇 / 055

《极花》：恋曲与挽歌 / 068

山南水北归去来 / 071

大话柳建伟 / 092

难以了却，终究归来 / 098

对石榴裙的迷恋 / 102

古玩收藏多奇观 / 105

麻辣评刊二则 / 108

英雄是困难造成的 / 111

现实主义道路依然广阔 / 113

大地之子 / 117

二月河是尊弥勒佛 / 120

江山常在掌中看 / 130

文学是人类感恩自然的最佳途径 / 141

第三辑 游历

走在天地间 / 147

天赐玉山 / 152

汉之玉 / 156

回望 / 163

越王山下 / 170

墩仔寨 / 175

小麦加，大河家 / 178

流年·海口·碎影 / 185

秘境 / 188

神农架 / 193

景东散记 / 197

尼阿多天梯 / 213

千秋万载扬州梦 / 217

伊甸园山庄里的守望者 / 230

黔之南，黔西南，黔东南 / 234

前世，我或许是那儿的一朵莲花 / 241

第四辑　情感

感恩如花 / 247

永远的丰碑 / 251

注目南原觅白鹿 / 257

与"文坛刀客"的交往 / 263

老友记 / 271

萍儿 / 276

我爱球迷 / 280

夜雨寄北 / 284

五块钱的力量 / 288

我与姐姐 / 291

我去地坛，只为能与他相遇 / 杨海蒂

夜色如水 / 296

父亲的二胡变奏 / 303

忆祖母 / 307

卫慧印象 / 310

巴顿 / 315

写作源于内心的召唤 / 321

后记 世界就是这样长着的 / 325

第一辑

横谈

现代靓女，乃性别祭坛上不规则的多边形。

我看幽默

改革开放 30 多年后的中国，国人对待"幽默"，早已非林语堂先生所言"对中国读者而言，一个报章杂志的编者会留一页，用以登载生活的轻松方面的文字，是不可想象的。中国的高级官员在新闻记者招待会上说句幽默的话，也是一样不可想象的"这般情形。大家越来越喜欢幽默、追求幽默，甚至比赛幽默。最为典型的，便是各种段子满天飞。北京有些公交车的座位背面，还常印上无伤大雅的小笑话小桥段，以排遣乘客路途中的单调无聊，"始作俑者"喜好幽默之心态可窥一斑。

然而，毕竟受封建礼教钳制太久、过深，总体说来，心灵受到"非礼勿视，非礼勿听，非礼勿言，非礼勿动"压抑的国人，幽默品位尚停留在"俗幽默"层次上：网络段子的诙谐、相声小品的滑稽、报刊书籍的讽刺、电视节目的搞笑、娱乐影片的"无厘头"……鲜有真正幽默底蕴和内涵的上品。

国内影视剧我大都不看，不是崇洋媚外，是受不了沉闷无彩的画面，以及冗长乏味的对白，还有演员做作甚至肉麻的表演。一些富中国特色的"情景喜剧"，更加让我难以消受。而最令我避之唯恐不及的是当下的相声和小品：脚本没有内涵，表演没有深度，只有演员一味地装疯卖傻，甚至不惜拿对方家族女性成员开涮……总之，使尽浑身解数来讨要掌声，就差没跳下台来搔听众的痒痒肉、挠观众的胳肢窝，以逼迫出些笑声。真是俗到了骨子里。

所谓"野可犯，俗不可犯也"。幽默并非油腔滑调，亦非滑稽荒唐，更非小丑跳梁。幽默语言须得出入于俏皮与正经之间，幽默的精神实质在于"亦庄亦谐"、外谐内庄；表演者一旦把市井之恶俗、小市民之趣味当成幽默的秘门暗道，自然要倒尽听众和观众的胃口。

只有不会武功的人，才会使出那么多的兵器。

真正的幽默者，其心态悠然自得，其语言删繁就简。西方不仅仅产生贵族幽默、绅士幽默，幽默实则渗透到了人们的灵魂里。美国战争片《兄弟连》中，战火纷飞硝烟弥漫的阵地上，照样洋溢着机智幽默的欢声笑语；俄罗斯文学艺术博大、凝重、深厚，也从来不乏"心灵的光辉与智慧的丰富"这种上乘幽默。

在我看来，幽默者先有对人生百态的洞察，有对人情世故的洞达，而后有悲天悯人的情怀，有超脱开阔的心胸。他有着丰富的经验，但心地依然单纯，对人友善、亲和、宽柔、慈悲。故此，他不会有居高临下的心态，并不站在道德高地上发言，无论其幽默走中庸路线还是剑走偏锋，他的语言都是平实、深刻、含蓄而有张力的，不咄咄逼人，不尖酸刻薄，不抓住兔子尾巴当老虎打，更不字里行间五毒俱全勾魂索命；即使要"坏"，也"坏"出层次，臻于大盗不动干戈的境界。

缺乏互动的幽默未免有些煞风景。幽默最好能有后续发展，"下家"妙悟后，发出会心的微笑，不使幽默者有明珠暗投之憾。幽默换人坐庄后，"对手"不仅破旧而且立新，双方各抒性灵，共同把幽默发扬光大。

究其根源，幽默有两种：乐观主义者的幽默，悲观主义者的幽默。前者天然奉行快乐人生哲学，一般来说，他们的人生经历风轻云淡，他们的幽默风格偏于轻快。生平坎坷、苦难深重的人，反而可能历练出平和温厚的人生态度，锻造出旷达高远的人格境界，他们不再怨天尤人，而是以笑代哭，用达观和幽默来支撑自己的精神世界，虽然藏在笑脸后面的，是他们生命中深沉的忧伤，这类人的幽默往往庄重。究其实质，两者殊途同归——都出于对生活的热爱，对生命的珍惜。

无论古今中外，幽默的艺术殿堂往往为男性独步，女性极少有幽默和自嘲的素质。或许，她们被爱情和衣服这两件生命中最重要的东西遮蔽了心灵；或许，她们的智慧大都应用于锤炼"女奴的精明"了；或许，"第二性"的她们长期处于心理的劣势，久而久之，已然丧失了让心灵快乐的能力。

因为幽默不仅是一种文化素质，更是一种心理素质，它需要举重若轻的气魄，需要宠辱不惊的气度，还需要四两拨千斤的气势。

我一介女流，且天资和才能有限，但我比许多男人更推崇幽默、享受幽默、追求幽默，努力在生活中展现幽默，在作品中体现幽默。我以为，幽默是反抗的笑容，是无可奈何之下的豁达，是根植于悲观中的乐观。我把男人划分为两个品级：有趣和无趣，即有幽默感和无幽默感。一个毫无幽默感的人，往往能激发出我对于他的荒谬感，他越是一本正经，我就越发感到他的荒诞不经，有时候，这种荒谬感甚至会扩散到我对于整个人类的感受。

发表于《文艺报》，入选《幽默是水——中国作家幽默散文选》（京华出版社）、《冰心散文奖作品集》（漓江出版社），中国作家网转载

贤兄来信

在我看来，世界各国文字中，"万般皆下品，唯有汉字高"，即使错别字一说，也只合于中国国情；外语的语法错误，实在不如我们的错别字来得高妙。一封友人的来信，更使我于此深信不疑。

这位不久前从政府机关"下海"的友人，信首称我"愚妹"，文中对"懦商"崇拜之至，发誓效尤，言自己与"懦商"以外的商人"隔隔不入"，之后谦虚地征询我意下如何，末了签署"贤兄某某"。很惭愧，愚妹我对这位贤兄所景仰的"懦商"实在缺乏理解，即使理解，也只能是我所理解中的此"儒商"，而非贤兄心目中的彼"懦商"。在商人中，我当然推崇儒商。我疑心友人所指也许就是儒商，不过以"懦"充儒，可我又担心是自作聪明，从而与友人格格不入——友人的"隔隔不入"也许更匠心独具？"隔"，当然"不入"也。"懦商"，而非巧取豪夺的奸商、恶商，的确应该被称颂。贤兄历来睥睨天下，尤其"勿谋及妇人"，曾经妇代会期间，还做过打油诗一首，对女人极尽讥笑挖苦，很是甚嚣尘上的，所以我唯恐却之不恭。

贤兄之信，使我联想起以"笑里藏刀"而青史留名的唐代宰相李林甫。李氏贺人得子，赠礼时题曰"弄獐之喜"，传为笑谈。我无缘得见过獐，但可以想象獐的尊容，因为有个"獐头鼠目"的成语。我每想到那个慑于李宰相权势而对"弄獐之喜"必须受宠若惊的父亲，和那褓褓中的"獐"，总是忍俊不禁。

儿时，母亲为我讲过一则"认字认一边，不要问先生"的故事：有两个人，走过一座"文庙"（庙的繁体字为"廟"），一人念道"文朝"，另一人念道"又庙"，双方争得脸红脖子粗，正要拳脚相对时，来了一位道士。两人喜出望外，争相拉扯着道士的胳膊，请他评判究竟是"文朝"还是"又庙"，道士不耐烦地一甩手，正色说道：道士出门去化齐（斋），"文朝""又庙"两相宜，我又不是孔天了（夫子），你还是去问苏东皮（坡）。

类似"懦商"和"儒商"，"格格不入"和"隔隔不入"的"两相宜"，大概非汉语而不能也，外语是根本不能望其项背的。所以，对于中国四大发明将汉字摒弃于外，我一直百思不得其解。

发表于《文学报》

闲话戒指

李渔在《闲情偶寄》的"首饰"一篇中，开门见山地说道："珠翠宝玉，妇人饰发之具也"，好像珠翠宝玉只供女人使用，并且它的势力范围只限于女人的头上。李笠翁此言差矣！事实上，珠宝饰物最早是为男人所专用的。以前男子打了胜仗，或者狩猎成功，便有了佩戴饰物的资格，而且越是勇猛善战的男子，所能够得到和佩带的饰物也就越多。后来，男人的眼界高了，他们的着眼点在于江山美人，他们看重的是能供纵横驰骋的金戈铁马，要的是气吞万里如虎的威风。当然，他们的审美观也变了，刘备的猪耳猿臂乃是帝王之相，张飞的豹眼熊腰象征人臣之杰，从此，很难想象他们佩上流光溢彩叮当有声的饰物的模样。所谓"美人首饰王侯印"，男人再不屑于珠宝，于是乐得做个顺水人情，把珠宝禅让给女人，而女人，也就沉醉于男人赐予她们的那些宝贝中自得其乐。

富有创造力的女人，对于珠宝翠玉是无所不用其极的。头戴凤钗、鬓插簪珥，耳上悬环、项上挂链，衣镶金银、鞋头缀珠，这些多是中国妇女的杰作。至于什么印度妇女的鼻环、土耳其女人的手镯，巴基斯坦女子的脚链、非洲女性的颈圈等等，更是五花八门，令人眼花缭乱。戒指，则最是欧美女子的心爱之物。玉指迎春，不仅美不胜收，而且可以作为价值度量单位，因为男人赠送的戒指越贵重，越发能说明这女人在他心目中地位之高，越发能证明她在世人眼中的价值不菲。此外，戒指也兼奇货可居的妙用，可以保值增值，还可以拍卖，比如好莱坞头号美女伊丽莎白·泰勒，离婚后便借拍卖前夫赠送的世界名钻狠狠地发了一笔横财，而且这前夫也丝毫没有亏着——自此名垂风流史册。当然，欧美男人自己也并没有与戒指誓不两立划清界限，在定情的时候或者在婚礼上，他们要与女人互换戒指，意思是说：咱们互相以金石为戒，戒除别的男女前来染指。戒指戒指，就是"戒人染指"的简称。

欧风渐进，戒指经印度传到了中国，我们的女同胞自然是举双手欢迎，当时名媛淑女竞相戴之，唯恐落后一步而贻笑大方。这尤物到了现在，颇有了些"旧时王谢堂前燕，飞入寻常百姓家"的意思，它比任何别的首饰都更加地深入民心。芸芸众生，红男绿女，他事可俭，此事独不可俭，戒指快成了现代人的第二图腾崇拜物，究其根由，大概就因为它不仅仅是一种手（首）饰，更重要的是它负有情侣寄望爱情永恒的使命。所以，有的女人会一手戴两只甚至两只以上的戒指，以此希冀在感情朝不保夕、离婚率日高的今天，自己能幸免于难。我回家乡的时候遇到阔别多年的一位老同学，她原本能歌善舞，长相也出众，曾在歌舞厅兼当主唱歌手和节目主持人，是位遐迩闻其艳名的角色，可惜红颜薄命，她的婚姻情况实在糟糕，不提也罢。那次我见到她时，只见她两只手上戴了八只戒指！真让我触目惊心。想不明白一介风流女子何以变得如此俗不可耐，后来我终于理出了头绪：她是祈望戒指能够担保她的婚姻牢不可破呢，戒指成了她的"拜物教"，以为礼数越多，就说明心越虔诚，也就越发灵验。然而前不久我得知她还是离婚了，想到那金灿灿亮晃晃的八个戒指，我真是为她大呼冤枉。看来现代婚姻实在是不治之症，再多的戒指也对它无能为力。

中国男人以前可以多妻多妾，所以即便装模作样戴上只戒指也无以为戒，不像西方那些笨伯，一旦移情别恋，就务必旧的不去新的不来，结婚离婚，离婚结婚，戒指戴上了又卸下，卸下了又戴上，把自己弄得狼狈不堪，让中华男子看尽他们的笑话。中国现行宪法规定一夫只能配一妻，然而男人们依然尾大不掉，他们只给女人送戒指以"戒人染（他女人的）指"，自己是断断不愿套上这个紧箍咒的，在这一点上，他们倒还有些天真可爱之处——知道自己的底细是块什么料，也就不勉为其难跟自己过不去。但他们也戴戒指：做生意的人戴上戒指以显示实力，不做生意的人戴上戒指以显得自己像生意人；富人戴上戒指以显得与常人有别，穷人戴上戒指以冒充有钱人……实在买不起戒指的人，做梦也得做个戒指梦。有一位农民小伙子，在为母亲移坟迁墓时，拾到他母亲生前安上的避孕环，他如获至宝，将之套在手指上，逢人就说，"我拣到了一只戒指！"为此留下笑柄，可见戒指诱惑力之巨。当然也有些标新立异不同流俗的男人，有的挂上狗项圈一般粗的项链而为之袒胸露脖，有的垂着像是元夕之灯的耳环而为了摇曳生姿，这些人大概不是返祖现象，便是同性恋者，那就另当别论了。

　　发表于《都市美文》，入选《2006年中国随笔精选》（长江文艺出版社）、《幽默是水——中国作家幽默散文选》（京华出版社）

品头论足

观人有术的人士有条经验：对女人要看头，对男人要看脚。

看来，头于女人，脚于男人，有着异曲同工之妙。

只是，这条经验与女人、男人的实践，究竟是先有"鸡"还是先有"蛋"？

然而，管它呢！

反正，女中豪杰花木兰荣归故里卸却战袍后，首要的事情就是"当窗理云鬓，对镜贴花黄"；淫妇荡娃潘金莲虽然听到一声"西门大官人来了"就心旌摇曳魂飞魄外，却始终坚持住了"头未梳好不见客"的原则。杨贵妃与梅贵妃在唐玄宗面前争相展示各自的环肥梅瘦之美，不过雕虫小技而已，她们真正的杀手铜是"翻花头"：你若盘上"青云髻"将头发束之高阁，我便弄出"堕马髻"来以我之低而攻你之高；你缀一支凤头钗作千娇百媚状美得几乎要羽化登仙，我偏让发丝风流云散而钗落红尘。袁中郎在《舌华录》里就说过嘛，隔着幕帘听到堕钗声而不动念头的男人，若非痴愚，便是大智。玄宗皇帝老儿既非痴愚亦非大智，当然莫能例外。

现代佳丽继承了古代美人的传统，并且对之进行了"扬弃"，所以，她们有时挂一件睡裙便敢走街串巷，趿双拖鞋就能四处登堂入室，唯独对头部不敢不恭敬。如果见到一个顶满花花绿绿卷子的脑袋，你若能明了这是卷发革命的第三次浪潮，才算不误你一双慧眼，至于那能够让你见识到什么是刺猬的发型，也正是人家匠心别具。上个月我和姐姐送母亲及外甥女到机场，刚要互话离愁别绪，一位翩然而至的女子却使得我们破颜而笑。母亲说，"啊呀，活像一座牌坊！"姐抿嘴一乐，"真是一道奇特风景！"她们说的是她的发型。多情善感的外甥女原本已泪水汪汪，此刻却兴奋不已地尾随着这女子，不断变换着角度仰望她。拙于言辞的我，虽觉得她那"横看成岭侧成峰，远近高低各不同"的头部杰作蔚为奇观，却苦于无法形容，只是喃喃而道：叹为观止，叹为观止。我抽回眼睛偷看旁人，发现没人不对之欣然而赏。总之，那天在机场没听到一句哭声，也没见到一滴眼泪，我这才见识到：女人的"头"，不仅能让人赏心悦目，有时还能功德无量。所以人们不难理解，光是妇人的头饰，便可以开出无数连锁店使得经营者大饱钱囊，同时也足以使小康家庭趋于破产。看来，成语"头头是道"就是为女人发明的——头，就是女人的"道"，女人就是"头"的殉道者。

现如今，中国男人没有了辫子，难以在头上做出锦绣文章，他们的身材呢，又"马铃薯再打扮也还是土豆"，实在难以造就，于是，他们将满腔情意倾注于足下，为脚费尽思量。

男人对衣裤可以马虎，对鞋子则十分讲究。所谓"举足轻重"，所谓"千里之行，始于足下"，所谓"一失足成千古恨"，男人们心里明白，这"足"，不是指他们那些个长着鸡眼的香港脚；"对男人要看脚"，也并非有人愿意欣赏他们丑陋的虎之爪马之蹄。观察者的"醉翁之意"，是他们脚上的鞋足下的履，鞋贱则人贱，鞋贵则人贵，以鞋论人因鞋废人，人和鞋同荣共损。常有男人以穿布鞋为名士做派，有男人以着便鞋为时代风尚，然而，出入于会议室、办公室、研讨室和教室时，他们的衣服未必西装，鞋子却必定革履。曾经有工薪阶层男士向我夸耀他脚上的皮鞋"三百多元一双"，之后又叹口气道，"身上的衣服裤子加起来也没有超过一百块"，我问他为何重下轻上，他说，"我不愿意做蹩脚的男人。"所以，男人的衣裤也许污垢，但"革履"却没有不贼亮的。古代隐士以足蹬芒鞋为标志，而今，男士们即使把返璞归真的调子唱得震天响，我们也见不到一个穿草鞋招摇过市者。

其实，对女人唯头是论，对男人唯脚独尊，将其视为壁垒分明的两个派别，却也未免错认门面，是不知有汉无论魏晋。就在不过几十年前，人们观赏女人倒是先着眼于脚的，尤其男人评判女人美丑的依据，首先就是看其足是否三寸金莲，娶妻绝对非三寸金莲不要；女人的脚不仅关乎审美和价值问题，更决定着她的身家命运。男人的头则等同于老虎屁股，民间流传"摸不得"之说，可以想象其尊严。所谓"唯某某马首是瞻"，所谓"头面人物"，都属于同一个概念，都是说明某某地位优越势力显赫。关于此论，且待下回分解罢。

　　发表于《都市美文》，入选《幽默是水——中国作家幽默散文选》（京华出版社）

征婚攻略

这是一个最好的时代，在这个时代里，我们人人都享有最大权限的自由，比如信仰、职业、婚恋、生活方式的选择等等；这也是一个最坏的时代，在这个时代里，我们人人争相向财神爷磕头献媚，以致无理性、无条件的真爱几乎成为"广陵散"。20世纪80年代的年轻人豪情满怀地唱着"为了实现四个现代化，甘洒热血……"然而，那个"四化"尚未到来，我们的"爱情"却在大踏步地向"四化"迈进：商品化、标准化、程序化、动物化。21世纪都过去了10个年头的今天，多少年来最时髦的一个词"下海"依然没有过时，人人都在扑通扑通地往"海"里跳，这海叫作欲海，这"欲"是人欲横流的欲。

如果你对以上说法持有异议，请稍安勿躁戒急用忍，且看看报刊、网络传媒上铺天盖地的男女征婚启事吧，你就会发现无上妙义尽在其中。

"众里寻她千百度"的全是有车有别墅，或者在各地及海外有事业，或者收入非常可观的钻石王老五，他们对"她"

的要求都是年轻貌美、温柔贤惠、身高 1.65 米以上，"三围"多少多少（因人而异。作者注），工作有无、户口所在地不限，全不管他是年届花甲之龄、是卡西摩多之貌、还是武大郎之身材。因为他明白，只要把钱字往出一祭，准保有大量的二八佳丽按图索骥找上门来，他自然会大有斩获，甚至很可能赚得"大珠小珠落玉盘"。或许，其中有不少人是说真方卖假药。但是，事实未必有，假话不可无，这一点男人们心里倍儿清楚。那个折戟沉沙了的"超天才"就说过，不说假话办不成大事。婚姻，显然是一件大事，而且按照一些三流影视剧里一成不变的台词来说，是件"终身大事"，征婚启事中焉能不笔走龙蛇、舌灿莲花？

对此，我的邻居夫妇可是心知肚明。想当初，女方就是喜欢上了男方的奔驰 600——开车要开宝马，坐车要坐奔驰嘛！这气派的大奔车轮滚滚，载着她跑遍了北京市区以及近郊的山山水水，在美不胜收的环境里，两人的感情自然突飞猛进，更何况香车美人是那么地相得益彰，女方很快就发誓非君不嫁。三个月后，小车没了，原来奔驰虽好，却是别人抵押给男方公司的物品，与这男白领的关系，如同上海人所说的那句"勿搭界"；可是女方就不容易脱干系了，那美人时不时哭哭啼啼似一枝梨花带雨，有时则破口大骂男的狼心狗肺不得好死。男人急白了脸，大棒、胡萝卜一起抡上，先是责问女方"是爱人还是爱车？"之后，又花言巧语信誓旦旦一番，说女方是他心中的太阳，当然也可以说是他心目中的月亮，没有她他就活不下去，云云。女人听了，一边抹眼泪一边琢磨：古人说，易得无价宝，难得有情郎，天底下只剩下这么一个情圣，居然让我遇上了，看在他这么爱我的份上，我就原谅他吧；何况，救人一命胜造七级佛塔，我又怎能见死不救呢。最终，两人携手高奏结婚进行曲。

这样的悲喜剧，绝对不会绝无仅有。

鼠有鼠道，猫有猫路。女人对读书往往不求甚解，但对男人的征婚启事，则看得倍儿明白，理解得无比透彻。因为，"终身大事"对于女人来说更是意义重大，人生成败与否几乎全系于此——女人通过选择衣服创造她的个性，通过选择男人创造她的历史。既然男人对女人的要求已经从古代的"妇德、妇容、妇工、妇言"降级到仅要求"妇容"，女人当然明了如何能一下就搔到对方的痒处，还能不欣然走上这条康庄大道？所以，"觅如意郎君"的女人们对于其他全都讳莫如深，只把自己描述得好比七仙女下凡、如同维纳斯出世，字里行间的柔情蜜意，自能使男人顿生觊觎之心，纵是柳下惠也要打熬不住，这样才能如愿钓上金龟婿。当然，实际情况与启事中说的不一定那么相符，但是，美貌这玩意儿是个弹性指标，环肥燕瘦，孰美孰不美，谁能定论？魅力实际上是一种技巧。何况，小姑独处的妙龄女子，一旦对慕貌而来的男人开刀问斩，自然使"我能抵挡一切，除了诱惑"的男人十分受用，如此这般，上钩的男人也就成了瓮中之鳖。

征婚启事中，男人女人互有攻防，而语言是有限手段的无限应用。

发表于《都市美文》，入选《幽默是水——中国作家幽默散文选》（京华出版社）

小姐与先生

十九岁那年在北京上学，有次被一位年届不惑的男士追赶着叫"大姐"，尽管明白这是北京人对女性的尊称，脸上却难免有那么点悻悻然。那时候，基本上是"大爷大妈大叔大婶大哥大姐"一统天下，所以难得被叫一声"小姐"，便使我如沐春风——那正是我幼稚和虚荣的年龄。

数年后南下到最大的特区时，国人间的称谓早已西化，被叫作"小姐"，在我与对方都是理所当然。然而，不久就发现情况似是而非。某次，我猛然从对方诡异的眼光、戏谑的表情和轻薄的口吻中，感觉到这声"小姐"的来者不善，后来才知道，因为有那么一个特异群体的存在，使得这个称呼暧昧不清，它成为居心不良者投石问路的接头暗号，以及用心险恶者恼羞成怒后的伤人暗器。从此，我对这称呼便多了份警惕与戒备，随时准备着兵来将挡水来土掩。经常，在与人熟识一些后，我会请求对方直呼名字，一声名号，让我感到双方心理距离的最佳分寸：不远，也不太近；亲切，不亲昵；随和，不随便。对于本地人善意地称呼"小妹"或者"阿姨"（本土人对女性的尊称），我深怀着由衷的感激之情。

这世界，这年头，风水轮流转。

曾被一位年轻款爷请吃盛宴，对方名片上赫然印着"哲学博士""国际信托投资有限公司总裁"，席前席间席后，他一次次高声吆喝"小妹！"服务员若反应得略迟了些，便遭到劈头盖脸的训斥，这使我见识到哲学桂冠与金钱魔杖混合体的面目。心理上非常不舒服的我，总算愿意开口，问他，"为什么这样叫法？"我指的是语气；"能叫她们'小姐'吗？不是任何年轻女人都配叫作小姐的！"他回答的是概念问题。既然有着被他鞍前马后叫着"小姐"的荣幸，我说话也就少了顾忌，"那也不见得所有男性都配叫作先生吧？"我的眼睛直逼到了他的脸上。"当然。中产阶级以下都不配叫作先生！"他傲然地昂着头颅。话不投机半句多，我再不想看到对面那副摆出来的"先生"嘴脸。

在有着哲学头脑的大款那儿，称呼由性别而划分，依阶级而界定。

英语中，先生 gentleman 一词同时释义为绅士。在西方人眼里，担得起先生之称的便是绅士，也只有绅士——它覆盖的含义决不仅仅指男性。获多项奥斯卡奖的经典巨片《辛德勒的名单》中，有很多场景给我以深刻的印象，但强烈震撼我灵魂、至今在眼前挥之不去的画面，是那个纳粹阵营中的英俊少年，在冒死营救了一批犹太人后，返身走在纳粹队伍最前列的勃发英姿，他身后一帮凶神恶煞般的纳粹分子，相形之下是那么委顿卑琐。在犹太人眼里，在无数观众心中，这小小少年是位顶天立地的先生，而那帮纳粹分子，活像一群恶魔和瘟神！

出于男人的慷慨，少数"学"或者"仕"的杰出女性被提携为"先生"，让我感慨多端五味俱全，但是在对自己性别无力回天的境况中，女性接受这种"皇恩浩荡"也未尝不可，礼尚往来，女人应该报答他们以对等规格的礼遇才算公平。小姐——女人不吝男人于此称呼中分一杯羹，只怕男人不敢消受。《三国演义》中，司马懿即便遭受被赠女人衣裙的羞辱，却到底不曾被喊作司马小姐；而太监，也还是被叫作公公的。这是男人给男人留的情面。

大千世界，成日在眼前晃动的无非是女人和男人，耳里充斥的多半有"小姐"和"先生"，但愿大家都好自为之。

发表于《文学报》

女人的逻辑

对于女人，法国作家朱伊有过看似赞美实则大不恭的几句话，他说：如果没有女人，在我们生命的起点将失去扶持的力量；中年失去欢乐；老年失去安慰。叔本华为这些话大为喝彩，认为那是赞美女人最中肯、最得当的话。但叔本华没有朱伊那么好的涵养，他直言不讳地说：女人最适于担任保姆和幼儿教师的工作，因为她们本身就像个孩子，一言以蔽之，她们的思想介乎于男性成人和小孩之间。总之，在欧洲从亚里士多德直到卢梭乃至尼采，没有一个思想家不认为女性是"残缺不全的性别"，她们"只有动物级别的感觉而没有人类所特有的逻辑"，因此，"男女的不平等是当然的，绝对不值得并且也无从研究的"；也因此，18世纪的民主、人权启蒙大师狄德罗只不过说了一句"女人和男人一样，属于共同的人类"，就这么一句平庸无奇的话，在当时竟然成了石破天惊的呐喊。

其实，以上思想家、哲学家都是爱情失败者，是心智残缺的男性；他们是恼羞成怒，是信口雌黄，是妖言惑众。他们这样诬蔑女人，真应该下地狱。

因为我可知道，女人是实实在在有着自己各式各样的逻辑的。

一天，我正在某营业部办事，突然一个中年妇女上门就骂，骂语不绝于口，也不堪入耳；她并不特别针对谁，开始也没有人搭理她，我以为这是一个疯婆子。后来有人说话了，我隐隐约约听到几句，大致是：你骂得应该够了，我不过被你骂得忍受不了了，才回敬你几句，这你就受不了，你自己是怎么骂我的呢？中年妇女一听，双眉一竖，两眼一翻，声调又高上去至少八度："你怎么可以与女人计较？我是女人嘛！"多么地振振有辞。说话的男人彻底无语了。

我不由对她刮目相看，因为在与男人的对阵中，她聪明地不是说"与我计较"，而是像男人们一样用"女人"这个字眼来称呼自己，此时亮出"女人"这块盾牌，男人只能弃甲丢盔狼狈逃窜，于是女人不战而胜。这就是女人的逻辑——当她感到不平时，她就要哭诉，"不能因为我是女人就发生这种事情"，她把自己看得很严重，决不容许男人轻视她。但是当她做下了错事的时候，她又告诉你说，"我是个女人嘛"。"女人"，是女人逻辑的双面刃，女人一拿起这个武器，就会无往而不利。

女人当然还有其他逻辑。比如，当男人提出与女人分手时，她会要求男人付"青春赔偿费"——"我不能白跟你一场，你不能白玩我一场"，这就是一些女人的逻辑。如果双方有了孩子，那女人的逻辑就更加有理有据："我为你生了孩子"，原来孩子生来只属于父亲！即使男人的使命是修身养性齐家治国，女人的命运是生儿育女循德殉道，然而，孩子却是女人为男人而生的，女人不过被借胎结珠而已。女人的这种逻辑，虽然将"天赋人权"拱手相送，使男人更加无所顾忌地称王称霸，但是，让男人在心满意足地打着饱嗝时，开恩赐赏给女人一些利益补偿，对于女人倒也有着不错的现实意义。

有位曾身陷牢狱的女星，有次在与某男友共进晚餐时突发奇想，对男友说，"人的金钱、地位、名誉是很重要的，如果你是个清道夫之类，能与我坐到一起吃饭吗？"女明星的逻辑自然高人一等，所以曾有男商人在她妩媚的笑容中，不惜身家性命，将她所觊觎的贵重珠宝往她手指上套，所以有人发扬光大她的逻辑为她题曰"做女人难……下辈子我还做女人。"另一位女明星就没有这等旖旎风光了，于是她发出感慨，"男人只能爱，不能靠"，本来她潜意识里的逻辑是"男人可以爱，可以靠"，不料男人并不像她想象的这般有情有趣，真是落花有意流水无情。当女人说"我想得到什么，都是靠我自己去争取"，貌似傲然自得，实则委屈心酸，真是我见犹怜，我只能暗暗祈求：男人们，你们赶紧去怜香惜玉吧。

所以，女人不仅有逻辑，而且，她们的逻辑还可以"以子之矛，攻子之盾"，这是愚蠢自负的有着所谓"七宝金身"的男人望尘莫及的。让那些思想家哲学家们在地狱里忏悔去吧。

发表于《深圳商报》

致晖晖

晖晖：

你好！

读了你的《迷失在黑夜》一文，也读了 12 位作者对你"迷失在黑夜"的见仁见智的文章，我有话要说，再不想保持沉默了。

首先，我要奉劝你：不要拿别人的错误来惩罚自己，不要拿自己的错误去惩罚别人，同样，也不要拿自己的错误惩罚自己。

你为你"迷失在黑夜"而深深忏悔，你感到从那个黑夜起，你就失去了在丈夫面前的道德优越感，于是你痛责自己"没有良知、没有责任、没有人格"，从这些看出，你是个道德感很强的女子，正因为此，我欣赏你，敬重你，所以，我今天会给你写下这封信。

我也注意到了你的其他文字，你反省自己道德的蒙垢，是因为在那个"孤寂的黑暗的夜里"，你的所作所为只是"偷情"而"没有爱情"，所以，你才会感觉到"不是件愉快的事情"，因而"丢失了自己"。你的错误正在于此。

我想，这才是问题的关键所在。

是的，如果你爱他——那个在黑夜里乘虚而入的男人、你丈夫的同事，那么，同样是发生了那一切，你的感受却会完全不同，因为，如果性的原始动力发自爱情，性欲便会因为爱而获得尊严；无论被爱者怎样，也无论爱的结局如何，只要爱者自身是真诚的，爱情和爱者都是美好的。

你有权力去爱别的男人，因为你和你丈夫之间的爱情已经死亡；而爱情本身不会死亡，它只会迁徙。说到你那个沾花惹草却从不反省的丈夫，我感慨不已：人生真是具有讽刺意味，品德良好的人比道德败坏的人所经受的羞愧要多得多。

然而，那个黑夜里发生的事情并不是爱，它只有欲望没有真情，只有感官没有性灵，它只意味着亲近和夜晚。罗曼·罗兰说过，爱情使我们的整个生命更新，正如大旱之后的甘霖对于植物一样。没有爱的性行为，却没有这等力量，刹那欢娱过后，剩下的只是疲倦、厌恶，以及生命的空虚之感。你的感受正是如此。

但是，即便如此，你也不要从此给自己的心灵钉上道德审判的十字架，那完全没有必要。还记得世界名著《飘》中白瑞德船长对郝斯佳说过的一句话吗？"肉体算什么，我要的是灵魂！"的确，只要灵魂没有失落，你就依然圣洁。何况，人类只有死人才不会犯错误；而年轻人犯错误，连上帝都会原谅。你是一个有血有肉、有情有欲却孤寂已久的青春女子，自然也难以避免"人类文明与性本能的永恒冲突"。你不妨以林语堂的话自我安慰，他说：一个有热情有情感的人，也许会做出许多愚蠢和鲁莽的事情，可是一个无热情无情感的人，却是一个笑话和一幅讽刺画罢了。

晖晖，从你的心灵阴影中走出来，平静地接受已不可更改的事实吧；外部世界不会伤害我们，自己的心理障碍才是我们真正的敌人。

发表于《海外时报》

现代靓女

古代女子真是幸运。她们深居闺帏足不出户，在家从父出嫁从夫夫死从子，无须为稻粱谋。贫家女子学几件女红活儿，富家小姐吟几句香诗艳词，便够她受用终身。及至女大当嫁，自有父母之命媒妁之言，不用自己劳心费神，只要女子不违妇训而修四德，即便丈夫犯了他的花心病，也无非妻妾成群，糟糠之妻不下堂，她不仅可以将夫人这把交椅坐得稳如泰山，甚至地位还水涨船高，可以对丈夫的爱妾发号施令。靓女更是得天独厚，"在家"时奇货可居待价而沽，出嫁后夫君千宠万爱相敬如宾，传为千古佳话的"张敞画眉"及"举案齐眉"，其中的两位夫人必是靓女无疑，否则男人不会有这副嘴脸和柔肠。如果女子靓到倾国倾城的份上，则不定哪天为妃为后，位极权重于一人之下万民之上，或者干脆如武则天，生杀予夺全自己作主，人生夫复何求？即使命运不济，靓女如昭君而出塞，或如李师师苏小小陈圆圆而为名妓，也能千古流芳，为万世男人向往和景仰。

现代女子实在生不逢时，别说"三从"，根本无所适从，因而，田间陌上，农家女子终年为稻粱而折腰；都市街头，城里女人终日为生计而摧眉。至于夫君，要生擒活拿到手，纵有十八般武艺在身也恐非易事，而要想不鸡飞蛋打则更是一项艰巨的事业，务须殚智竭虑，因为触目所及，环肥燕瘦的靓女多如过河之鲫。

表面上，当今世界俨然靓女的天下：家族的兴旺，寄望于靓女龙门一跃逮住个金龟婿，则富贵荣华广大门庭有望矣；公司的发达，少不了指靠靓女，因而招聘广告总要强调年轻貌美。一座靓女如云的城市，是男人们神往的圣地，是他们津津乐道的话题。男人宣称"女人是我的财富，是我的不动产"，所以，靓女历来是他们巧取豪夺的物品，是下属得以向"上有好焉"的权贵富豪上贡邀宠的晋升阶梯。靓女是一种无形资产。靓女是新的经济生长点。靓女是一个新时代的标志。所以，某国甚至将民族振兴的厚望寄托于靓女，它公开宣称：以牺牲三代靓女为代价，以使国家走向繁荣走向昌盛走向未来。如此看来，现代靓女真是天将降大任于斯人也，如果《长恨歌》作者白居易再世，定会向全社会鼓与呼：遂令天下父母心，不重生男重生女！计划生育国策的推行，也许就不致如此步履艰难了。

其实，现代靓女并不总是所向披靡。本人有一同窗，形体、面貌、仪态乃至声音，都让人不敢恭维，她与两位靓女抢夺生意地盘而大获全胜，其中奥妙，无它，某些人对她无所谓希望也就没有失望，而靓女们若不能以"靓"为法宝相抵押，便只有等着收拾败局。所谓"塞翁失马焉知非福"，所谓"祸兮福所倚，福兮祸所伏"，所谓"成也萧何，败也萧何"，正是。

现代靓女，无论天生丽质难自弃，还是浓妆艳抹总相宜，都是男人的心头爱女人的肉中刺，男人希望将这爱永远留住，女人则必须除之而后快。于是，靓女们犹如夹在风箱中的老鼠，左右皆逢祸源。常人以为靓女占尽人间春色，尽得人间风流，实在是不知其苦衷。靓女被这般杀盛气夺荣色，自然要暴殄天物，因此，细看现代靓女，"粉面"是厚覆了底粉的脸面，"香腮"是胭脂香水散发的余香，与古代靓女那种活色生香不可同日而语。

"女人头发长见识短"，这话男文盲也能朗朗上口，靓女与智慧无关，更是男人女人的共识。某日，几位美眉应邀列席一个有些规格的座谈会，会议主持人将与会者姓名、职业、成就一一介绍，轮到她们时，他噎住了，随即信口说道，"这几位是靓女，有她们在满室生辉"，然后一副功德圆满的神态，几位"靓女"顿时如坐针毡。你是靓女，你也就只是靓女，智慧、才情、事业一概被抹杀，而且理所当然。靓女，成了代表靓女们全部意义的符号，这就是现代靓女的处境——不幸生而为女人，更不幸是个靓女。

现代靓女，乃性别祭坛上不规则的多边形。

发表于《特区妇女报》

麻将比赛之我见

历来妾身未明、登不得大雅之堂的麻将，突然间被过了明路子而扶了正，成了冠冕堂皇的正式比赛项目，一时间，在国人中真是"风乍起，吹皱一池春水"，拍手称快奔走相告者有之，咬牙切齿咒骂它祸国殃民者有之，纷纷扬扬，莫衷一是，好不热闹。

作为一个屡战屡败、屡败屡战的"麻（将）坛"宿将，我对这个终于拿到了"绿卡"的老朋友所持的态度是：不惊，不乍，报以理解。

既然那么多文盲流氓、甚至文盲兼流氓都能成为一夜陡富的暴发户，我们的几乎人见人爱的麻将，为什么就不能迅速发迹变泰呢？

其实，这样说已经委屈了它。作为中国"国粹"的麻将，它的出身并不低贱，它的历史也曾辉煌，只不过它后来被明珠暗投，坠入魔障，那原本不是它自身的过错——一个美貌女子被人亵渎了，罪恶并不在她而在于那无德恶棍；麻将正如这美貌女子，它本无辜，有人非要将它一想就想到下三路去，只说明此等人的心术不正。佛家有言，心净则国土净。

毋庸讳言，麻将带给了千家万户、无数男女老少以无与伦比的生活乐趣，且听一位个中里手是怎样说的罢：

牌而能摸，又能自摸，除了绝顶聪明的黄帝子孙，谁也不能发明。洋人赌扑克，简直是自找气受；蒙特卡罗的轮盘，操纵在手，更无享受可言。唯有十三筒子，这听一筒，这时候自摸一筒，中指的指纹与一筒的圈圈慢慢擦过，真比服下仙丹还要快乐。牌虽未看见，心里有数；然后翻开，验明正身，确是一筒，大叫一声"自摸！"做皇帝也不过如此。

好一个"做皇帝也不过如此"！面对如此知足而乐的老百姓，还忍心"灭人欲"吗？

麻将如今金身重塑终成正果，正是大势所趋人心所向。

这也说明了一个真理：不是人控制文化，而是文化控制人。

发表于《海口晚报》

金钱飘香？

上午读到一篇文章，作者主张"金钱飘香"，顿时有话要说，不吐不快。

《金钱飘香》文中写道：当所有人都体味到金钱的芳香时，这个社会才正常；有本事的人，便会获得相应的金钱，金钱是才能的象征；金钱面前的平等，比权势面前的平等更平等。

逻辑在形式上能够成立。但是，在内涵上，我不敢苟同。

中国自古有言，"钱有两戈，伤尽古今人品"；国外也有一句意义相近的话：每一笔巨大财富后面都隐藏着罪恶。

我要说的是：如果世界处处飘散着钱币的油香，所有人都拜倒在孔方兄脚下，有钱的王八也大三辈，那么，这个社会该是病入膏肓了。

"金钱是才能的象征"？或许它们能够相辅相成吧，然而，必须有三个前提：天时、地利、人和，这三项内容的实质究竟是什么，相信学过多年《政治经济学》、懂得"政治是经济的集中表现"的人，都不难明白。

在我看来，人的最高才华，理应属于精神、文化、艺术、宗教领域，流芳于世的是这种才华，这个社会才是正常的。

《金钱飘香》作者还说，"金钱面前的平等，比权势面前的平等更平等。"这真是一个美妙的虚幻花园！可惜的是，花园里有真实的癞蛤蟆。权势与金钱，总是如胶似漆共进共退，什么力量能把这对鸳鸯拆开？有权力的人，总是容易滥用权力来牟取财富，这是万古不易的一条法则。

"金钱飘香"先生，请冷静下来吧，要承认只有死亡才是最公正的。

发表于《海外时报》

陋室铭

我独自租住的两室一厅并不空荡。为着工作而常要搬家的缘故，我于此居置办大件只限于三要素：床、书、衣服。然而房东不想搬走他视为"鸡肋"的旧家具和冰箱，但顾及到房租，他哼哼哈哈地欲言又止。我不在意地表示：房租按既定方针办，东西会完璧归赵。房东带着喜出望外的笑容刚下楼，我即一蹦三尺高，老葛朗台的名言脱口而出，"这笔交易划得来！"

家具中沙发椅子数目可观，对其安置我颇费心机，最后决定将数把椅子隔着桌子呈对称排列于客厅，而一套沙发则被拆散了分别拖进两个房间。黑格尔老翁说过，存在便合理。有人光临寒舍，关系亲疏男女之别，便于就座中泾渭分明。

来客总对厨房叹为观止。厨房间柴米油盐酱醋茶、各类大瓶小罐大桶小盆，一应俱全，喻示着主人的贤能。疑惑的客人欲止又言，"以为你不会干家务呢。"这与人曾对我说"以为你不食人间烟火"有异曲同工之妙。我说我非君子，故不远庖厨。古人云，仓廪实而知礼节。我懂得古人是指老鼠。

某夜因脸上有动静而惊醒，睁眼时魂飞魄散：老鼠欲行非礼？我非柳下惠，焉能坐怀——而且直坐到了脸上——不乱，我闭着眼睛浑身哆嗦得似筛糠，再也没兴趣要弄清怎么个是贼眉鼠眼。然而老鼠片刻后竟绅士般对我秋毫不犯而去，自此之后，我对"仓廪实"更乐此不疲。

初来乍到见到卫生间，往往要惊呼一声，似乎里面发生了什么惨案，其实，无非墙壁间水管爆裂，水柱往外喷成微型瀑布而已。瀑布飞流直下的声音绕梁终日，正可谓"此曲只应我处有，人家哪得几回闻"，人家少见，难免多怪。为使可遇不可求的天然景观不显单调，我于"瀑布"旁置放两盆花木，于是，落花流水，相映成趣。

与卫生间一墙之隔的房间，因受恩泽滋润很是阴凉，被我因势利导辟为健身房，内陈练功毯、哑铃、呼啦圈、溜冰鞋和跳绳等。虽然练功毯至今未能一亲我芳泽，哑铃只被我当铁锤使过，呼啦圈始终充当挂饰，溜冰鞋则因我弃之如敝履而早已暗度陈仓溜之大吉，跳绳也因一言（有位琼籍人士问我"你还吊（跳）绳？"）而放弃，但我健身之志是常立的。

卧室与健身房紧邻。室内两衣柜并立、两衣箱并陈，一只身形巨硕的大包混迹其中，包中无它，全是书，每当有所需要，我便躬身探囊，埋首取物，此间之乐，真不足为外人道也；桌子兼梳妆台上，镜子与报刊等高、化妆品与稿纸共存，一对沙发则与床遥相呼应。每天，我或仰躺于地上望朝阳移影，或倒卧于沙发看章台残月，不无得意地自喻为"两栖动物"。然而，经验告诉我，要想享有白香山"日高睡足犹慵起"的那般惬意，还是睡在床榻上最为曼妙。似乎是陶渊明老夫子说过"睡凭书介绍"，然而对我来说，却是书凭睡介绍。我的"夜读书"无须红袖添香，却必须是斜躺在床上，孤灯伴枕，非如此总心猿意马不能入定。床头高堆着让我常读常新的经典名作，每每一卷在手便宠辱皆忘，心领神会处忍不住拍案叫绝。卧室内唯一的装饰品是一幅巨型经典艺术画，画中男女因激情并柔情的辉映而美得摄人心魄，它使整个屋子蓬荜生辉。

住进此居后隔三差五地就头痛感冒，听到过"风水"一说，一笑置之。小病小患，只因空穴来风而起——窗户千疮百孔。可这房子，窗户真是我的最爱。透窗见到邻人归家，便可以与她打开窗子说亮话，而隔窗听取麻将声响一片，也正使长夜易尽而深得我心。还有，小区售卖部里，侏儒店主诚挚的笑容，总使我如沐春风。因此，迁移，非不能也实不为也。话扯到陋室以外了，赶紧打住。

　　发表于《都市美文》，入选《幽默是水——中国作家幽默散文选》（京华出版社）

学裁缝

交了三百元学费，雄心勃勃要学裁缝。

闺蜜一听就乐："你学裁缝，天呐，像吗?"唉，她以貌取人。怕她再说出打击积极性的话，我赶紧顾左右而言它。家人对此不谋而合地不置一语，大概说点好听的实在勉为其难，又不忍泼冷水，便都沉默是金。这也难怪，他们对我是再三领教过的：扣子绑在了衣服上，两条裤腿曾被针线合并为一，更有某次我自告奋勇缝棉被，费尽九牛二虎之力缝了惨不忍睹的十多个针脚后，突然发现竟忘了将被面合上，只落得在众人前仰后合的大笑中悻悻而逃。以这等天才学裁缝，他们嘴下留情已是万幸，焉敢存奢望? 于是，我只有在心底憋足一口气：非学出个人模狗样让你们瞧瞧!

学校在一条叫作"三亚上街"的弄堂里。三亚上街，那真是都市里的村庄，其遍布泥泞小道、简陋房屋、成堆垃圾，与几百米之外高楼林立的景况简直是天壤之别。说是学校，其实是个小作坊，老师兼做师傅和员工。我进去时，几个年轻的工人打着扑克，同时对我探头探脑。在作坊学习的优势是：不受课时限制，随到随学，这正中下怀。我恭恭敬敬地叫了声老师，虔诚得连自己也感到意外。老师是位海南男青年，他拿来尺子和粉笔，对照着自编的《裁缝法》草写本，开始授我第一课：画西裤裁剪图。老师的本地口音常使我听得一头雾水，他只好用文字笔译，我为他连比带划连说带写的辛苦而歉疚。与我遇到的所有裁缝师一样，老师也是将臀部说成"殿"部，师承他的工人当然无一例外。在一片"殿"声的包围中，我无所适从：既不敢反徒为师指出人家念了错别字，也不忍难为自己人云亦云，况且，"殿部"——这怎么念得出口？我决定采取中庸之道，对它见而绕道避而不提。偏偏在西裤课中它出现率奇高，老师多次提问使我不得不与它正面交锋。情急之下，一声"殿部"脱口而出，到底人多力量大，我寡不敌众。万事开头难，后来一路"殿"下去，再也不觉得难为情。

老师虽时不时念个错别字，教学却绝对高人一筹。对我兴趣不小的女工常毛遂自荐当我老师，无奈我越听越糊涂，非劳老师大驾才得以解惑。老师很得意于他编写的教材，说有人慕名前来求购时，他就以50元一本出售。我问他为何不打印清楚以卖个好价钱，他咕咕哝哝地说了一堆，我听不大明白，模模糊糊言下之意好像是以他的手迹本流传便是他的专利，别人无法篡夺。我对此很存疑问：别人打印好再转卖呢？但动脑筋很费力，要他说清楚更费力，不如事不关己高高挂起。老师的确可以得意，比起那些我偶尔翻过的关于衣服裁剪的出版物，他的手书简单明了更为实用。老师更得意的是他有不少独悟的技巧与绝招，非门徒不授，编书时自然留了一手。有一次，在教到裤腰裁剪画法时，老师面授机宜后，掩饰不住得意之色，反复强调这是裁缝师中绝无仅有的妙招，如此这般既省时又完美，这时，我看见旁边的女工一脸崇拜的神情。

因得师真传，高招在握，我也自鸣得意起来。

第一堂课学了一个半小时，兴冲冲回家后，迫不及待对弟弟说：我学会了裁西裤！你拿布来，现在可以为你义务裁剪，过了这村可就没那店了。弟说：不敢当。不识抬举，拉倒。然而，狐朋狗友们亦无一响应，我自叹英雄无用武之地。

三天后，去上第二节课，老师让自习画图，本来踌躇满志，不料结局狼狈不堪。我干活本是反常人之道而行之，比如拧毛巾绕毛线等，无不让人看得别扭，我却是与生俱来浑然天成。这不，反手操尺倒着划线，着实让众人开了眼界。老师几次试图拨乱反正，无奈我天性难违，他悻悻然败下阵去。老师的几个高足轮流上阵，耐心示范，把手指教，我似乎开了窍，画来算去总算折腾出一个西裤样图，期待着老师的赞许。老师看了看说，"不对呀，怎么腰部这么窄，中档与'殿'部也不成比例呢？"原来，我的算术法是 7-0.3=6.3，5-0.2=4.2。大家掩嘴窃笑，我好不尴尬。老师安慰道：你学得够快，有的人学了几天还不会画图呢！我简直受宠若惊！

老师要我再"练习练习，巩固巩固"，我趁他不备，三十六计溜为上计。见好就收嘛，嘿嘿。

大半年过去了，其他学员已能自立山头与老师分庭抗礼，我却一直未去上第三堂课。我害怕那庞杂的系统工程，算术、代数、几何在其中的运算（用）令我心有余悸。当然，迟早我还会去的，因为我"学裁缝"早已是高墙上架喇叭——名（鸣）声在外了。

发表于《服饰文化》

戏说时装

萧伯纳有过一句名言：现代女子对于丈夫的关注，远不及她们所喜爱的时装。可爱的老萧肯定没少吃过老婆的苦头。伟大的爱因斯坦的爱妻，大概比萧夫人有过之而无不及。某日，爱因斯坦先生参加盛宴后归家，夫人劈头就问：亲爱的，今天晚会上的夫人们穿的都是什么样的服装呀？爱因斯坦是个老实的丈夫，他认真地回答：我真的不知道。从桌子以上的部分看，她们没有穿什么东西；而在桌子以下的那部分，我可不敢偷看。

由此窥斑见豹，女人关注的"她们所喜爱的时装"，不仅仅是自己所拥有的，也包括其他女人的。两对男女相遇，首先都会下意识地盯着对面的女人。这在男人，自然是如孔夫子所说"吾未见好德如好色者也"，而在女人，则因为对面那个女人是她的天敌——如果对方漂亮，她会很不好受，如果对方既漂亮还穿了摩登时装，她尤其难受。三个女人一台戏，且听听她们的台词吧：这个问，"你的裙子哪儿买的，多少钱？"那个答，"这是名牌。今年国际流行色！"

女为悦己者容。其实，女人更为其他女人而容，她们嫉恨的目光，是她最喜欢观照的镜子。女人为了争奇斗艳，对服饰费尽心机，对此，梁实秋先生有过惟妙惟肖的刻画：女人换衣换鞋，都往往在心中经过一读二读三读，决议之后再复议，复议之后再否决；一个小小的别针，午前在领扣上，午后就许移到了头发上；外国女人的帽子，可以是一根鸡毛，可以是半只铁锅，或是一个畚箕；中国女人的袍子，领子高的时候可以使她像只长颈鹿，袖子短的时候恨不得两腋生风，至于纽扣盘花，滚边镶绣，则更是变幻莫测……

不要以为女子时装是不登大雅之堂的东西，有位法朗士先生说得好，"如果我死后还能在无数出版书籍当中有所选择，你想我将选什么呢？在这未来的群籍之中，我不想选小说，亦不选历史。我的朋友，我仅要选一本时装杂志，看我死后一世纪中妇女如何装束。妇女装束之能告诉我未来的人文，胜过于一切哲学家、小说家、预言家及学者。"

你看看，女子装束多么重要！

法国女郎是深谙其中三昧的。世人公推法国女郎既漂亮优雅又风情万种，这固然由于她们的天生丽质，但"佛要金装，人要衣装"，举世闻名的法国时装着实为她们增色不少。不记得哪位文学巨匠说过大意如下的话：千万别小看一个女子，如果有王子看上了她，她就会成为王妃；如果被达官大亨相中，她将会是贵夫人。这话可真不假。然而一个女子（尤其一个平民女子）要攀上高枝做凤凰，务必"好风凭借力，送我上青天"，她借的就是时装之力。所以，女子要让人千万别小看，自己当然断断不敢小看时装。安徒生童话中的灰姑娘在舞会上被王子垂青，是因为她穿上了神仙赐予的华丽时装，连童话也想象不出，王子会青睐穿着家常便服的灰姑娘，哪怕她是国色天香。国外经典片《窈窕淑女》和《风流女窃》，片中的佳人开始都是春风不度玉门关，后来她们包装以时装粉墨登场，这才将白马王子、公子哥儿迷惑得神魂颠倒非她莫娶。我小时读过一本不知从哪儿拣来的首尾残缺的破剧本，剧情是：一位男子出于同情将路边一个可怜的盲少女领回家，盲女梳洗一番后穿上男子为她买来的时装，丑小鸭顿时变成了白天鹅，男子目瞪口呆之下感情起了质的变化，爱上了这个他为之取名丽云——天上美丽的云彩——的盲女。男子的儿子从国外回来后也对丽云一见钟情，从此父子两人争风吃醋明争暗斗。有一天丽云突然重见光明看到了父子两人，她感激救命恩人，可是她只爱那位"儿子"而不爱这位"老子"……我不知结局如何，但是我记住了：时装，是一个女子步入幸福之门的护照。

自然，时装商场就是女子的乐园和乌托邦了。时装，是现代女子的至爱。无论是家庭主妇还是单身女子，不管是妙龄女郎还是半老徐娘，她们观望、评论、抚摸、东挑西拣着花花绿绿形形色色的时装时，总是一边翻天覆地，同时口中念念有词。这是她们的幸福欢乐时光，是她们的莫大享受，也是她们的权利表现。旧上海滩上两位最负盛名的女作家苏青和张爱玲，在张爱玲住宅答记者问时，苏青说，"用男人的钱快活，也觉得是应该的。"张爱玲说，"用丈夫的钱，如果爱他的话，那确是一种快乐，愿意想自己是吃他的饭，穿他的衣服。那是女人的传统权利。"不快活不快乐的是男人，可是他为了留住男子汉大丈夫的面子，只得苦着脸掏出钱夹，让大把钞票似流水般而去。逝者如斯夫，那是他们胸口永远的痛。

现代女子人人都会最大极限地使用她的"传统权利"，因为，时装不仅能改变一个女子的心情，而且能改变她的整个生活！

发表于《服饰文化》

戏说女人

男人是奇怪的东西，而女人就更奇怪。

女人的奇怪之处多得不胜枚举。"上帝给她一张脸，她能另造一张出来"，便是其中之一。

天底下没有不认为自己就是大美人的女人，在这方面女人绝对自信。也许，有时候，女人会让你听到一点关于她容貌的很有保留的谦虚之词，然后摆出一种高姿态来征求你对她的批评意见，这个时候，你可千万别像上海人说的那种"拎勿清"；你应该知道，女人请你批评，实际上是想听到赞美。不信你试试吧。若是夸一个女人漂亮，即使你竭尽辞典中的溢美之词，她也会全盘笑纳；而如果你竟然敢实事求是，那么你务必要做好下油锅的准备，否则就趁早闭上你那张乌鸦嘴。在这儿顺便告诉你一个窃取女人芳心的小秘密——"你是多么漂亮呀！"把这句话在女人耳边说上一百遍，她就会爱上你。

既然如此，女人肯定会对自己的脸面无比珍视，唯恐它受到一星半点的侵害吧。你又错了。对于善变的女人来说，没有为了更美而不能打破的规律！

所以，女人不惜对自己的脸蛋大动干戈：眉毛要像《乱世佳人》费雯丽那样，纹！眼线要似《窈窕淑女》奥黛丽·赫本那般，割！鼻子欲与《埃及艳后》克里奥特佩拉的试比高，隆！嘴巴要比《妇人》索菲亚·罗兰还性感，切！《风月俏佳人》朱丽娅·罗伯茨有两个酒窝，挖！世界名模辛迪·克劳馥的美人痣很撩人，种！……

一张集各家之长、得一己之貌的脸就这样诞生了，一个旷世无双的绝代佳人就这样横空出世了，女人应该大功告成见好就收了吧？不！"革命尚未成功，同志仍须努力"，待做的事儿多着呢。头发要染，赤橙黄绿青蓝紫；身材要塑，硅胶隆胸、腰部抽脂、盆腔扩充……直到一个丰乳肥臀风情万种的玛丽莲·梦露再现人间，让男人们垂涎三尺，使千古笑柄柳下惠也蠢蠢欲动，她才算是修成了正果。

生命不息，女人对自己的身体战斗不止；女人如此这般，女人乐此不疲，没有别的理由，只有女人的理由。

发表于《海口晚报》

小议感动

感动，就是我们内心深处最柔软的那个部位被触动了。

这种触动是轻柔的，它来自心底里油然而生的一股情感暖流的冲击，这就是所谓"感人心者，莫先乎情"。情，是以诚为基础的。程颐说，"使诈，则能愚人。推诚，则能感人。感人者，可久。愚人者，不常。感人者，动以情。愚人者，用其术。然情之用不竭，而术之用有穷。"诚然！

事情能否让人感动，取决于与事者和受事者双方。感动的形式和内容因人而异，它与一个人的道德和知识水平有关。使甲深受感动的事情，在乙也许不屑一顾；而使乙感动不已的事情，或许压根儿就打动不了甲。但是，我相信一点：总是寻常质朴事，恰似春雨润心田。

有时候，与事者和受事者的位置是相互交错的。我曾经被一个十多岁的小乞丐深深打动过：下肢残废的他，坐在菜市场的脏地上，抱着一个装了一点零散钞票的搪瓷缸。他就那么静静地坐着，不像许多乞丐那样对人纠缠不休或者不断地向人磕头作揖，因而光顾他的人很少。于是，我放下了一张五元的钞票。我触到了他的目光。那是怎样的目光啊，感激、自尊、卑怯、倔强等等都在其中，那么复杂又那么纯真。我立住了，与他对视了一阵。当我转过头去，我的眼眶里充满了泪水。

我祈望这个小乞丐能改变命运。我但愿自己能永远保持一颗善感的心。

是的，随着年龄的增长和相应的成熟，我们被一层厚厚的茧子严裹着的心会越来越坚硬，对于事物的感动能力也会越来越弱化；但是，让我们尽量少一些功利之心，尽量多一些感动之情吧。一个富有感情的人，才是人格完整的人。我认为，如果一个人能够常常体验到感动，至少他（她）是值得我们交往的。

感动，让我们的心灵活着，让人性闪耀出光芒。

发表于《特区妇女报》

第二辑

纵论

有大痛苦才会有大深刻，

有大深刻才能有大悲悯，

有大悲悯才拥有大智慧。

我去地坛，只为能与他相遇

永远忘不了中学时期，我在课堂上偷偷阅读史铁生作品《奶奶的星星》的情形，当读到"奶奶已经死了好多年。她带大的孙子忘不了她。尽管我现在想起她讲的故事，知道那是神话，但到夏天的晚上，我却时常还像孩子那样，仰着脸，揣摩哪一颗星星是奶奶的……我慢慢去想奶奶讲的那个神话，我慢慢相信，每一个活过的人，都能给后人的路途上添些光亮，也许是一颗巨星，也许是一把火炬，也许只是一支含泪的烛光"这一段时，我泪水开始哗哗地流，只好把头埋得更深，不断用衣袖拭去泪水。同桌惶恐不安，老师莫名其妙……我也是奶奶带大的，我的奶奶也这般善良，也这般疼爱我，也被"地主"帽子压得抬不起头来。"奶奶已经死了好多年。她带大的孙女忘不了她。"我抽抽噎噎，念念叨叨，疯疯魔魔。幸好，一向偏爱我的老师，照旧宽容了我。

我哭，还因为少女的敏感多情——命运为什么要这样残忍地捉弄他？一个"喜欢体育（足球、篮球、田径、爬山）、喜欢到荒野里去看看野兽"的男孩子，"活到最狂妄的年龄上忽地残疾了双腿"，从此再也不能活蹦乱跳了，"无论怎么说，这一招是够损的。我不信有谁能不惊慌，不哭泣。"他脆弱：他不敢去羡慕在花丛树行间漫步的健康人，在小路上打羽毛球的年轻人；他忧伤：脚踩在软软的草地上是什么感觉？想走到哪儿就走到哪儿是什么感觉？踢着路边的石子走是什么感觉？他失望：他曾久久地看着一个身穿病服的老人在草地上踱着方步晒太阳，心想自己只要能这样就行了就够了！

况且，21岁的他，渴望爱情而爱情正光临。"一个满心准备迎接爱情的人，好没影儿的先迎来了残疾"，那时候，爱情于他比任何药物和语言都有效，然而……

"结尾是什么？"

"等待。"

"之后呢？"

"没有之后。"

"或者说，等待的结果呢？"

"等待就是结果。"

他这样写道。他爱得虚幻，我痛得真实。他曾对中学老师B老师怀有善良心愿："我甚至暗自希望，学校里最漂亮的那个女老师能嫁给他。"我当时就全是这样一份心思，暗自希望讲台上这个学校里最漂亮的女老师能嫁给史铁生。

残疾、失恋，让史铁生猛然被命运击昏了头，一心以为自己是世上最不幸的人，他孤愤、悲怆、怨恨，甚至长达10年无法理解命运的安排。"活着，还是死去？"这个哈姆雷特式问题，日日夜夜纠缠着他，年轻的他，心灵的痛苦更胜于肉体的痛苦。

"人不惧苦，苦的是找不到生之喜乐。"《圣经》如此教导上帝的子民，给人指点迷津。

好在，这个终日在死亡边缘挣扎的少年，最终没有被痛苦淹没，反而被苦难造就着。通过写作，他找到了生活的出路，找到了精神的征途，找到了生命的尊严，也找到了生之喜乐。

"写作，刚开始就是谋生。"史铁生直言。随着作品的不断发表和连连获奖，他靠意志和思想站了起来，站成一位文学的强者。

"在谋生之外，当然还得有点追求，有点价值感。慢慢地去做些事，于是慢慢地有了活的兴致和价值感"，他如是说，"一个生命的诞生，便是一次对意义的要求"。

人要赋予世界以价值，赋予生命以意义。人要求生存的意义，也就是要求生命的质量。曾经，史铁生写下小说《命若琴弦》，表达盲人对荒诞人生和自身宿命的抗争，以获取生存的价值与意义；在《许三多的循环论证》中，他一如既往对生命意义提出质疑，同时作出解答：没有谁是不想好好活的，却不是人人都能活得好，这为什么？就因为不是谁都能为自己确立一种意义，并永"不放弃"地走向它。

是的。人来到人世时紧握拳头，去世时手却是张开的；人生到最后，位子、票子、房子、车子四大皆空，所有功名利禄，一切荣华富贵，都烟消云散。既然死亡不可避免，爱人终究离去，我们为什么还会全心全意去爱？为什么还要不断创造美好的事物？我想，也许就在于生命的恩赐是珍贵的，爱情是无价的，人类创造的美好是永恒的。所以，尽管"眺望越是美好，越是看见自己的丑弱，越是无边，越看到限制"（史铁生语），我们依然应该尽量去追求理想而不是物质，因为，只有理想才能赋予生命以意义，也只有理想才具恒久的价值。

可是，时间会像沼泽一样，逐渐淹没我们的理想，让我们日益庸庸碌碌；时间也会像沙漏一样，不断过滤着我们的记忆，让我们漠然于逝去的似水流年。而独具慧眼的史铁生，却从一件件往事中，撷取出一个个片段，写可感之事、可念之情、可传之人：寺庙、教堂、幼儿园、老家；佛乐、诵经、钟声；僧人、八子、B老师、庄子、姗姗、二姥姥……像一幅幅精雕细琢的工笔画，徐徐展现在读者眼前，令人神往，引人入胜。这些往事有的温暖有的苦涩，在他笔下怀旧而不感伤，少年的轻狂、青春的绮丽，年轻的梦想、命运的跌宕，历史的沉浮、人间的温情，良知与情义、反思与忏悔，由他一贯纯净优美、纯朴平实、沉静睿智、沉稳有力的语言娓娓道来，有时一尘不染，有时直逼尘世的核心，冲淡悠远，意蕴深长。他曾说，二十一岁那年"我没死，全靠着友谊""那时离死神还远着呢，因为你有那么多好朋友"，那些好朋友，除了经常带书去医院看望他的插队知青，也有八子、庄子、小恒他们这些童年伙伴吧？

　　心灵的超凡脱俗，使他把目光抬高，俯瞰自己的尘世命运，"这个孩子生而怯懦，禀性愚顽，想必正是他要来这人间的缘由"，残疾是"今生的惩罚与前生的恶迹"；而一个善于反思的人，在面对自己的灵魂时，会黯然神伤："现在想起来，我那天的行为是否有点狡猾？甚至丑恶？那算不算是拉拢，像 k（矮小枯瘦的可怕孩子）一样？""几天后奶奶走了。母亲来学校告诉我：奶奶没受什么委屈，平平安安地走了。我松了一口气。但即便在那一刻，我也知道，这一口气是为什么松的。良心，其实什么都明白。不过，明白，未必就能阻止人性的罪恶。多年来，我一直躲避着那罪恶的一刻。但其实，那是永远都躲避不开的。""我也曾这样祈求过神明，在地坛的老墙下，双手合十，满心敬畏（其实是满心功利）……"

　　读他的作品，你的心灵会异常宁静、开阔、博大、悲悯。

　　史铁生最负盛名的散文是《我与地坛》。《我与地坛》语言清澈而精雅、清灵而深刻、清癯而丰华，人物丰富生动，文章甫一发表，立刻引起全国读者的注意，被多家选刊转载，被入选高中语文课本，被公认为新中国成立以来最优秀的散文之一；文中最为动人心弦的人物形象是作者的母亲——一个苦难而伟大的女性。关于母亲，史铁生还写下了深受读者喜爱的《秋天的怀念》《合欢树》《第一次盼望》

等，尤其《秋天的怀念》，短小的篇幅，精致的文笔，纯粹的意境，写尽了母亲艰难的命运、坚忍的意志和真挚深沉的母爱，以及母子生离死别的苦痛，感人至深，余韵袅袅（曾在课堂上泪流满面的天真少女，已是饱经人生凄风苦雨的妇人，然而，每次重温它，我都会潸然泪下，久久不能释卷，久久难以释怀）。但流传最广的，还是《我与地坛》。一些中学教师和同学说，老师讲解《我与地坛》时，经常是女生哭男生也哭，学生哭老师也哭，以致师生们执手相看泪眼于课堂上。很多年里，很多的人，都是因为读了《我与地坛》而向往地坛，去地坛找寻史铁生的足迹。

我住得离地坛近了，去的次数多了。我知道，史铁生后来住得离地坛远了，他大部分时间在受病痛折磨与病魔搏斗，有时候，为了把精力攒下来读读书写点东西，他半天不敢动弹。所以，他来地坛少了。但他的心魂还守候在京都这座历经五百年沧桑的古园里。

我去地坛，只为能与他相遇。我记得史铁生说过的话：一进（地坛）园门心便安稳，有一条界线似的，只要一迈过它便有清纯之气扑来，悠远、浑厚。而我一进地坛，就觉得他的气息扑面而来。

20多年过去了，《我与地坛》没有随着岁月的推移而褪色，直到现在仍有人说，到北京可以不去长城，不去十三陵，但一定要去看一看地坛。这就是《我与地坛》的影响力，这就是文学的生命力。

史铁生的散文为什么这么吸引人?

世界越发展,人类便越渺小,物质越发达,人心就越孱弱;当今社会过于喧嚣浮躁,人的各种欲望空前膨胀,导致不少人心灵贫乏、精神荒芜、信仰没落。在这个物欲横流的时期,在这个急需道德力量的时代,社会需要精神食粮,读者需要文学营养,需要关注灵魂、呼唤良知、震撼心灵、柔化温暖人心的作品,这是当代散文必需的精神归宿,这是时代赋予作家的文学使命。

史铁生写的不是油滑遁世的逸情散文,不是速生速灭的快餐散文,不是自矜自吟的假"士大夫"散文,不是撒娇发嗲的小女人散文,挫折、创痛、悲愤、绝望,固然在其作品中留下了痕迹,但他的作品始终祥和、安静、宽厚,兼具文学力量和人道力量。他用睿智的眼光看世界,内心则保持纯真无邪,正因为他返璞归真的赤子之心,他的作品体现出广博而深远的真、善、美、慧。

一个有着丰饶内心和深刻灵魂的智者,不会沾沾自喜于世俗的得失,史铁生看出了荣誉的赢弱,警惕着声名的腐蚀:

写作为生是一件被逼无奈的事……居然挣到了一些钱,还有了一点名声。这个愚顽的铁生,从未纯洁到不喜欢这两样东西,况且钱可以供养'沉重的肉身',名则用以支持住孱弱的虚荣。待他孱弱的心渐渐强壮了些的时候,确实看见了名的荒唐一面……

"美化或出于他人的善意，或出于我的伪装，还可能出于某种文体的积习——中国人喜爱赞歌……我其实未必合适当作家，只不过命运把我弄到这一条（近似的）路上来了……左右苍茫时，总也得有条路走，这路又不能再用腿去趟，便用笔去找。而这样的找，利于世间一颗最为躁动的心走向宁静……我仅仅算一个写作者吧，与任何'学'都不沾边儿。学，是挺讲究的东西，尤其需要公认。数学、哲学、美学，还有文学，都不是打打闹闹的事。"

我想起了瞿秋白，瞿在《多余的话》中展示的高贵自省、伟大谦卑。

双肾坏死、尿毒症，每隔一天就得去医院透析一次，任谁也难以承受，不过，在21岁时挺过了最受煎熬的时光，之后，哪怕面对死亡的威胁，对史铁生来说都不可怕了。曾经，医院的王主任劝慰整天痛不欲生的他：还是看看书吧，你不是爱看书吗？人活一天就不要白活。将来你工作了，忙得一点时间都没有，你会后悔这段时光就让它这么白白地过去了；后来，医生这样评价他："史铁生是一个意志坚强的人，也是一个智慧与心质优异的人。"几十年风霜雪雨过后，他已经可以坦然面对人世间的一切苦难、灾难、劫难。"我的职业是生病，业余写一点东西"，他笑称，"做透析就像是去上班，有时候也会烦，但我想医生护士天天都要上班，我一周只上三天比他们好多了。"他过50寿诞时，对作家朋友陈村说：座山雕也是50岁，就要健康不说长寿了吧。这幽默令人心酸。但"幽默包含着对人生的理解"，这是他的话。

心灵的成长需要时间，更需要命运的提醒。

《病隙碎笔》就是在透析期间的轮椅上、手术台边写出来的，足足写了四年之久。"生病也是生活体验之一种，甚或算得一项别开生面的游历……生病的经验是一步步懂得满足。发烧了，才知道不发烧的日子多么清爽。咳嗽了，才体会不咳嗽的嗓子多么安详。刚坐上轮椅时，我老想，不能直立行走岂非把人的特点搞丢了？便觉天昏地暗。等到又生出褥疮，一连数日只能歪七扭八地躺着，才看见端坐的日子其实多么晴朗。后来又患'尿毒症'，经常昏昏然不能思想，就更加怀恋起往日时光。终于醒悟：其实每时每刻我们都是幸运的，因为任何灾难的前面都可能再加一个'更'字。"这些感悟，将哲思与个人生命体验交融，使我们看到作者的谦逊感恩、平和坚韧，使我们懂得：幸与不幸，在乎人的感受；少欲少求，保持一颗虔诚的心，一颗感恩的心，一颗祥和的心，人才能获得内心的平静真正的幸福。

《阿伽门农》中有一句名言，"智慧从苦难的经历中得来"。当然，不是所有的苦难都能产生出智慧和德行，举目四望，苦难、清贫、病痛，也造就精神的颓废、道德的沉沦。但是，必须有大痛苦才会有大深刻，有大深刻才能有大悲悯，有大悲悯才拥有大智慧。智慧的人，懂得通过苦难走向欢乐。对史铁生来说，快乐当然不是幸运的结果，而是一种德行——英勇的德行。在德行的牵引下，他用喜悦平衡困苦，从而获得了心灵的安妥生命的自足。"当有人劝我去佛堂烧炷高香，求佛不断送来好运，或许能还给我各项健康时，我总犹豫。便去烧香，也不该有那样的要求，不该以为命运欠了你什么。唯当去求一份智慧，以醒贪迷。"

他的表白，不是伪崇高，没有人格造假，体现的是更高层次上的道德感。

让人欣慰的是，众目仰望的不是权力人物而是思维人物，毕竟，文化与思想的影响力要远远大于权力。史铁生以他的人格精神高度，深深打动着人们的灵魂，无数读者从他的作品中得到慰藉和鼓励，因而对他敬佩、敬重、敬爱、敬仰。有人说他的文字是全人类的精神财富，犹如一盏盏明灯照亮了人们的心灵，让人深刻地审视生命，让人找回自我、本性、灵魂，让人的灵魂得到升华；有人说，您的作品帮助我想明白了生命的很多问题，帮助我度过了人生最迷茫难熬的时光，网友"崇拜你的同龄人"甚至说"您的作品救过我的命"；有人称他为中国的霍金、中国的奥斯特洛夫斯基，称他是当代最值得尊敬的作家，称他是自己的精神引领者，质问"为什么感动中国没选他？"更有人呼吁：课本和媒体应该多推介史铁生作品以告诉孩子们什么是真、善、美和坚强。读者说：我们是幸运的，因为能读到他的文字！读者说：如果站在您面前的话，我真的很想给您鞠一躬。作家莫言也由衷感叹，"我对史铁生满怀敬仰之情，因为他不但是一个杰出的作家，更是一个伟大的人。"

文学没有衰落，更不会死亡，文学的作用，正如沃伦所言，"作家不仅受社会的影响，他也要影响社会。艺术不仅重现生活，而且也造就生活。人们可以按照作品中虚构的男女主人公的模式去塑造自己的生活。他们仿效作品中的人物去爱、犯罪和自杀。"

爱情与死亡是文学艺术的永恒主题，也是史铁生永远的人生命题。当年，充满哲学色彩和文学神韵、给读者以无比新奇阅读体验的《务虚笔记》问世，其中的生命思考和心灵独白，是那样地激荡着我，让刚刚开始涉足文学写作的我，不满足于只是惊喜阅读，还废寝忘食地大段大段抄写，那些笔记至今保存完好。

我至今对适逢《务虚笔记》问世时，某省举办的作家读书班上，当地文坛"三剑客"之二"剑"的争论记忆犹新。一个说，史铁生之所以善于思考，是因为他被命运限定在了轮椅上，除了苦思冥想便无事可做，否则他不会如此智慧，不会成为这么优秀的作家，他的残疾，对他来说未必不是幸运。

另一个反唇相讥：你也可以坐在那儿去想啊！你由于行动灵便，就自甘于俗务纠缠，更自甘堕于欲望滚滚，自己不去沉思，怪谁呢？再说，你去苦思冥想，就一定能产生出思想吗？

而对史铁生来说，哲思不是沙龙里的讨论，它是生与死的搏斗。

他坦言，《务虚笔记》亦可称为《心魂自传》，而且，"一个作家无论写什么，都是在写他自己"。或许有人认为他太过玄虚，有人则说他证明了神性。其实，这是他的必然。黑格尔认为，艺术发展到最后一个阶段，绝对精神就不再满足于用艺术来表现，而走入宗教与哲学的领域。

哲学家把人的生活分作三个层次：物质生活、精神生活、灵魂生活。钟情于灵魂生活的人，不肯做本能的奴隶，不满足于虚幻的声名，必须追究灵魂的来源，追问宇宙的根本，才能满足他的人生欲望。"人可以走向天堂，不可以走到天堂"，史铁生说。对一个深刻的灵魂而言，痛苦、磨难甚至是死亡威胁，也不会损毁它对美的向往和追求。史铁生提出真知灼见：在奥运口号"更快、更高、更强"之后，应该再加上"更美"。我们看到，他正一步步走过人生的三个阶段——审美阶段、道德阶段、宗教阶段。

《务虚笔记》问世十年之际，《我的丁一之旅》由人民文学出版社出版，史铁生在书中对爱情、人生、信仰和灵魂石破天惊的追问，令当下一些或写实或虚构，或拘谨或夸张，或精致或粗鄙的情爱小说相形见绌黯然失色。它的出色，评论家何东一言以蔽之："此书堪与《百年孤独》等等国外优秀的名著相比，一本真正的爱情小说。"当时供职于《长篇小说选刊》的我，倾倒于小说情节布局之恢宏之阔大，想象力之瑰丽之天马行空，笔下之汪洋恣肆之从容不迫，语言之千锤百炼之炉火纯青，根本不记得自己要作编校，顾自深深沉浸于幸福阅读的心灵之旅。直到暮色苍茫，终于，我从书里探出头来，对亦师亦友的同事素蓉姐说，我从来不追星，但一直景仰史铁生。那一刻，我眼前浮现出的却是《奶奶的星星》里"赶快下地，穿鞋，逃跑……"还有《老海棠树》里"奶奶把盛好的饭菜举过头顶，我两腿攀紧树干，一个海底捞月把碗筷接上来"那个聪明、可爱、淘气、顽皮的小男孩。

史铁生获过很多奖，但读者记住他，人们敬仰他，跟形形色色的奖项无关。萨特宣称，"我的作品使我永恒，因为它就是我。"这句话可以套用到史铁生身上：他的作品使他永恒，因为它就是他。生命虽短暂，但精神永存，且薪火相传。

发表于《美文》，入选《作家文摘》《散文选刊》《中华文学选刊》以及《2016年中国随笔精选》（长江文艺出版社）、《2016中国年度随笔》（漓江出版社）、《纪实中国》（九州出版社）、《中国最佳文学作品选（散文卷）》（华文出版社）等，《广州日报》《南国都市报》、新浪、搜狐、网易、和讯、凤凰资讯、百度文库、维普网、人人网、中国论文网、21CN滚动热点、华语文艺等转载

《极花》：恋曲与挽歌

　　《极花》是贾平凹最短的一个长篇，写的是年轻漂亮的女孩子胡蝶被人贩子拐卖到贫穷落后的乡村后，起先拼死抵抗，渐渐被潜移默化，后来却在日子的流逝中，不知不觉地有点"爱"上了这个偏远、闭塞、穷困的山村，依赖上了这个山村里愚昧、自私、粗野但不乏憨厚、本色、朴实的邻里乡亲，包括把她买来、给她带来屈辱和痛苦的"丈夫"，也越来越放不下她被强暴的产物：儿子"兔子"……以至于她被解救回城后，自己逃了回去。典型的"斯德哥尔摩综合征"。人心的幽深、人性的复杂，在作者别开生面的叙述中，渐次得以展现，让读者在不断的"拍案惊奇"中，也不时掩卷深思唏嘘不已。

　　作者写作《极花》，"试图着逃出以往的叙述习惯"，让他本人"体验了另一种经验"，也让读者收获了另一种阅读快感。从《浮躁》《废都》，到《秦腔》《带灯》《老生》，直到《极花》，二十多年间，尽管不断推陈出新，尽管风格不断转变，贾平凹一以贯之讲述中国故事；无论写什么怎写，贾平凹小说都独具特色，始终是中国文学标志性作品。

乡土中国，乡村人口是大多数，从特定意义上说，写好了农村和农民，才算是写好了中国和中华民族。

当下农村，农民最大的欲望就是进城。乡村越来越荒芜，年轻女性越来越少，农村男子越来越"躁"，伴之而生的是：社会秩序失衡，乡村人心不古，纲常伦理沦丧……"当一个国家两性比例严重失调时，那是比战争更可怕的灾难"，对于乡村来说，又何尝不是如此。纪纲一废，何事不生？对社会生活、世态人情甚至对"食色，性也"的饮食男女有着深邃洞察深刻认知的贾平凹，以四两拨千斤的态势，为传统意义上的乡村写下一曲壮烈凄美的挽歌《极花》。

《极花》后记，作者也给了《人民文学》，一并发表。贾氏随笔，自然文采斐然活色生香，对于读者来说，是在吃到了西瓜之外又捡到了芝麻。这后记写的，清浅有味姿态横生，而又从中透出丰盛深厚。如此功力，非有大才华大学问者不能达到。说实在的，以前我喜爱妙语连珠的贾氏散文远比名满天下的贾氏小说更甚，这回的阅读经验使我"拨乱反正"：贾氏散文是灵性之花，贾氏小说是智慧之树，桃芬李芳，各领风骚。

生命可悲、生活无奈、生死无常……这种深刻而坚硬的悲凉感，在我一次次的编校过程中，如影随形挥之不去，使我控制不住地一次次潸然泪下。正如"有一千个读者，就有一千个哈姆雷特"，对于《极花》及其后记，对于《极花》

女主人公胡蝶，相信每个读者都会有自己的解读；作为女性编辑，我最深切的感受是：女人最大的不幸就是身为女人。

贾平凹的写作，来自于生活，也来自于他的心灵。复杂的心灵，难免有挣扎；巨大的智慧中，必然隐忍着巨大的悲痛。在反复的阅读与欣赏中，我不止一次起心动念：贾平凹，他内心深处到底沉积着什么？

高明的作家，不只描写出生活的残酷，更要描绘出冷酷世界的暖色。人生是悲哀的，生命却是美丽的。断裂的城乡二元结构，使乡村长期贫穷落后，以至于人心扭曲、人格畸变、人性异化，但人们依然不乏人生乐趣和人情温暖。"兔子"，或许就是作者对生命的感念、对希望的昭示。这是作者对生命的恋曲，同时体现出他悲天悯人的慈悲心。

魔鬼般的故事情节，风俗画般的笔墨铺陈，不动声色的冷幽默甚至黑色幽默……"通经术，达文法"的贾平凹，很可能又要给文学史的道路上留下一座里程碑。

我本人赞同哈金界定的好小说标准："一部伟大的中国小说，就是一部关于中国人经验的长篇小说，其中对于人物和生活的描述如此深刻丰富、正确并富有同情心，使每一个有感情、有文化的中国人都能在故事当中找到认同感。"

我认为，《极花》完全符合以上标准。

发表于《文艺报》《美文》，中国作家网、长安街读书会"百家号"等转载

山南水北归去来

差不多一年前，我给韩少功先生发去采访提纲，他也及时作了答复，很惭愧，我拖拖拉拉直到现在才动笔。尽管可以历数这样那样的原因，但最主要的，是由于畏难情绪。

事难源于心难。

在现当代文学史上，韩少功也许是最难写的一篇：他是个传奇式人物，集大毁大誉于一身；他是个矛盾复杂体，两种极端的性格，在他身上可以对立统一；两极分化的事情，于他能够并行不悖。他是思想、文化、灵魂探索者，是官场异类和文坛另类，一次次掀起中国文化思想界的论争；他"对于语言哲学的思考，深刻影响了当代文学的思想方式"（叶立文，《文学评论》2010年第3期），他被称为"具有时代意义的思想者、开创者和挑战者"（作家出版社《爸爸爸》内容摘要），被誉为"考察中国当代文学的标尺性作家"（龚政文，《90年代以来韩少功的转型及其意义》）。还有，在海南的一次民间问卷调查中，他和亚龙湾等名胜一起，并列为人们热爱海南的12种理由……

　　三十多年来，韩少功始终保持敏锐的感觉、广阔的视野、旺盛的文气、独立的文学品格；他智慧深广，将文、史、哲、道、艺打成一片，建树了多方面的文学业绩：小说、散文、随笔、理论、译著，五项全能招招出奇，无论在艺术上思想上，都表现出极大的独创性、丰富性、深刻性。

　　他像一座云雾苍茫的山峰，"寻常看不见，偶尔露峥嵘"，难以描述；他像一片神秘莫测的海洋，深不见底、澜翻不穷，难以窥探。

　　笨拙的我，还是像撰"编年史"一样，按时间顺序来写他吧。

　　尚在大学校园的韩少功，就以《月兰》《西望茅草地》《飞过蓝天》《风吹唢呐声》等作品崛起文坛，融政治批判与人性追问于一炉，"忽然一鸣惊人"，两次获得全国优秀短篇小说奖。使他声誉更隆的是之后发表的文学论文《文学的根》，并以《归去来》《爸爸爸》《女女女》等系列引起轰动的小说，因表达对民族和人性的深刻反思而成为"寻根文学"的扛鼎之作。

　　有着魔幻现实主义风格的《爸爸爸》，还开创了"文化寓言"的书写形式，虽曾引发不小争议，但奠定了作者当代文坛领军人物的文学地位。

　　名字正熠熠生辉，他却一个华丽转身，从热闹的文坛消失，蛰伏于大学校园外文系，埋头苦学起英语，据说是因为要被派去德国作文化交流，后来不知为何不了了之。换了有些人，难免要牢骚满腹骂骂咧咧，他则一派"得之，我幸；不得，我命"的豁达，心无旁骛翻译起捷克流亡作家米兰·昆德拉的政治反思小说《生命中不能承受之轻》，从此在国内掀起"米兰·昆德拉热"，"生命中不能承受之轻"一语更是影响深远，二十多年过去了，它至今为人们津津乐道。

海南建省之际，文学湘军少帅韩少功，因向往"一个精神意义的岛"（韩少功语），带着妻小离别湖南来到海南。他自己的话是，"想利用经济特区的政策条件创造一种新的生活"，"到海南去趟了一下浑水"。

到底是湖南人，颇具经世致用的湖湘文化精神。

韩少功开始结交商人，学习经商理财。他从筹办报刊和海南新闻文学函授学院入手。根据他对市场的判断，杂志定位为纪实性和思想性相结合的新闻刊物，尤其注重对社会问题的深度报道和文化解析，先起名《真实中国》，定名为《海南纪实》。他参考联合国人权宣言、瑞典社会主义福利制度等，起草了一份集共产主义理想色彩、资本主义管理规则、行帮习气于一体的大杂烩式纲领性文件——《海南纪实杂志社公约》。

他的愿望是：建立一个小小的乌托邦。

首期《海南纪实》创下发行 60 万份的记录，很快节节攀升到 100 多万份，要三个印刷厂同时开印才能满足市场需要，真是洛阳纸贵。它让刚建省的海南享誉海外。

据一直暗恋他的闺蜜告知，那时候的韩少功，"皮肤晒得黑黑的，满脸络腮胡子，脸膛刮得青青的，清癯挺拔，非常英俊，骑着一辆摩托车到处跑，简直酷毙帅呆了。"

白手起家的韩少功，一年里为国家创造出数百万财富。对这特区新生事物，政府部门不要求纳税，他让下属"哭着喊着也要把这几十万税款交进去"。他之异于常人可窥一斑。

然而，《海南纪实》不久就运交华盖，韩少功也在财源滚滚中看到了金钱带给人心灵的腐蚀，经过一番内心挣扎后，他说，"我必须放弃，必须放弃自己完全不需要的胜利。"

他与"道不同不相与谋"的故友割袍断义，沉寂下来，开始在喧嚣的大特区里坚守文学理想。

20世纪90年代的中国社会，出现大面积的精神崩溃和人格堕落，知识界也不例外，海南更是一片"情感失血的沙漠"（韩少功语）。在这样的背景下，在讴歌物质化的汹涌社会潮流中，以小说名世的韩少功，出于理想主义激情，发表了一系列学养深厚、思想雄健、见解独特、文笔雄强的随笔，对转型期的中国社会与文化进行深入反思，批判的锋芒十分尖锐，产生了强烈的社会反响，评论家孟繁华称其卷起了一场"庸常时代的思想风暴"（《文艺争鸣》1994年5期）。这些痛斥时弊的精彩文章，进一步坚实了他作为思想型作家的定位，也使得他与张承志、张炜同被视为道德理想主义者，并称为文学界"三剑客"（《韩少功王尧对话录》）。

"文学不是灵丹妙药，但不关心社会现实的文学一定有病，一定缺血"，韩少功说，"好的文学一定是关怀社会的文学。"

针对当时流行的拒绝崇高、嘲笑神圣的风气，他以笔为剑，写下《完美的假定》，讴歌"命中注定的国际公民"、被哲学家萨特称为"我们时代完美的人"切·格瓦拉，向世俗化物欲化的现实开战，对时代的精神危机进行深刻批判。

"他流在陌生异乡的鲜血，无疑是照亮那个年代的理想主义闪电……

我讨厌无聊的同道，敬仰优美的敌手，蔑视贫乏的正确，同情天真而热情的错误。我希望能够以此保护自己的敏感和宽容……很长时间内，我也在实利中挣扎和追逐，渐入美的忘却……我庆幸自己还有感动的能力，还能发现感动的亮点。

都林的一条大街上，一个马夫用鞭子猛抽一匹瘦马，哲学家尼采突然冲上去，忘情地抱住马头，抚着一条条鞭痕失声痛哭，让街上所有的人都不知所措。从这一天起，他疯了。理想者最可能疯狂。尼采毫不缺少泪水，毫不缺少温柔和仁厚，但他从不把泪水抛向人间，宁可让一匹陌生的马来倾听自己的号啕大哭。我也许很难知道，他对人民的绝望，出自怎样的人生体验。以他高拔而陡峭的精神历险，他得到的理解断不会多，得到的冷落、叛卖、讥嘲、曲解、陷害，也许超出了我们的想象。他最后只能把全部泪水顿洒一匹街头瘦马，也许有我们难以了解的酸楚。我忘不了尼采遥远的哭泣。"

我掩卷而泣，不知道是为尼采，还是为韩少功。

40 岁出头的韩少功被省委点将，成为海南文坛主帅。对于省作协旗下的《天涯》，他提出"立心立人立国"的办刊宗旨，自觉担当思想和文化启蒙的使命。

为了组来"特别报道"的稿子，韩少功化名炮制首篇样板范文，以亚洲金融风暴为题"抛砖引玉"。不料，发表后竟被数家报纸连载，国家财政部官员还打来电话要找作者切磋和探讨，吓得他赶紧躲闪。他还曾"顺手"写过一些有关社会经济事务的文章，其中一篇关于全球化的文章，也反响不小，引起经济学家的讨论。

"心中想大事，手上做小事"，是韩少功对青年的寄语，他自己也身体力行。

《天涯》改版，被《新民晚报》评为当年国内文坛十件大事之一，"上海在线"发布的"东方书林之旅"图书排行榜，《天涯》是上榜图书中唯一的杂志。一时间，"北有《读书》，南有《天涯》"在读书界广为流传。

我是在这个时候"久仰"到韩少功的。他身上丝毫不见学问之蔽，面容圆润、说话圆融、行事圆通，但骨子里并不那么温良恭俭让，因为开创海南文坛新政，他以杀伐决断的魄力和手腕，举重若轻地统领驾驭着全局。那天，海南作协有客自远方来，世事洞穿人情练达的他，与来者纵使道不同，也还是以礼相待。我原本不在"座谈"之列，承蒙著名海南本土作家崽崽兄好心美意暗通消息，刚在文学界亮相的我，一副初生牛犊不怕虎的模样，傻头傻脑地领着三个文学女青年不请自来登堂入室，成包抄式坐在韩主席身边和脑后（别无空位），引起会场一片骚动。主席大人可能顿觉如芒刺在背，又有被逆龙鳞之感，很是不快，且溢于言表，让我们几个挺难堪，也让大家颇感意外。会后，他率一众人马扬长而去午宴，我只好请三个姐妹吃饭以"压惊"，席间，我们大骂他"方丈"，闺蜜还因"对他失望透顶"哭了起来。

不知道是不是出于安抚，随后的"万泉河笔会"上，他突然君临我身边，说，"杨海蒂，读了你的《闲话戒指》"，话只半句，再无下文。我小心翼翼地察言观色，确定他是表扬、鼓励，激动了好一阵。

那时他利用挂职琼海市委副书记之便，时不时弄点"笔会""读书班"之类，为好学的夫子创造充电的条件，也为清贫的文人们解馋解闷。

十多年过去了，我仍记得他在会上的慷慨陈词，"海南花瓶够多了，还要我这花瓶干什么？"也记得他与市委书记探讨黄、赌对经济的润滑和对世风的败坏。还有一片场外花絮，相信与会者都忘不了。夜里，有两个喜欢恶搞的青年女作者，为试探男作家们的定力，撒娇发嗲给一些房间去"粉色电话"，结果那些人前仆后继地上当，据说只有韩少功岿然不动。

不久，韩少功果然去职，不当花瓶当寓公，潜心创作。正值盛年、不乏韬略和权谋的他，想必不会没有过内心矛盾吧？只是，佳作难求于庙堂——文章之道，在草野则理，在官府则衰；何况，"文章千古秀，官宦一时荣"。

能闲人之所忙，才能忙人之所闲。他拾译家之遗漏，精选、翻译被誉为"杰出的经典作家""一个人担当了全人类的精神责任""欧洲现代主义的核心人物"（《惶然录》译序）葡萄牙诗人费尔南多·佩索阿晚期散文佳作，译著《惶然录》文笔优美，读来赏心悦目，佩索阿从此走入和深化中国读者心灵，同时也给中国作家树立了新的参照标杆。

之后，长篇小说《马桥词典》横空出世。

这是一部奇特之书，以词典的形式，集录湖南汨罗县"马桥"人的日常用词，以它们为引子，巧妙地糅合文化人类学、语言社会学、思想随笔、经典小说等诸种写作方式，用最土气最通俗的语言，书录他插队农村六年的所见所闻，讲述了一个个丰富生动的故事，描绘出一幅幅奇异瑰丽的南国风俗画，以丰富的社会文化内涵为底层"草根"存史立传。

评论家邓菡彬说：如果你对西方小说产生了厌倦的话，那么就应该读一读《马桥词典》。

而美国批评家布莱德雷·温特顿这样评论《马桥词典》：初读时你会被它新颖的形式吸引，读后方知其深邃的内涵非同寻常。

所谓大俗大雅，所谓越是民族的就越是世界的。

《马桥词典》，曾获"上海市第四届中、长篇小说优秀大奖"长篇小说一等奖，台湾《中国时报》与《联合报》的两个年度好书评选大奖，被《亚洲周刊》评为"20世纪中文小说100强"，被海内外专家选入"20世纪华文文学百部经典"，被写进文学史教科书，由美国哥伦比亚大学出版社出版英译本，由澳大利亚再出版英译本，再由美国另一家出版社出版英译本……

韩少功对小说形式颇具野心，不循规蹈矩，随破随立，运用之妙存乎一心。《马桥词典》之后，他依然是背离常规的写作尝试，在小说化叙事中加入很多思想随笔的因素。新作《暗示》在文体创新上，甚至比《马桥词典》走得更远。大概受"把小说写得又像散文又像理论随笔"的昆德拉影响至深，《暗示》采用文史哲不分、小说与理论合一的跨文体写作，借用他自己评议《生命中不能承受之轻》的话：（《暗示》）"显然是一种很难严格分类的读物，第三人物叙事中介入第一人称'我'的肆无忌惮的大篇议论，使它成为理论与文学的结合，杂谈与故事的结合；而且还是虚构与纪实的结合，梦幻与现实的结合，通俗与高深的结合，先锋技巧与传统手法的结合。"

须知从来大手笔，不以规矩成方圆。

也许胸存块垒，也许由于心灵的忧伤（康德说：有思想的人感到忧伤），《暗示》的篇章中时有伤感流露："你流泪了，抬起头来眺望群山"，"我不会要求太多，不敢要求太多。因为我是一个非常容易打发的乞丐，哪怕是黑夜里一颗流星也是永远的太阳，足以让我热泪奔涌。"让人隐约感受到韩少功难为人知的另一面。

《马桥词典》与《暗示》，是一套小说形式创新的组合拳连环腿，对中国当代文体变革和精神探索具有重要意义。

引发热烈争议的《暗示》，获得 2002 年度华语传媒大奖。

同年，韩少功获法国文化部颁发的"法兰西文艺骑士奖章"。其实，作为中国一代思想者、名作家的他，在法国出版的小说集《山上的声音》，就被法国读者推选为"2000 年法国文学十大好书"。

西方媒体对他好评如潮：

"韩少功的作品给我非常深刻的印象。他一方面坚实地立足中国传统，另一方面有意识地使用西方现代主义和后现代主义的方法。"——Douwe Fokkema（国际比较文学协会前主席、现名誉主席）

"在创作技巧上，给我影响最大的是中国当代作家韩少功。"——Britan Castro（澳大利亚国家奖获奖作家）

"韩少功令人晕眩的想象和饶有趣味的虚构，对压制语言与思想的力量给予了精巧而猛烈的挑战。"——Kirkus Reviews（美国书评杂志）

"韩少功写下了宏伟的著作，具有史诗的雄心，一般流

派所依赖的伤感缠绵与之毫无关系。"——Thevillage Voice（美国书评杂志）

而接受国内媒体采访时，他说：获得奖章，表明一部分法国读者喜欢我的作品，当然让我高兴。我有法文版的6本书，但大多出现在巴黎偏僻的书架，我对这一点很清楚，因此没有什么可牛的。即使得奖也不见得就是名副其实。

对荣誉，韩少功总是保持高度警觉。对于"寻根文学倡导者"（《韩少功王尧对话录》）的身份，他不沾沾自喜不占山为王，声明"文化寻根不过与自己有些关系"；至于20世纪80年代两次获小说大奖，他说，"我撞上了一个作品稀缺的时代，一个较为空旷的文坛，所以起步比较容易"；对于"思想型作家"的美誉，他自谦，"我在伏尔泰、维吉尔、尼采、鲁迅等思想巨人面前是小矮人，但在矮人圈里可能误戴一顶'思想者'的帽子。"

他沉静、内敛、疑虑，几乎对所有事物都辩证和逆向思维。他怀疑别人，比如，他说，"我读辜鸿铭的时候，总是猜想他在国外肯定受了不少闲气"；他也质疑自己，比如，他怀疑自己在80年代追捧个人主义失之于轻率。他自称"对写作从无自信心"……

智者多疑虑，愚人多自信。

疑虑和自省，并没有妨碍韩少功行动的勇猛。针对作家们潮流化的趋同现象，他又按捺不住，炮轰文坛虚浮之气，言人所不敢言，其心之烈其词之厉，导致又一场争论。之后，向来出手谨慎的他，一连发表《是吗?》《801室故事》《山歌天上来》《月光两题》四篇小说，既保持凌厉而温厚的风格，又分别从不同的艺术路径开拓创新，让喜爱他的读者们连连惊喜。他的中短篇小说集《报告政府》，被评论家视为"锋芒锐利的新动向"（木叶，《钱江晚报》）。《第四十三页》等，依然是颠覆常识的小说写作。

正如他所说，"文无定法，小说会有很多方式，各有发展空间，各有巅峰性作品。"

他的写作也有诸多回避，比如都市男女、两性情爱等题材。写什么、怎么写，由作家的精神境界、道德水准、文学修养、生活积累等所决定。想要成为杰出作家，就应该像白银时代的俄罗斯伟大作家那样：超越个人世俗生活，关注广阔的社会生活领域。

韩少功认为，作家尤其男性作家，缺乏思想能力很丢人。媒体称他为"知识分子写作"，他宣称自己是"公民写作"，因为公民都有参与公共事务的权利。

他对国内外政治态势、社会现实、经济问题、文化现象、世风人心的严肃思考，只是制度式思考而非权力式思考。他的反抗也只限于文化立场，没有走向政治，更没有遁入宗教。在我看来，他站得比政治更高，人生思考超越政治而达于哲学层面；他一些闪烁着思想光芒的篇章，与其说是文学，不如说是哲学。

政治思想和政治理想是有区别的，与政治生活更不是一回事。

上山下乡时期的韩少功，无论身体还是心灵都拼命要逃离农村；而今，他急切地要走向被社会和时代遗弃的乡村。他坚决辞去省作协主席之职，无奈又履新职——"被迫"当上他自嘲为"很边缘的僚"的省文联主席。作为条件，他可以半年湖南半年海南、半写作半政务。自此，他穿行于海岛和山乡之间。

有人漏夜赶考场，有人辞官归故里。人各有志。

"我喜爱远方，喜欢天空和土地……我讨厌太多所谓上等人的没心没肺或多愁善感，受不了频繁交往中越来越常见的无话可说……我是一个不讨人喜欢的人，连自己有时也不喜欢。我还知道，如果我斗胆说出心中的一切，我更会被你们讨厌甚至仇视——我愿意心疼、尊敬以及热爱的你们。这样，我现在只能闭嘴，只能去一个人们都已经走光了的地方，在一个演员已经散尽的空空剧场，当一个布景和道具的守护人。我愿意在那里行走如一个影子，把一个石块踢出空落落的声音。在葬别父母和带大孩子以后，也许是时候了。我与妻子带着一条狗，走上了多年以前多年以前多年以前走过的路。"（《山南水北》之《回到从前》）

时常龙吟的韩少功，竟这般悲凉、悲伤甚至悲怆，让人惊诧；"多年以前多年以前多年以前"，尤其让人心酸。也许，没有人能理解他，即使理解，也只是他理解中的韩少功。

他寻觅到了栖身之地——八景峒。离长沙不算太远，交通便利；更重要的，离他当年插队的地方近，他可以讲一口当地话；尤其重要的，这儿有山有水，"山可镇俗，水能涤妄"（《马桥词典》）。这是他心灵的乐土，精神的家园。

湖南，乡村，似乎是他永远的地域文化背景。

韩少功归隐乡野的生活和写作，引得猜疑四起众说纷纭，有境外媒体还诬之为"心灵异化、人格分裂"，真是夏虫不可言冰。"他们扔给隐士的是不义和秽物，但是，我的兄弟，如果你想做一颗星星，你还得不念旧恶地照耀他们。"他曾引用过的尼采之语，此时正成为其自我写照。

他对我解释下乡的原因：找我的人太多，我必须躲避，不然什么也干不了。

我想：也许这就是大实话，因为以他的道德自律，他不愿说谎话；也许他是在抵制媚俗，因为媒体把他"下乡"的立意越拔越高，也成了他的"不能承受"；也许更是缘于他思想的变化，他的返璞归真。晚年的托尔斯泰彻底当起了农民——有着博大、丰富、深邃、悲悯的心灵，就会着眼被世俗目光忽略和蔑视的事物，同情社会底层人物和弱势群体，厌弃奢华享乐道貌岸然的生活。

他刚到八景峒时，村里以为他犯了错误而被城里开除了，但善良淳朴的村民用自己独特的方式对他表示友好：到处传说他很有学问，曾在《人民日报》上出过一个上联，全国人民都对不出下联来；出于对"大秀才"的敬意，有个老头拍着胸脯对他大表慷慨，"你以后死了就埋在这里，这山上的地，你想要哪一块就是哪一块，就是我一句话的事！"

多么可爱的老百姓啊！尽管也有附近村民把他买来的青砖"偷偷搬了些去修补猪圈或者砌阶基。后来我在那里看得眼熟，只是不好说什么"（《山南水北》之《怀旧的成本》），但是，"下乡的一大特点，是看到很多特别的笑脸，天然而且多样"（《山南水北》之《笑脸》），他热爱生活在这片土地上的真实、淳朴、善良、勤劳的人民。

韩少功去田间调查，了解"三农"现状。不只是放下身段，而是芒鞋布衣躬耕田垄，把自己彻底融入乡村。"阳光如此温暖，土地如此洁净，一口潮湿清冽的空气足以洗净我体内的每一颗细胞"（《山南水北》之《开荒第一天》），他热爱这片土地。他说：融入山水的生活、经常流汗劳作的生活，是一种最自由和最清洁的生活，接近土地和五谷的生活，是一种最可靠最本真的生活。他认为劳心与劳力相结合，才是比较理想的生活方式。

劳动使他身心健壮。身体的病残，可以造就心灵的丰富，而健全的意志和人格，必寓于健全的身体。

他"愿意结交人，不愿意结交身份"（韩少功语），与邻里乡亲友好交往，教他们做原生态家具赚钱、帮他们上网搜集生意信息，给当地学生赠送电脑、开设阅览室，并给孩子们当免费英语老师、计算机老师、课外辅导员。他利用自己的影响力帮村民筹集资金修路架桥，当最长的道路建成时，老百姓执意立碑要刻上他的名字，他拒绝。他愿意做的事情是：充分发挥自视为"酸臭文人"的特长，为石碑撰写了一篇半文半白的碑文。

他冷眼看世相百态，内心依然有至情。"我总感觉到自己的无能，为农民办的实事很少"，他叹道。这个时候，他是否感到"权到用时方恨少"？

乡村的新鲜事物，浓烈的民俗风情，别具风格的人物形象，山民的微言大义……都引起他的强烈兴趣。认为中国最大的文体遗产是散文、自称越来越不爱写小说的他，以散文手法直接记录山野自然，记录他对民间底层的深入体察，记录他晴耕雨读的惬意乡村生活，记录淳朴山民的言行举止、理想愿望、价值追求，记录文化和贫富差距带来的现实碰撞；以生花妙笔写出亲身感受，描绘出农民心地的善良、生存的窘迫、人性的真实，总结对农村政策、农业制度、农民生活的思考，反映乡村对于中国现代化的积极意义。

他说，"中国 69% 的人口和 90% 以上的土地还在农村，这是更严峻的现实，更值得作家们关心的现实。"

韩少功不是写一般文人借题发挥的山水小品，而是以"为天地立心，为生民立命"的大愿，试图写一部 21 世纪的《湖南农民考察报告》；他以跨文体长卷散文形式，将一篇篇美文结集为《山南水北》。

翻阅《山南水北》目录，小标题直白、质朴、喜气，一反他以前标题的奇崛、幽深、凄美。他于实中写虚、常中写异，一砖一瓦一草一木，都在他笔下绽放光华。《卫星佬》《意见领袖》等篇，人物传神故事有趣，处处是不动声色的韩氏幽默；《养鸡》《诗猫》《猫狗之缘》，把"农家三宝"鸡、狗、猫写得活灵活现、妙趣横生；《口碑之疑》中，满纸大象无形的韩氏智慧；《相遇》《老公路》《开荒第一天》中的忧伤，《老地方》《秋夜梦醒》中的隐痛……时而让我哈哈大笑，时而让我泪水盈盈。

从《山南水北》中，我也读到了韩少功的心灵史、成长史、生命史。

2006年，理性和诗意并重的《山南水北》，获"华语文学传媒大奖"年度杰出作家奖，评论家谢有顺在授奖词中称，"韩少功的写作和返乡，既是当代中国的文化事件，也是文人理想的个体实践。"

次年，《山南水北》获全国"鲁迅文学奖"。

自古雄才多磨难。回望韩少功的人生历程，是一条"光荣的荆棘路"，他生命的辉煌中，有着数不清的坎坷与遭遇：

他本家境优裕，小时候是个淘气顽皮但品学兼优的孩子王，然而，历史风云突变，使他从儿时起就遭遇政治打击——少先队大队长肩章被摘；"文革"中，少年的他经历丧父、中弹的精神和肉体双重痛苦；为了有口饭吃，他不到16岁就主动上山下乡……这一切，都给他的心灵打上了深深的烙印，直到多年以后，他仍然意难平，并严厉地自我逼视，"因为父母的政治问题，我被众多的亲人和熟人疏远。我后来也同样对很多有政治问题的人或者父母有政治问题的人，小心地保持疏远，甚至积极参与对他们的监视和批斗……无论他们怎样帮助过我，善待过我。正是那一段段经历，留下了我对人性最初的痛感。"（《完美的假定》）

少年时期的苦难，是永远难以复合的心灵创伤。

在知青插队期间，他接触到一些地下思想圈子和文学圈子，开始努力汲取各种思想资源，满腔明道救世之情。少年老成的他，关心民生国运，创办农民夜校，却被出卖、隔离审查；在大学里，他被推举为学潮领袖，却又被背叛、受斥责、毕业分配受牵连；甫入文坛，短篇小说《月兰》因揭露农村阴暗面引来诸多争议和批评，不料被苏联和中国台湾广播转载，被"帝修反"当作中国革命失败的证据，他受到各种会议和文章的批判，被取消评奖资格，一反"自由化"就成为敏感人物；提出"寻根"，被在朝"老革命"和在野"新青年"两面夹攻；《海南纪实》因政治厄尔尼诺遭到严厉整肃，身为负责人的他又一次接受政治审查；以理想主义激情办《天涯》，也引来批评甚至攻击，被戴上"红卫兵""新左派作家""法西斯""奥姆真理教"一串大帽子（孔见，《韩少功评传》）；呕心沥血写就《马桥词典》，却身不由己地被"马桥风波"拖入是非纷争，"马桥事件"被上百家媒体热炒，成为第五届全国作代会的爆炸事件和头号新闻，成为众多著名作家和评论家卷入、新时期文学史上争议最激烈的公案之一……

城市、农村，内陆、沿海，文坛、商海、官场……的不断循环中，韩少功经历了少年的劫难、大学的动荡、文场的纠纷、商海的操练、友人的反目、政坛的沉浮，他一次次腹背受敌，也一次次左右开弓；他一次次陷入激流漩涡，也一次次从横逆中跃上新潮头。

对于心灵强大者来说，人生忧患惊险皆可以成德。失望、孤单、挫折、苦难甚至凌辱，不仅没有让韩少功倒下，反而造就了他宽广的心量、辽阔的视野、独特的观照、思想的丰富，磨砺出他成熟的人格、坚强的意志、强盛的生命，造就了他游于虚实、"致广大、尽精微、极高明、道中庸"的人生智慧，成全了他"大者含元气，细者入无间"的艺术成就。

大喜大悲大哀大痛，才能铸就生命的大格局，作品才能成其大有其美。

"一个人的道德要经过千锤百炼，是用委屈、失望、痛心、麻烦等磨出来的"，他说，"人一辈子不能光做聪明的事，有时也要做些傻事。如果我们以后回想这一辈子，这个风险也躲过了，那个苦头我也躲过了，这个人我没有得罪，那个人我也一直拉拉扯扯，我们的这一辈子就十分令人满意吗？人生要有意思，恐怕还需要做点傻事。"

这是一种西天取经历尽磨难后的平静，是一种孤独求道沧桑阅尽后的超然。

从文化批判到国民性批判，从人性揭露到人文关怀，从愤世嫉俗到悲天悯人，从精英意识到公民立场，从一脸聪明到满脸温厚，从悲愤孤高到平和朴厚，从入世到出世，从反思启蒙到身体力行，从锋芒毕露到敬畏天命，从金刚怒目到菩萨低眉，从文坛盟主"韩公"到八景峒村"韩爹"……韩少功的生命越来越开阔旷达，内心越来越通透温暖，笔下越来越呈现出对底层人民的深情、敬意和赞美，文字也比以前更加洗练、质朴、平实、温润。

韩少功，走过了"看山是山看水是水，看山不是山看水不是水，看山是山看水是水"的心灵轮回。

日前，登上海南岛 23 年、被现任海南作协主席孔见戏称"23 年红旗不倒"的韩少功，强行交了辞职报告，以期彻底解脱出来。他并非没有从政济世的壮志，"我本来可以金戈铁马的百年，本来可以移山倒海的千岁，本来可以巡游天河的万载……"（《山南水北》之《时间》）何等的雄心！他并非有命运没官运，不到而立之年就是湖南省青联副主席、省政协常委、州团委副书记、"第三梯队"人选的他，如果在仕途上锐意进取，以他的资历和智慧，不是难事。只是，他审得失明取舍，"人只有把大局和终极的事儿想明白了，把人类社会的可能和边界想明白了，才会知道自己可以做什么，不可以做什么，哪些事情很重要，哪些事情不重要"（韩少功语，2007 年《南方周末》），所以，他放弃现世浮华，追求万世尊荣。

因为，古往今来，众目仰望的不是统治者，而是思想家；文化的影响力，要远远大于权力。

我相信，有着信念定力和思想活力的韩少功，已经著作等身功成名就的韩少功，无论怎样在文体上孜孜探索，无论怎样通变求新，都会"坚持建筑自己的哲学世界和艺术世界，成为审美文学的大手笔"（韩少功语），都将行之高远文章不群，都能独树一帜自成一家，"因为有那么多真诚的读者存在，因为有今后几代乃至几十代读者们苛刻的目光投来，我们不能放弃。这种坚持也许意义不在于曾经喧嚣一时的'中国文学走向世界'，而在于文学重新走向内心……"（韩少功获奖演说辞）

假如，韩少功的思想和理性光芒不这般炽烈，或许他艺术的唯美之境会更深更远，他和他的作品也更能走向大众走向世界。

然而，那也就不会有当今文坛上苏东坡式、独一无二的韩少功。

发表于《钟山》《大理文化》，中国论文网转载

大话柳建伟

在鲁院首届作家高研班同学中，我喜欢柳建伟。喜欢，是因为了解。

他宅心仁厚，童心未泯，无论你面对他，还是端详报刊上的照片、电视上的形象，任何时候，你看到的都是一个慈眉善目纯真脱俗的男人，从来看不到他有暴戾、庸俗之气。他镜片后小眼睛里透出的目光，总使我情不自禁联想起一个词：气清神定。对，他的目光给我的感觉就是这个。

话也得说回来，虽说"菩萨低眉"是他的常态，可他绝不是个逢人"今天天气，哈哈哈"的老好人，这个貌似白面书生甚至有几分菩萨相的家伙个性强着呢，认准的事情九头牛也拉不回，为"原则问题"他会不考虑后果地"金刚怒目"——老虎不发威，当我是病猫？毕竟，他从军三十多年了，一路大踏步地成了而今的中国人民解放军大校——不是文职，是实打实的军衔。

"原则问题"是建伟的口头禅，他常说：做人做事，原则是决不能违背的，道德底线是决不能突破的，这两点当时若守不住，任何事后的修补都无济于事，都回天无力。他以他崇拜的毛泽东为例，说纵观毛主席一生，任何时候主席都没有在原则问题上让过步。毛泽东是他的道德楷模，巴尔扎克是他的文学榜样，他的文学理想和信念就是做巴尔扎克这样的"时代和社会的书记员"。

古人论画，重人品画格，"求格之高，其道有四，一曰：清心地以消俗虑；二曰：善读书以明理境；三曰：却早誉以几远到；四曰：亲风雅以正体裁（沈宗骞）。"文学同理。建伟同学具此四者，格不求高而自高矣。

为了实现"时代和社会的书记员"这个远大的人生目标，建伟同学很勤奋，读书无止境，笔耕永不辍。他老家南阳，位于豫、鄂、陕交界处，凝重务实的中原文化、浪漫飘逸的楚文化、纯朴淳厚的商洛文化，在此地交融汇聚；伏牛山、桐柏山两大山脉，在此地绵延葳蕤。这种地脉，哺育、滋养出他的沉静、坚韧和大气。想必是结了地缘，承了文脉，从南阳盆地走出来柳建伟，一步一个脚印，一年一茬收成，斩获一个又一个文学奖。

建伟同学认为：作为军营作家，不长于写军事题材，实在有亏职守。

于是，新旧世纪更替之际，柳建伟著《突出重围》横空出世，引起国内外高度关注，也引发美国的强烈兴趣。美国《新闻周刊》为此特地发表文章，观点如下：《突出重围》中未来战争信息战、网络战与黑客作为战争资源的思想，有着前瞻性之重要意义，作者的军事思考即便在美国也属前沿，在战略战术意义上开了先河。

之后，美国组建起网络部队，率先打响了网络战。

新千年伊始，央视播出根据《突出重围》改编的同名电视剧，其全新的演习理念，无意间为世界开启了看中国军队如何练兵的一扇窗。"中国将军政要网"有篇《国防大学，你的名牌专家为中国军队贡献了什么新军事思想？》，文中这样写道，"《突出重围》电视剧，打破了军事演习的'演戏化'，引发军营中铁血男儿猛烈抨击以往的演习弊端——打不赢的敌人不让来，复杂地形不设置，用我军今天的武器对付敌人过去的武器……各大军区受此启发，开始组建蓝军部队。近日鼎鼎大名的朱日和蓝军与各主力比武的训练模式，仍受该剧思想影响……"

王国维先生在《人间词话》里说，"对宇宙人生，须入乎其内，又须出乎其外。入乎其内，故能写之；出乎其外，故能观之。入乎其内，故有生气；出乎其外，故有高致。"一向长于写军事题材的建伟，却以反映国企改革的现实力作《英雄时代》而折桂茅盾文学奖，正可印证王国维先生的真知灼见。为能自由出外入内，他从准备到写作花了将近六年时间，期间为了获得商业灵感，还曾与朋友一起做过半年的"星期天珠宝商人"，摆摊兜售名扬天下的南阳玉雕。

不仅仅文学成就斐然，《突出重围》《英雄时代》《惊涛骇浪》《石破天惊》《桐柏英雄》《爱在战火纷飞时》等影视剧作频频亮相央视和各省卫视，更使柳建伟同学获得大量"粉丝"。文学和影视双管齐下，影视奖也几乎尽揽怀中，他真的是拿奖拿到手软。

何以他会"靶靶击中"？建伟私下透露，此中奥妙，无它，乃他总是"杞人忧天"，并时刻牢记美国文学大师福克纳的教诲，"作家的职责永远是提醒人类不要忘记责任、荣誉和献身精神。"建伟说，中国人历来缺乏危机意识和忧患意识，而他的作品正是要唤起人们的这种意识。读柳建伟系列小说，观他的系列剧作，你不难发现，他正是在用自己的铁笔，践行着福克纳的语录。

但建伟决非"两耳不闻窗外事，一心只读圣贤书"。他兴趣广泛，摄影、下围棋、拉小提琴……这些个科目，是爱好，也是特长，而足球、篮球、网球尤其赛车，他则"虽不能至，心向往之"，每逢赛事，若无火烧眉毛的加急事件打扰，他必定废寝忘食地牢牢盯着电视机观赏，连情不得已须上卫生间时，都要拉开一条门缝竖起耳朵来听。他骨子里是很孩子气的，不记得掩饰的时候，不经意间就会流露出孩童之态，不信的话，你开始留意他的笑容吧。

建伟同学性格内敛，不好主动交朋结友，不愿花费心思去维持一些人际关系。然一旦与人成为朋友，他会非常仗义。朋友有难，他绝不会袖手旁观；朋友聚餐，他总是率先大碗喝酒，属于"入席后最先喝晕"那种"大傻"；朋友让他帮忙拿主意，或者请他"提批评意见"，他会觉得不掏心掏肺就对不起人家，自然要"知无不言，言无不尽"，毫不虑己。是故，有时也难免会得罪人，会落得个吃力不讨好的下场。那时候，他只有尴尬苦笑，暗自后悔。然而，过不了多少天，他保准又会踏进同一条河流。

对朋友尚且如此赤诚以待，对家人的"忠孝节义"可想而知。作为一个中原男人，一个枝权庞大的家族中的长子长孙独子独孙，他的负担很重，责任很大，而且他的责任感似乎是与生俱来的。他对我讲过童年往事：一九六六年时不足三岁的他，咬牙使出浑身力气，从地里拔出一只大萝卜后，满场子追着生产队长讨要工分，逗得旁人哄堂大笑。所谓三岁看老，还真是的。

透露一则他的八卦：在媒体"2005最佳风云榜"揭晓暨颁奖典礼上（柳建伟长篇小说《英雄时代》荣登"读者最喜爱的文学作品"榜），有女明星嘉宾戴了一副假睫毛，建伟同学很好奇，偷偷观察，悄悄问我，"你说，人家是怎么长的呢？"我又好气又好笑，白他一眼，"你就别牵肠挂肚了，明天我就去买一副回来粘给你看！"他这才恍然大悟。有一次，闺蜜听后忍俊不禁，刚抿到嘴里的茶水一下喷到我家鱼缸上。

行笔至此，往窗户下一探头，恰好看见建伟同学正慢慢悠悠朝家走来。他那敦实的身体，坚实的步伐，不由使我想起著名评论家、解放军艺术学院副院长朱向前先生对他的评价：文学推土机。用"推土机"来形容他，真是精准、传神。

柳建伟的确是一部推土机，拙于外朴于形，而一旦运行起来，开疆拓土动能巨大，浩浩荡荡势不可挡。

发表于《楚天都市报》《文艺报》《滨海时报》，中国作家网转载

难以了却，终究归来

20世纪80年代，何士光先生以独特的构思、优美的语言，连续三次荣获全国优秀短篇小说奖（那时的中国文学最高奖项），《乡场上》成为《红旗》杂志唯一转载的文学作品，他被贵州省文学界称为"一面旗帜"。

何士光的写作，以小说《远行》和《日子》为分水岭，之后不再囿于讲述有头有尾的故事，而是注重于以自然散淡又不乏张力的语言，表现对人的关怀、对生命意义的追问，《今生——经受与寻找》《今生——吾谁与归》是他沉寂多年后的生命追寻之作，被誉为"一代文英的生命沉寂与精神超越"。

何士光先生阔别文坛近30年，当年，他声名正隆如日中天时，却悄然隐遁、背向红尘、沉潜佛法，成为文学界的一个"传奇"，而今重出江湖，将在文坛亮相的首篇出山之作交给我责编，让我十分感动感激。

散文《日子是一种了却》，通过自身经历和感悟，讲述生命的真谛，描写乡村社会民风人伦，对其刻画细致入微，以"小"见大诠释传统文化的博大精深；节制、平缓、流畅的语言，既深邃如海又浅白如溪，既沉重如山又清新如菊。因其叙述克制、内敛，文章更加有力量，更能打动人。在阅读过程中，我的心灵一直隐隐作痛，同时为作者"浅处见才"的智慧暗暗叫绝。

就在拜读何老师大作的过程中，受邀参加一次聚会，席间，著名作家、重庆作协主席黄济人先生说到何士光老师和《乡场上》，讲起一桩旧事：

30年前，重庆某县县委书记张某某（就是后来那个大名鼎鼎的重庆市委常委、宣传部长）酷爱文学，尤其无比热爱《乡场上》，非常崇拜何士光。张书记对黄主席说：你如果能把何先生请来，我给你文联赞助五十万。三十年前的五十万呀，张书记张部长真是一以贯之的大气魄大手笔啊！这样的美事，黄主席岂能放过？

何士光先生驾到，张书记以最高接待规格礼遇之，并在悠扬的二胡伴奏中，一字不错地背诵了《乡场上》全文，座下作者感动得泪流满面，座下主席则窃喜不已——进账了。

说到我刚从额尔古纳回来，黄济人主席和名刊《文学自由谈》"舵爷"任芙康主编立刻眉飞色舞说起何老师另一桩旧事：

也是30多年前了，《天津文学》组织名作家上额尔古纳采风，当地给每位作家配一辆专车，浩浩荡荡的车队抵达莫尔道嘎后，林区还给每位作家配备一名文学青年，拿舵爷的话说就是"一对一贴身服务"——那年头，文学是多么风光、作家是多么滋润啊。途中，何士光老师乘坐的豪车突然"在空中画出一道美丽的弧线"（同时参加采风的某知名女作家，在后来的回忆文章中这般用词遣句），车翻进了山谷里，这回何老师是血流满面，被紧急送回海拉尔，他的那个"一对一"心如刀绞，一路护送关怀备至。经医院检查，何老师只是脸部外伤，并无大碍，但受此惊吓，何老师已无心逗留，提前打道回府，"一对一"那个恋恋不舍啊，恨不得追随到贵阳去，何老师也是依依惜别不忍离去……

"面对这样崇拜、痴心于自己的女孩子，任何一个正常男人都会是这样的表现，虽然她谈不上漂亮。"舵爷慷慨激昂。

席上，央视《五洲传播》艺术总监汪海升、大春这对帅哥美女笑得前仰后合。

几天后，中秋节至，发信息问候、祝福何老师，趁机把席间听闻添油加醋渲染一番，"前不久一个饭局上，黄济人任芙康二先生对您曾经额尔古纳行的'一路风流'极为羡慕嫉妒恨，大肆'诽谤'。"

何老师回信："往事如烟。"

不禁莞尔。原以为或许解释，或许佯作嗔责黄、任，孰料，"燕雀安知鸿鹄之志哉！"

"哈哈！往事并不如烟。"我回。

"往事毕竟如烟。"何老师回。

一阵悲凉袭上心头。是啊，"舞榭歌台，风流总被，雨打风吹去。"

"人生如梦似幻，往事毕竟如烟。"句末，我添了双泪长流的表情。

"这就是佛法所说的'胜义有'和'毕竟空'。"何老师传道、授业、解惑。

"又长见识，谢谢您，膜拜了！"

对石榴裙的迷恋

历史表明，美女具有一种神奇的超自然力量，中外皆然。这种超自然力量神奇到什么程度？

古希腊人为了美女海伦，发动了一场为期十年的特洛伊战争。海伦太美了。每当海伦出来观战时，双方军队都停止作战，呆呆地望着绝世美女。

罗马大帝凯撒和国君安东尼奥，开疆拓土所向无敌，却前仆后继拜倒在埃及艳后克里奥佩特拉石榴裙下，最终落得"身与国俱灭"。

英国国王爱德华八世，被妩媚聪明的沃利斯·辛普森强烈吸引，为了跟这位离过两次婚的美国女人结婚，他不惜退位。谁记得住代代更替的一个又一个英国国王？只有"不爱江山爱美人"的温莎公爵，永远被人传颂。

太多太多了，不胜枚举。

而中国古代帝王中，同样不乏"爱江山更爱美人"的佳话。远的不说，清朝顺治皇帝出家为僧，便因多情所累；吴三桂"冲冠一怒为红颜"引清兵入关，导致一个美女改变了国家历史的走向，平西王自己也留下千古骂名。

更不用说国人家喻户晓的沉鱼落雁、闭月羞花四大美女，皆为国之瑰宝。她们身上，都是倾国倾城的故事。任你是显赫的帝王将相，抑或叱咤风云的盖世英雄，有几人不曾拜倒在绝代美女的石榴裙下？

一方水土养一方美女。中国历史悠久、幅员辽阔，必然产生多姿多彩的文化，多元性的文化里，必然生成风情各异的美丽女性。正是五彩缤纷异彩纷呈的她们，构成了中国文化中最鲜明最生动的一页。

近年来，散文家朱千华兄一直受《中国国家地理》杂志派遣，作田野考察，写奇妙佳文。《中国美女地理》是他的成果之一。这是一部"人文地理＋美女"为主题的地理文化随笔集，作者选取全国九处盛产美女的地区，以地理位置为经，以美女特色为纬，穿插各地风土人情和历史典故于其中，让我们达知历史、闻习风土、品读佳人、浏览山河。

美女是一种地域文化，其文化特性受地理环境影响。你若去到草长莺飞的江南，比如千华兄的家乡、"烟花三月下扬州"的扬州，便会看到杏花春雨，以及那些水波荡漾般的温婉女子。那么，荒寒的塞外与浩瀚的大漠，也盛产美女吗？答案是肯定的。南疆的古丝绸之路、陕北榆林的荒漠之丘，虽然都属不毛之地，但因长时期的多民族融合，自古至今不乏俊男美女。

才子多情，江南才子更是占尽风流。虽说未曾与千华兄谋面，但，无论翻开哪一篇，我都可以看出他对于石榴裙的迷恋，此乃印证。在他笔下，从名门闺秀到小家碧玉，从陌上村妇到坊间才女，她们的人生轨迹或寻常或传奇，却都带着旖旎的地理风情，每每读之，便能感觉到柔静芬芳，还有一些多情的枝叶，正随意伸出墙来，撩得我们心头红艳艳的，然后就迫不及待地想：墙里定然是满园春光了。

是为序。

发表于《广州日报》《桂林日报》，中国日报网、搜狗百科等转载；《中国美女地理》（漓江出版社）

古玩收藏多奇观

乱世买黄金，盛世兴收藏。

当今中国适逢太平盛世，民众财富激增安居乐业，闲情逸致油然而生，于是，收藏成为与房地产、股票并行的投资热点，文人雅士更是对其情有独钟，这兴旺了古玩交易市场，同时也导致很多急火攻心、恨不得一夜暴富者，琢磨出诸多造假售假的旁门左道，以至古玩赝品层出不穷。

古玩是一门很深奥的学问，即使是行家、专家也难免有走眼的时候。在古玩市场上，形形色色的误假为真和误真为假的事例不计其数，给人们上演一出又一出的悲喜剧。我刊选载的《当代中国玉器市场揭秘》（白描著）、《汝窑迷踪》（白明著），分别把目前玉器和陶瓷市场上"李鬼"横行的现象揭露得淋漓尽致。

白描喜玉，白明爱陶，为求得心爱之物，他们走东访西南征北战。要说这"二白"，才、情、胆、识皆备，更具一定程度的资产和相当程度的文化，然而，道高一尺魔高一丈，那些"古董"大伪似真，那些骗子大奸似忠，一方漫天要价，大刀向进村寻宝的"鬼子"头上砍去，一方就地还钱，兵来将挡水来土掩；当他们自以为得胜回朝，不承想其实遭遇到了滑铁卢。悻悻然之下，两位都杀出回马枪，期冀将对方挑于马下反败为胜。岂料，"憨厚老农"再度联袂上演起令人眼花缭乱的行为艺术，连环设套请君入瓮，兼及使出"事已至此，奈我如何"的无赖招数，情景局面顿时又发生戏剧性变化：那边厢，更加生意滔滔横财就手，而"二白"，重金淘来的心头之爱成为心头之患，甚至差点由收藏先驱变成收藏"先烈"，从此被成功吓退。读罢掩卷，我不禁哑然失笑，不由对我们的民间智慧佩服得五体投地。

白描、白明两位同命情谊的难兄难弟，不惜自曝"家丑"，将自己败走麦城的经历昭告天下，为收藏大军中的芸芸众生提供最生动的现实版本，也为广大读者朋友奉献丰厚的文物古玩知识，这份功德真是无量。

以语言风格论，白描之大著"庄"，我拜读时便正襟危坐面容肃然，况其为我敬重的师长（我就读鲁迅文学院首届全国中青年作家高级研讨班时，白描先生为鲁院副院长），因而我向其讨要文稿时，自是惶惶然执弟子礼，言辞十分恭敬；白明之大作则"谐"，我捧读时，常常眉飞色舞，有时竟当众"咯咯"地傻笑出声，虽与作者素昧平生，却不自觉以老熟人的戏谑口吻向其索要文稿，事后自知不妥只好连连自责。

编辑白描、白明两先生之作时，我有些无厘头地联想起印度"圣雄"甘地的一句话:"关于历史您首先得明白,过去没有发生过的事,并不意味着将来也不会发生",且固执地觉得用这话来警示见着"古玩"便血往上涌头脑发热的收藏爱好者们,似也十分贴切。

"今古奇观"是我刊改版后的一个重头栏目,我们期望她能使您多多受益,希望得到您更多的关注和支持。

《作家文摘·典藏》卷首

麻辣评刊二则

一

有严歌苓长篇小说打头阵，新年伊始，《人民文学》奉给读者的便可谓一份厚礼——即便你再口味挑剔再目光高蹈，她也不会让你失望，至少故事精彩；中短篇小说历来是《人民文学》的重镇，从来不曾失守，开年大"戏"更是五彩缤纷：《种桃种李种春风》《野象小姐》，瞧瞧这俩标题，你难道没有感受到某种说不清道不明的诱惑？《弥留之际》，这样的用词，难道你还能无动于衷而不想·探究竟？除非你真的老迈到不愿面对。

三首诗歌，由老中青三代诗人呈现，从标题到内容，从选材到语言，符合各自的年龄和性别。年轻过，文青过，当然与诗歌死缠烂打过，且大多是与世界经典"接轨"，难免把眼光和味蕾给弄刁了。借用句老掉牙的话"时光荏苒岁月如梭"，诗在退化人在老化，对于当下诗歌，我早已如老僧入定，无论风动幡动心都难动；然而，2014年1期上的这几首，都让我有心跳怦然的感觉，真心点个赞！

顺便说一下，读者诸君，别以为国刊上的诗歌就是政治抒情诗，那是老皇历啦。

散文同样有看点。《外科医生的手》《修辞越界》，不觉得摇曳生姿别有风情吗。

早先看到目录时，我以为"新浪潮"栏目下的《名将》是小说呢，却原来是篇散文。到底是新锐，勇于翻越藩篱，包括模糊散文与小说的界限。

话说，"名将"竟是条小狗，生龙活虎武功超强帅气顽皮神气活现，读着读着，我不禁莞尔，继而哑然失笑——名将怎么那么像有"儒匪""丑俊""全才"之称的《人民文学》副帅邱华栋呢？

非我严重脑残，冒死要对领导不恭，实在是觉得"名将"太可爱，他们太相像。苏联人有言，"说句老实话，强似当部长"，况且，谁让华栋领导三番五次威逼我写这个点评呢，现世现报，哈哈！

二

通览 2014 年 2 期《人民文学》，仿佛面对一桌琳琅满目的满汉全席，一时心猿意马，不知该从何下箸。

定下神来，先挑了《雍正与〈十二美人图〉》入口，它是我的菜。帝王＋美女，十足抓人眼球吊人胃口。作者祝勇巧妙避开人云亦云的话题——雍正夺位的秘闻、妃嫔争宠的野史，另辟蹊径，从雍正皇帝只能寄情于虚幻的墙上美人的悲催，抒写出权力登峰造极者高处不胜寒的悲哀，让人不胜唏嘘。

马未都。他的名字就是招牌。文章的取材、成色，无须我赘言，你懂的。

几首诗歌，我依然真心叫好，尤其"新浪潮"栏目下《父亲的英雄帖》，让我耳目一新。

"赵赵的《王招君》好看！这女孩真可怜，喜欢上一个男人，怀上他的孩子，男人却不见了"，说这话时，貌似还有泪光在这人眼眶里闪烁。

如果说《王招君》是本期中篇小说里的花旦，惹人怜爱，《紫花翎》便是青衣，高端大气上档次。以杂文名世的河北作家陈冲，宝刀不老，故事不落俗套、语言功力深厚，将"荷花淀派"清新文风发扬光大。影视大佬们，你们看过来哈，别再制造那些不靠谱不着调的抗日"神剧""雷剧"啦，挨骂的滋味不好受哇。

《并蒂爱情》也值得一提。它出自哲学硕士李宏伟之手，我说呢，难怪从形式到内容，都有那么股子"萨特味"。

虽说建筑学士已华丽转身为文学硕士，但写起文章来，还是三句话不离本行，朱强散文《墟土》是也。

商河、蒋一谈、阿丁，是本期短篇小说"三个火枪手"，当他们组团成矩阵，更是威力强大！

发表于《人民文学》博客、微博、微信

英雄是困难造成的

横渡琼州海峡挑战生命极限

这是一个令人热血沸腾的口号——在我们的双耳被太多无聊的调侃、无边的牢骚、无休的抱怨、无力的呻吟等充斥的时候，这样的语言无疑给予我们以心灵的激荡和振奋。

横渡琼州海峡挑战生命极限

这是一个让人热血奔腾的场面——在我们的双眼被太多无知的妄为、无限的贪婪、无情的冷漠、无耻的行径等强暴的时候，这样的举动无疑给予我们以生命的律动和昂扬。

我们生活在拜金主义信条泛滥、英雄主义信念匮乏的年代，金钱成了无数人的上帝和主宰，这些人打出"一切向钱看"的旗帜，喊着"金钱就是一切，一切就是金钱"，然后心安理得地干着种种巧取豪夺的勾当。在这种犹如瘟疫般的思潮毒害下，人们的骨头慢慢被软化，心灵渐渐被钙化。理想主义是什么，英雄主义有何益？不少人嗤之以鼻。至于那些为了理想和信念，不惜放弃一切荣华富贵，不惧忍受一切艰难困苦，情愿被流放到西伯利亚的俄国贵族，于这些人是绝对不可思议的。

然而，在这个世界中，我们是作为"人"而存在的，一位伟人曾经这样教导过我们，"人，总是要有一点精神的。"这"一点精神"，就是人的理想追求、价值实现、生命意义。

所以，总会有那么一些人，他们不能忍受那种不偏不倚的中庸规诫，不能忍受那种温吞水式的生活态度，不能忍受那种波澜不兴的平庸人生；对于生命，他们宁愿流于激烈也不愿流于猥琐，宁愿流于狂放也不愿流于窝囊的。他们每接受一次挑战，每超越一次自我，就会领略一层新的人生追求意义。

他们用萨特的话对自己说：面临着一次挑战吧，试试看自己是否还活着。

因为，人活着，靠精神的存在。

他们是强者，强者为自己的目标而活。

参加"横渡琼州海峡挑战生命极限"的勇士们，正是这样的强者。

每想到这些勇士，我的耳边便会回荡着一个英雄的宣言：我是一个在双桅船上生活惯了的水手，不管岸边的绿荫和和煦的阳光怎么吸引我，一旦那船只高高的桅杆，出现在远方海平面上的时候，我就狂喜地奔向它！

英雄。英雄是困难造成的！

发表于《海口晚报》，获晚报征文二等奖

现实主义道路依然广阔

　　陕北自古就是一片英杰辈出的土地，到了延安时期，更是成为一片理想主义的天空。"天之高焉，地之古焉，惟陕之北。"今天，我们纪念柳青诞辰 100 周年，又一次震撼于陕北的天高地厚，又一次感受到延安精神的光辉灿烂，又一次沉浸于对文学名著的美好享受。

　　遥思 1955 年，秦兆阳调任《人民文学》副主编后，根据上级指示，针对《人民文学》存在的问题，拟定了《〈人民文学〉改进方案》，《人民文学》开始刊登工人群众的诗歌，都是紧贴生活、关心现实的作品。之后，秦兆阳写下《现实主义——广阔的道路》，发表于《人民文学》，文中写道：现实主义的天地很大，生活有多么广阔，它的领域就有多么广阔；这样大的天地和广阔的领域，最有利于发挥艺术家的才能和风格，所以，现实主义才是文学创作的广阔道路。

　　仿佛是为了印证秦兆阳的理论，秦文发表 3 年后，柳青完成了长篇巨著《创业史》，连载于被誉为"小《人民文学》"的《延河》杂志上，作品甫一问世，就震动文坛，获得一片喝彩。

作为"三红一创"之一的《创业史》，在中国当代文学史上占有重要和突出的地位。柳青以其思想深度、艺术功力、独特风格，成为现实主义文学的杰出代表。

为了写好《创业史》，柳青十几年与农民同生活同劳动，对他们了如指掌，因而，《创业史》能够成功塑造出一批人物形象，特别是梁生宝、梁三老汉这两个艺术典型，已进入中国现代文学"最富有特色的典型形象"行列中。

书写真实固然是现实主义写作最重要的特征，但它决不只是一种简单的创作方法，它更是一种思想观念，也是一种价值立场。现实主义文学创作，意味着作者有肝有胆、作品有血有肉，意味着作者强烈的社会责任感和时代使命感。柳青关注现实、心怀苍生，以"田野实践"和文学作品探讨农村问题、探究农民内心、探索农业道路，所以，除了文学价值，《创业史》还有着极强的政治价值和极大的社会意义。

自柳青写出《创业史》后，陕西文坛就形成了深入生活的现实主义写作传统，最为人所知的是：路遥像柳青一样，圣徒般对待文学，苦行僧般写作，坚定不移地走现实主义写作道路；陈忠实虔诚地学习柳青的文学经验，还曾被称为"小柳青"；贾平凹一直坚持书写传统乡村、讲述中国故事……他们的作品都具有鲜明的时代特征，放射出思想和艺术的光芒。陕西文学，一脉相承，薪火相传。

而路遥、陈忠实、贾平凹本来就代表了中国当代文学的高成就，代表了现实主义写作的高水准。陕西作家能够在中国当代文坛占据如此重要的地位，能够为当代文学提供如此丰厚的资源，正是因为继承了柳青的精神遗产，学习了柳青的文学经验，沿袭了柳青的现实主义写作道路，延续了柳青的文化基因。对于中国当代文学，柳青和《创业史》具有引领价值和旗帜意义，影响力是不可估量的。

纵观中外文学史，但凡时代巨著、文学经典，大都是反映重大现实主题的作品。纵观中外文学史，作家与故土的关系隐秘而神奇：美国作家福克纳只写自己家乡那"邮票大的地方"，却把它推向了世界；鲁迅笔下的绍兴、沈从文笔下的边城、老舍笔下的北平、张爱玲笔下的上海、汪曾祺笔下的高邮、柳青笔下的渭南、路遥笔下的陕北、陈忠实笔下的关中、贾平凹笔下的陕南……都彰显出异常鲜明的地方风情，反过来，它们又成就了作者在文学史上的地位。正如托尔斯泰所说：写了你的乡村，你就写了世界。

文化是一个民族的灵魂。即便在科学技术日新月异的今天，文学依然有着不可替代的意义和价值。人民需要文学。几千年来，老百姓对华夏文明、历史文化、社会生活的认知，大多是通过阅读文学作品完成的。现如今，中国已跻身于世界大国之林，但"最能代表一个时代的风貌，最能引领一个时代的风气"的文艺，也最能代表国家形象，"一个正在走向伟大复兴、日益被世界瞩目的民族，她的风骨、精神与文化，特别需要文学的充沛滋养"，文学创作任重道远。

毛泽东《在延安文艺座谈会上的讲话》中强调，文艺要为人民大众服务。习近平总书记在文艺工作座谈会上的重要讲话中说，"社会主义文艺，从本质上讲，就是人民的文艺"。"人民不是抽象的符号，而是一个一个具体的人"。文学更需要人民。艺术来源于生活，"没有现实，艺术就是子虚乌有的东西"，"一旦离开人民，文艺就会变成无根的浮萍、无病的呻吟、无魂的躯壳"。而一部文学作品，如果得不到广大读者的认可、喜爱，它也就成了没有价值的文字垃圾。

现在，文学有些式微，还有些边缘，固然与这样那样的原因有关，但很多作者不关注社会生活、不记录时代风云，导致作品思想性艺术性匮乏，也是不争的事实。

"每到重大历史关头，文化都能感国运之变化、立时代之潮头、发时代之先声，为亿万人民、为伟大祖国鼓与呼。"这是习近平总书记对文艺工作者的鼓励和期待。是的，非有大情怀，即无大艺术；文学经典必定是深深扎根于时代和土地的杰作，伟大作家必然是关心人民疾苦忧患的赤子。只要我们执着于文学理想，沉静在文学世界，在新的历史起点上，以一颗真诚深切的心灵，坚守于现实主义的麦田里，我们终能收获到颗粒饱满的文学麦穗，就有可能创作出无愧于时代和人民的优秀文学作品。

现实主义道路依然广阔。

发表于《文艺报》，中国作家网、陕西作家网转载，
入选《柳青研究文集》（西安出版社）

大地之子

在世人眼里，北京，意味着天安门、紫禁城、长安街、中南海，意味着国贸、金融街、中关村、奥运村，意味着人民大会堂、鸟巢、国家大剧院、环球财讯中心，意味着清华、北大、中戏、军艺，意味着国家博物馆、国家图书馆、国家美术馆、民族文化宫，意味着后海、三里屯、潘家园、798 艺术区，意味着车水马龙的二环三环四环五环、纵横交错的地铁城轨、繁忙起落的首都国际机场……

其实，北京 60% 以上辖区为山乡郊野，比如怀柔、密云、延庆、门头沟，最典型和最著名的为昌平。昌平，被央视等全国多家媒体评为"中国十大最好玩的地方"，而从周振华先生的妙笔之下，我认识到，昌平最引人入胜的地方当属西峰山——作者的故乡。

那儿有早春的红樱桃、仲夏的水蜜桃、立秋的紫李子、霜降的红富士、甘甜的大盖柿、醇香的香果，还有榆钱、兰花菜、老茹嘴、杜梨子、山海棠等各种美味的野菜山果。大自然的馈赠，在他简约洗练的文笔中，在他简洁干净的语言里，是这么的多娇、多姿、多彩、多情。

自言"与大自然结下了相濡以沫的关系"的周振华，曾以原野为笔名，写下《家乡的红樱桃》《悠悠麦香》《香果飘香》《绿色老家》《浓浓的枣花香》《我深爱着家乡的土地》等清灵有味的美文，几乎全都取材于钟灵毓秀、美不胜收的故土。浓郁的风土人情，丰富的地域文化，成就了他的乡土散文。尤其《浓浓的枣花香》，语言明快、朴素、深切，读来让人倍感亲切、真纯、明润，被选入多种中学课本辅导教材，被上百家教育和文学网站转载。

其实，在那片土地上，生活曾以残酷的面目扑向他。周振华的童年贫穷而屈辱，但他奋力拼搏自强不息，不但成功走出了乡村，而且一步一个脚印走到了今天，更重要的是，他彻底摆脱了昔日不幸带给他的心灵苦难。历经磨难、饱经忧患，可能毁灭人，也可以造就人，关键在于经历者选择什么样的角度看待自己与生活。对周振华而言，过去的贫穷和苦难，不但没有损毁他光明的内心世界，反而赋予他以天性的善良和宽厚，他说，"过去的岁月无论多么艰苦，也充满了温馨""我作为一个农民的儿子，作为一个被土地滋养大的、充溢着土地气息的作家，对家乡、故土、亲情的描绘都是一种反刍、指认和不灭的铭记"。话语率性自然，情真意切。

文以纪实，言贵从心。周振华把他一份份沉实的乡情，一份份浓烈的亲情，奉献给故土家园，奉献给父老乡亲。他的乡土散文结集为《跪拜大地》。京西那片广袤丰厚的大地，是生他养他的家乡，也是他一生一世的精神家园。

"世间唯善，万物皆美"，是周振华对世间万物的悲悯和爱意，充满人性温暖的文集《温暖记忆》，是他对岁月、家园和情义的倾情回望；他写亲人的至情之文让人动容，而最打动我的是《女知青》一篇，本真的描摹和生动的书写，精彩地描写出这世界的真、善、美，感人至深。

周振华对北京有大爱，所以，他温厚的人文关怀不独局限于故土。《温暖记忆》中"北京晨曲"一辑，都是一首首由衷的"北京颂歌"——赞美西峰山、昌平、北京，对北京自然、社会、历史、人文、民俗的抒写和讴歌尽收笔底，犹如一幅延绵不绝的清明上河图，浓墨重彩地描绘出京城和京郊大地的时代巨变。

乡土文化在中国源远流长，广大乡村正是滋生和培育乡土文学的沃土。每个作家都有一块适合自己耕耘的土地，对于勤耕者来说，写作的园地便是肥沃的绿洲。周振华，这个虔诚地"跪拜大地"的大地之子，这个以赤子之心不断写就红色散文、生态散文、亲情散文、乡村散文的北京作家，在乡土作家群中，走出了一条自己的艺术之道。

发表于《中国艺术报》，中国文艺网、中国作家网转载

二月河是尊弥勒佛

在佛教世界里，菩萨是如来的前因，成佛后如来是菩萨的果位，佛的地位至高无上。弥勒本是佛，可人们能记得的多是"大肚能容，容天下难容之事；开口便笑，笑世上可笑之人"这幅描摹弥勒佛的对联，弥勒佛本身却总是被人忘记是佛祖的三世化身，不仅老被降级为菩萨，而且地位远逊于地藏、观音、普贤和文殊四大菩萨，在中国连座名山道场都没有，少受了多少善男信女的顶礼膜拜，更让人不平的是，民间甚至把他编排成个云游四方举动趣奇的布袋和尚。也许，就因为在佛和菩萨中，弥勒佛是唯一没有端坐在莲花座上的异类，也是人间烟火气最浓重的一位，所以才遭受这等不公正待遇？可弥勒佛不以为忤，始终笑眯眯地善待众生，看上去永无烦恼忧愁。

大肚能容，自然了却烦恼；开口便笑，当然笑开忧愁。

我实在喜欢弥勒佛，喜欢他的"开口便笑"，更喜欢他的"大肚能容"。他开口便笑并非傻笑呆笑痴笑，其实经常是在"笑世上可笑之人"；他大肚能容，并非没有原则不讲是非，只因为他悲悯众生，以普度众生为己任，所以才能"容天下难容之事"。

我初次拜见二月河时，只见他箕距而坐，咧嘴乐和，圆头大耳，腴腹凸肚。我突然觉得，这位当今中国历史题材作者中的"大阿哥"，模样正像煞了那尊"大肚能容开口便笑"的弥勒佛。

随后，在阵容鼎盛的豪门宴上，则见识到二月河大碗喝酒，大块吃肉，大口抽烟，咳嗽声惊天动地，丝毫没有那些个软塌塌腻歪歪文绉绉之仿古怀旧的小老头式"风雅情调"。难怪他长得这么富态福相。

我忍不住说，"凌老师，您咳嗽这么厉害，还这么抽烟？""咳嗽是咳嗽，抽烟是抽烟"，回答硬邦邦直通通，却旷达，超脱，颇有禅宗机锋。

众人杯斛交错之际，二月河意态之间都是豪爽，他环顾左右，大声说道：其实万事都是要讲缘分的。譬如我们遇到一个陌生人，第一感就有"顺眼""不顺眼"之分，但原先一丁点恩怨也没有，佛家讲就是"阿赖耶识"在起作用。我今天就大生欢喜之心。

邻座偷偷告诉我，跟二月河在一起喝酒聊天耳福不浅，他经常会冒惊人之语。果然。说着说着，二月河就开始声明自己喜欢的诗人是莱蒙托夫而非普希金，喜欢的作家是马克·吐温、托尔斯泰、雨果和金庸等，不喜欢的是某某某、谁谁谁等；喜欢的文学作品是《牛虻》之类，不喜欢哪一种哪一类。我明白了，总而言之，二月河喜欢痛快人痛快语痛快事。

大家鼓掌喝彩，他越发不加矫饰，妙语连珠，"谁都想干坏事，但是你得想到后果""我写书就像给情人写情书""拿起笔来老子天下第一，放下笔来夹着尾巴做人""我还没有自矜到在象牙塔里摆谱儿的派儿""文坛上没有不落的太阳，二月河说死就死""人世间再没有什么东西能吓倒我，禁锢得了我"……让我觉得他世俗到了通达，真不枉有"土匪文人，丘八作家"的大号。在嬉笑怒骂中，二月河很自然很智慧地就把自信和谦虚结合到了一起。

我想起了佛教《维摩诘经》中所言，"直心是道场，真心是净土"。

与大名士一起进餐，酒酣饭饱后的项目，常少不了大家轮流与之合影留念。我见过各色江湖豪客在此类节目中的千姿百态：有的矜持，有的倨傲，有的做作，有的潇洒，有的无可奈何地充当道具，像二月河这样始终保持着弥勒佛般笑容的人实属罕见。

二月河心存厚道，处处随种善根。比如，从世纪之交起，其文集与诸葛亮《隆中对》、岳飞手书的诸葛亮《前后出师表》，成为南阳方面在各种礼尚往来中的"南阳新三宝"，尤其作为"南阳名片"的二月河文集更是炙手可热，每年数百成千套地往外送，以至他签名签到落下肩周炎，但他从来都任劳无怨。

　　文人有了盛名，登门求字者也络绎不绝。现如今二月河的字画自然洛阳纸贵，我们本不敢造次，不成想席终人散时，他说已经为南阳小老乡建伟画好了一幅画搁在家里，让小老乡跟随他登堂入室，取其墨宝。他的此举让我感到了"阿赖耶识"的力量——据说，柳建伟不过与他晤面过三两回，也都只是礼节性的往来，交情并未攀深。看来在他的慧眼里，柳建伟是颇为"顺眼"的。

　　他给柳建伟画的是枝繁叶茂硕果累累的大南瓜，并在瓜田棚下题曰"瓜趣"：此瓜名南瓜富贵人家稀见它愈是年馑它便结得愈多愈大活人无数济广天下而今消渴症遍世界它含糖量少仍旧益人不暇这是平人瓜圣贤瓜南无救命活菩萨瓜值虽廉人间少不得它。生机农趣跃然纸上，蕴涵着大悲悯和平常心，真好。这样的题跋和图画，与绝大多数画家的大作是大相径庭的。化雅入俗的本领，加上一颗本真纯善的心，使所有理性在二月河身上都表现出自然和质朴。最高明的东西总是呈现出最平凡的状态，所谓大音稀声大象无形，智慧到了高端时就是非常平实的。

　　那天"混入革命队伍"的我差点成了随行中最幸运的人。二月河的书柜里摆放着一尊金装塑身的弥勒佛，这尊弥勒佛不是我们通常在寺庙里看到的弥勒坐佛，而是一手抱着后脑勺，一手抡着大蒲扇，坦着便便大腹安然仰睡的弥勒卧佛，更是一副"大肚能容开口便笑"的尊容。我喜欢极了，不由为之欢呼雀跃，见状，二月河当即慨然说："你喜欢，那我就送给你了！"立马起身去取。我一时脑袋乱转，惊的是这凌解放老师端的从浑厚中透出侠义气，对我这不速之客也如此慷慨，喜的是我若真得敬奉此佛，不仅每天有幸得见弥勒佛容，从此还能够沾染二月河的文气。但不管心中的小算盘拨得怎样的上蹿下跳，我总还得表现出温良恭俭让，"这么贵重的礼物，使不得，使不得！""有何使不得，你既喜欢，就是物得其所嘛！"推来让去，二月河败下阵来，书柜里的弥勒佛则似在嗤笑我这个心存"贪、嗔、痴"之念的可笑之人。

我感受到二月河的侠骨柔肠，他的敦厚于人，忍不住冲口而出，"凌老师，我一定要给你写篇文章"，他立刻满脸欢喜，"好啊！谢谢啦。我等着哦！"既没有怀疑我的能力，更不像某些"人物"那般总要狐疑别人的动机，让我想起读他的随笔集《二月河语》时的感受：二月河是个知足、感恩、惜缘、宽厚的人。他的笔下，对自己以往受过的种种委屈责难不公只是轻描淡写，对人生道路上的几个恩人一直念念不忘。他说，"就我的一生而言，没有什么值得骄矜的事。值得我感激的人倒是不少"，这是他大慈大悲的金石之言。张爱玲说过，"因为经过，所以懂得，因为懂得，所以慈悲"，正是。二月河曾经受过太多的磨难，所以他见不得其他人的苦难，要尽己之力把福慧带给别人。这是二月河的佛心所在。

遥想二月河当年，在国防第一线施工之余，也曾写写画画期望着"进步"，待转业到宣传部门终日又写又画时，自然也希望晋身仕途，混上个一官半职。无奈历史早已证明：人算不如天算。本来也是，学有学道，官有官道，此道非彼道，道不同不相与谋。数十年的修为检束中，他尝尽世态炎凉，受够人情冷暖，却仍然只能望官场那套烦琐哲学兴叹。数朝不遇，登龙无术，理想终归破灭，他大梦渐觉，迷途知返，于是，修正目标，忍受寂寞，背向红尘俗物，面对青灯黄卷，终于以深厚的慧根、旱獭般的毅力和"舍我其谁"的气势而一飞冲天，最终没有玉碎在黑暗的角落里。

经历过心灵的磨难，始能大彻大悟；超越了红尘俗世，方能大智大觉。横空出世的《康熙大帝》《雍正皇帝》和《乾隆皇帝》十三卷本巨著，旧学深厚，文才俊逸，博大精深，力透纸背。它们钩沉出被岁月沙尘覆盖了的史实，参透清代区区几个凤毛麟角帝王的术用，省思《政经》《反经》《厚黑学》《菜根谭》等中国"人事学"其中三昧，写尽清朝130余年的空前辉煌。将帝王之术和小民安身立命之道如此艺术化地呈现，使其成为一种显学、俗学，成为极具操作性的为官做人的行动指南，二月河首立门户，开风气之先。什么叫中国特色？小民想当官，小官想当大官，大官想当达官，达官想保官位，皇帝想稳坐龙庭，上达天庭下至民众，人性如此，这就是中国特色。因而，二月河成为普受全世界华人欢迎的作家，也就不足为奇。

放眼华语文学界，作品快普及到像柳永的词那般"凡是有水井的地方，就有人吟诵"的程度，当今作家中恐怕只有金庸和二月河。金庸在大陆的声名鹊起，当归功于邓小平同志的推崇，时来运转后的二月河，作品和大名同样在"朝廷"里挂上了号。那一年，龙车凤辇路过南阳，停留的半小时，首长对地方官员的问话至今被人津津乐道："你们南阳有个二月河吧？""你们内乡县有个天下第一衙是吧？里面有一副对联很有名……"据说，九州中国的衙门阵也像一条龙，龙头当然是紫禁城，内乡县衙正是龙尾。"圣上"当时是否想在龙尾地脉上召见二月河，成了悬谜；而每年全国人大政协两会召开时，无论哪位高层要员来到河南组，先都要问上一句"二月河同志来了吗？"则成了惯例。顺便介绍一下，二月河是文化界唯一身兼全国党代表和人大代表两种勋荣的人。

当然，也有某些文化"精英"对此颇不以为然，并引钱钟书的话为经典：吃了个鸡蛋，觉得味道不错，没必要非去见那只母鸡。然而，在我看来，吃了一个鸡蛋，觉得味道好，从而想见识一下下这只蛋的母鸡长什么样，究竟是芦花鸡、九斤黄还是彩毛锦鸡，这也是人之常情。中央领导国家元首也是人，也有着常人的七情六欲。这也说明，文化的影响力要远远大于权力。

就像人摆脱不了自己的影子一样，光辉后面总有着难以与外人道的悲哀。二月河蝉蜕羽化后，并非时时高踞云霄殿上，时不时也还得遭受一下水深火热：题材招人诟病，作品被人贬低，"出身"受人攻讦，评奖遭遇不公……更有卫道士对他只写皇帝很是来气，给他穿鞋戴帽为"封建余孽""奴才思想"。这些，二月河一概大肚能容。眼界高时无碍物，心源开处有清波。可厚道宽容又使他在一些人眼里成了"面人"，在香港记者的笔下是"好像很易欺侮的样子"；也有人幽他一默，称他"胖而不虚，士而不俗"，这些，他更满不在乎，全都乐呵呵笑纳。是啊，不俗即仙骨，他何乐不受呢？尽管谈笑有名媛，往来有显贵，在国外也被豪华"粉丝"们前呼后拥，但二月河压根儿就不是那种酸溜溜自恃清高的人，所以，他无须挺胸凸肚顾盼自雄，也不必超级深刻法相庄严，更不会像某些"腕"那样，因为随时需要领略自己是一个名人的自豪而睥睨天下苍生。

有句老话说，唯大英雄能本色，是真名士自风流。二月河，名士，是真，风流，是真的没有。被媒体戴上"中国作家首富"的桂冠后，坊间就流传他出带保镖入养小蜜，这真是冤枉了他。他非但没有司机保镖，而且对己克勤克俭，光着脚穿布鞋是他的习惯，出门仍常坐 2 块钱一趟的人力三轮车，戴上一顶只盖住脑袋尖的小破帽时很像个老顽童。他振振有辞曰，"咱既是个平凡人，那也就不必装什么幌子了。"不仅如此，他还违背"君子远庖厨"的古训，几乎承包下做饭洗碗等所有家务，以致我不由想起男人们用以评价上品女人的八个字：上得厅堂下得厨房，觉得用来评价他倒蛮贴切。二月河这些行为举止，并非完全出于"大才者常不拘小节，异才者常有怪癖"，更非缘于他是个守财奴。赈灾济贫、捐助公益事业，他动辄一掷数万乃至几十万金，其豪情壮举，能羞煞一大群为富不仁的榜上富豪。

一个人已经做到了人上人，却不在乎还做一个人下人，的确是件很不容易的事情。二月河恪守着生活简单就是享受的信念，自如地出入于高贵与鄙陋、世俗与本真之间。人品做到极处，无有他异，只是本然。

至于没有"养小蜜"的前因后果，二月河自曝内情，说自己少年时太相信保姆老太太的话了，保姆告诫他：看女人要这样看——离着四五十步，看脸，看身个儿；二三十步看腿；再近就看脚。少不更事的他把老保姆这番话当成了老太后的懿旨，奉为金科玉律。他说，"一直这么着'每况愈下'地看女人，弄得我几十年都不会迎视对面过来的女子，导致我过去和女同学们'没啥'，后来的情形又不可能'有啥'，因此也只好'就这'了。"令人忍俊不禁。这当然是他的戏谑之词。不受丑陋的诱惑，不为鸡鸣狗盗之事，并非因为他至今还没有脱魔解咒，乃他"实不为也"。看破，放下，自在，是佛教中的六字真经，也是曾经沧海而今桑田的二月河的大彻大悟。

佛法教理的精粹归为六度：布施、持戒、忍辱、精进、禅定、般若。诚然，宗教实质上只是超越了世相纷扰的一种文化积淀，佛教崇尚自度度人自利利他的境界，也不过是指教给人追求真善美的途径。然而，上求佛道，下化众生，在红尘万丈中达到常乐我净，却是二月河心中的大誓愿。所以，虽仍然行走于俗世间，难免置身于名利场，但他的心灵已经超然于红尘之外，故而他常开笑口，大肚能容，就像人皆喜欢的弥勒佛。

阿弥陀佛！

　　发表于《都市美文》《阳光》《草地》，获冰心散文奖，入选《21世纪中国经典散文》(内蒙古文化出版社)、《散文天下10年精华》(百花文艺出版社)、《2007年中国散文排行榜》(北京工业大学出版社)等，中国作家网、百度文库、阿里巴巴专栏、散文天下等转载

江山常在掌中看

　　犹记当年，拜读到梁衡先生《觅渡，觅渡，渡何处？》时的强烈感受，摄人心魂的标题，奇思峥嵘的内容，大开大合的行文风格，如同瞿秋白先生名篇《多余的话》一样，那么的卓然独立，那么的惊世骇俗，久久激荡着我的心灵。

　　"常州城里那座不大的瞿秋白的纪念馆我已经去过三次。从第一次看到那个黑旧的房舍，我就想写篇文章。但是六个年头过去了，还是没有写出。瞿秋白实在是一个谜，他太博大深邃，让你看不清摸不透，无从写起但又放不下笔。"

　　文章一开篇，就紧紧地攫住了我，令我心动神摇。

　　"纪念馆本是一间瞿家的旧祠堂，祠堂前原有一条河，叫觅渡河。一听这名字我就心中一惊，觅渡，觅渡，渡在何处？"

　　这一段，真是勾魂摄魄。我的心下也是一惊，迫不及待往下读去。

　　"他是一个书生啊，一个典型的中国知识分子，你看他的照片，一副多么秀气但又有几分苍白的面容。他一开始就不是舞枪弄刀的人。他在黄埔军校讲课，在上海大学讲课，他的才华熠熠闪光，听课的人挤满礼堂，爬上窗台，甚至连学校的教师也挤进来听……秋白与鲁迅、茅盾、郑振铎这些现代文化史上的高峰，也是齐肩至顶的啊……他振臂一呼，跃向黑暗。只要能为社会的前进照亮一步之路，他就毅然举全身而自燃。"

读到这儿，我的胸口一阵阵绞痛，再也止不住泪流满面。请原谅我这么大段地引用，并且下面还要引用一段。其实，这还是我忍痛割爱的结果。因为，瞿秋白实在太让我景仰，而《觅渡》通篇是那么精彩。

"……如果秋白就这样高呼口号为革命献身，人们也许还不会这样长久地怀念他研究他。他偏偏在临死前又抢着写了一篇《多余的话》，这在一般人看来真是多余。我们看他短短一生斗争何等坚决……他主持'八七会议'，决定武装斗争，永远功彪史册，他在监狱中从容斗敌，最后英勇就义，泣天地恸鬼神。这是一个多么完整的句号。但是他不肯，他觉得自己实在藐小，实在愧对党的领袖这个称号，于是用解剖刀，将自己的灵魂仔仔细细地剖析了一遍……他在新与旧的斗争中受着煎熬，在文学爱好与政治责任的抉择中受着煎熬。"

我读出了瞿秋白高尚的精神痛苦，读出了他灵魂中的崇高壮烈；我也读出了作者高超的精神内核，读出了他心底对崇高悲剧美的向往。作者其实就隐身于自己的文字背后。

梁衡对秋白的一片赤诚，犹如秋白对党的一片赤子之心，深深地感动着我。

为了尽可能写好心中的瞿秋白，表达好秋白的高洁心灵、高尚情操、高贵气质，他先后三下江南瞻仰秋白故居，"在这间旧祠堂里，一年年地来去，一次次地徘徊"，苦苦酝酿六载。终于有一天，他灵感乍现，妙思顿来，觅到了"觅渡"作为文眼，这一神来之笔，成就了这篇思想高蹈、情感充沛、文采飞扬、卓尔不群的佳作。

《觅渡》发表于 1996 年，距今整整 21 年。其时，梁衡正在国家新闻出版署副署长任上，并恰逢中国报刊业改革的关键阶段。在这片风云之地，在这个非常时期，梁衡大行雷霆手段：率先指出报刊的商品属性，率先主张报业集团化，大力推行报刊品牌战略，大力建设"三刊工程"……业界一片风生水起，那些年，是新闻出版界的金色年华。

人不敢道，我则道之；人不敢为，我则为之。这就是梁衡的风格。旗下《新闻出版报》关于"消息散文化"的讨论，公说公有理婆说婆有理，长达半年没有定论，最终梁衡一锤定音，坚定地提出"消息不能散文化"。他认为，消息散文化，就是新闻文学化，有可能在新闻写作上引起两点偏差：内容失实，形式夸大；就会导致新闻功能的削弱。这个观点，至今被奉为消息报道的金科玉律。

识见之得，务先大观。官场热闹，但梁衡更乐享书斋寂寞。事务繁忙、政务缠身的他，鲸吞蚕食般读书，以近乎苦修的状态力学，他治学著述，在新闻学领域提出许多独创性理论，《没有新闻的角落》《新闻绿叶的脉络》《新闻原理的思考》，就是他在那个时候撰就的三部重量级新闻理论大著。

但梁衡不满足，他另有心结和自我期许，那就是文学。他在文学上更有企图心。书生报国，笔写春秋。他说，"青史留名的好官员，都是政治家、思想家和文章家。"的确。正不加文，不足为政。

20世纪90年代，中国文学界流行解构主义，政治、崇高、意义等等，这些精神概念全都被消解，"躲避崇高""文艺同政治离婚""把文艺从政治的裤腰带上解下来"等口号喧嚣一时，散文界更是极力回避、远离政治。作为知识分子踏入官场的梁衡，始终持守中国文人的传统和使命：忧国忧民，文以载道。他在《人民日报》发表文章，旗帜鲜明地提出要写"大事、大情、大理"，并身体力行率先垂范，大胆探索政治题材的创作，首开写作政治散文之先河。

梁衡关注国家前途，关心民族命运，以大情怀、大视野、大思路，从中国共产党翻江倒海的历史中，汲取思想资源，撷取精英精华，奋笔为文，一篇篇脍炙人口的政治散文不断问世，《一个大党和一只小船》《文章大家毛泽东》《大无大有周恩来》《一个尘封垢埋却愈见光辉的灵魂》，就是其中广为传颂的精品力作。

文贵思想，思想是作品最强劲的力量。文贵境界，有境界则自成高格。"篇无新意不出手"，是梁衡的自我告诫。虽然是写政治，但梁衡的思路没有落入前人窠臼，写作手法也屡翻新意，文章既包含又超越政治，闪耀着思想和智慧的光芒。他才思纵横，高屋建瓴，语言却明白晓畅、气韵生动。

"我写这些大事、大情、大理，就是要总结事件精神财富、揭示历史规律。这些传统与规律，在今天仍有现实意义和指导作用。""我写政治，绝不囿于政治，只是把政治作为题材和对象，写起来却必须遵循文学规律。""一部文学史，如果没有政治这条主线，是不可想象的，若真是那样，文学将严重缺钙而立不起来。"梁衡说。

是的。一个作家要写出杰作，离不开博大的政治情怀。

在梁衡写大事、大情、大理的"红色经典"系列中，《觅渡》无疑是个异数。倘若换了是别的作者，它或许难见天日，而对于一个占据着制高点、掌握着话语权的新闻出版"守门人"来说，则另当别论。《觅渡》不仅大刊发表，名刊转载，而且轰动朝野，风行天下。美文如斯，固然是大获成功的基点，但也得益于作者顺势就势借力打力。凭高御风，居高声自远。高山滚石势大力沉，也是世道常情。《觅渡》贵在文笔，贵在思想，贵在境界，更贵在胆识。说实在话，当今散文家中，也只有梁衡能够这样去写。

当下"红色散文"无数，《觅渡》出乎其类拔乎其萃。《觅渡》被镌刻立碑，屹立于江苏常州秋白故居，"引无数英雄竞折腰"。《觅渡》发表20年来，历久弥新，社会反响长盛不衰。

　　"红色经典"系列形成规模效应后，梁衡又思接千载、视通万里，从深广无垠的中外历史长河中，从光彩耀人的政治家、军事家、思想家、文学家、科学家中，挖掘出能引起他强烈心灵共鸣的素材，以独特的视角、卓异的史识、丰厚的学养，撰写系列富有政治价值、思想价值、道德价值、历史价值、艺术价值的哲思美文。"全世界无产阶级和劳动人民的伟大导师"马克思，"亦余心之所善兮，虽九死其犹未悔"的屈原，"究天人之际，通古今之变，成一家之言"的司马迁，"安能摧眉折腰事权贵，使我不得开心颜"的杜甫，"先天下之忧而忧，后天下之乐而乐"的范仲淹，"文起八代之衰，而道济天下之溺"的韩愈，"岂能为五斗米，向乡里小儿折腰！"的陶渊明，"鞠躬尽瘁，死而后已"的诸葛亮，"男儿到死心如铁，看试手，补天裂"的辛弃疾，"生当作人杰，死亦为鬼雄"的李清照，"苟利国家生死以，岂因祸福避趋之"的林则徐，"我劝天公重抖擞，不拘一格降人才"的龚自珍，"在所有的世界著名人物当中，唯一没有被宠坏"（爱因斯坦语）的居里夫人，"何须论得丧。才子词人，自是白衣卿相"的平民柳永……都是他笔下的人物，他们具有的共同特性是：伟大的人格，不屈的灵魂，光辉的思想，不朽的精神。《特利尔的幽灵》《把栏杆拍遍》《武侯祠前的沉思》《读韩愈》《最后一位戴罪的功臣》……这些旨趣高雅、大气如虹的雄文佳作，让我们的阅读成为一次次文化之旅、心灵之旅、思想之旅，让我们的眼界得以开阔、境界得以提升，让我们在观古鉴今中激发出崇高感、正义感、爱国心，正所谓"震大千而醒人智，承千古而启后人"。

有评论家说，"梁衡的作品已经成了这个社会的净化剂，成了我们灵魂的净化剂。这就是为什么他的文章一再被选入大、中、小学课本，选入各种集子，有些篇章已成经典的原因。"

梁衡是作品入选语文教材最多的当代作家，也是作品被刻碑最多的当代作家。

"梁衡是一位肯动脑，很刻苦，又满怀忧国之情的人。他到我这里来聊天，无论谈历史、谈现实，最后都离不开对国家、民族的忧心。难得他总能将这一种政治抱负，化作美好的文学意境。在并世散文家中，能追求、肯追求这样一种境界的人，除梁衡以外，尚无第二人。"季羡林先生生前这样评价。

大其心才能体天下之物。梁衡在大学生文化读本《爱国的理由》自序中写道，"爱国，永远是一个民族、一个国家存在的支柱，也是做人的起码标准。"

要说我最热爱的梁衡笔下人物，是文武双全、英气逼人、爱国心切的辛弃疾。《把栏杆拍遍》，是梁衡又一才高意远的篇章。读辛词，听得到兵戈之声，读梁文，也能感受到兵戈之气。从小做着血染疆场英雄梦的梁衡，把气魄阔大、雄健沉郁的辛词，把爱国忠君却壮志难酬的千古词人辛弃疾，把临终前只喊"杀贼！"的可敬、可爱、可悲、可叹的辛弃疾，解读得淋漓尽致。

曹丕主张"文以气为主"。写气不写形，也是梁衡散文的一大特征。他说，"韩愈每为文时，必先读一段《史记》里的文字，为的是借一口司马迁的气。"他也是这样做的，所以，读者称赞其文"有《史记》笔法，太史公文风"。

鲜为人知的是，为梁衡打开荣誉之门的作品，并非散文，而是早年刊登在《光明日报》上的一篇新闻通讯，它一举获得了"全国好新闻奖"（"中国新闻奖"前身）。之后，他就此题材分别写出散文和报告文学发表，又一连斩获青年文学奖、赵树理文学奖。出手不凡，声名鹊起，激发了他对散文的浓厚兴趣。那时他才三十多岁，颇有"指点江山，激扬文字，粪土当年万户侯"的意气风发。

大报记者的身份，使梁衡得以遍历天下，登名山大川，采天地之气。他开始山水散文创作，《晋祠》《泰山》《天星桥》《壶口瀑布记》等，连连发表，连连被选入教材、被刻碑；《壶口瀑布记》，就是他笔下的新"黄河颂"，"蕴伟力而静持，遇强阻而必摧，绕山岳而顺柔，坦荡荡而存天地。美哉，壮哉！"抒情的文字，壮美的修辞，尽显黄河奔腾不息的壮观景象和恢宏气势。

胸装江海文始壮，腹有诗书气自华。

梁衡对散文研究也有高论。对于当时散文写作奉行的"杨朔模式"，梁衡敢于第一个吃螃蟹，在《人民日报》发表理论文章《关于山水散文的两点意见》，集中剖析其出现的历史背景、创作方法、消极影响，对已供上神坛的散文权威进行哲学批判，一时名声大噪。

他手出多面，各有建树。在采访中，有感于孩子们数理化学得太辛苦，他决心写一部通俗的数理化"软教材"，让孩子们能在轻松愉快中学习、受益。两年后，四十万字的科普教材《数理化通俗演义》（三册）问世，它以文学手法演绎科学简史，生动形象、引人入胜，开拓出科普写作新天地，至今畅销不衰。

写而优则仕？梁衡从《光明日报》走上国家新闻出版署领导岗位，新千禧年，履新赴任《人民日报》副总编辑。

在这片政治高地上，其观风雨，其览江山；其左手理论，右手政论；其思想开放，治学严谨。记者的敏锐、作家的深刻、学者的缜密、官员的高度，在他身上得到了高度的统一。见解独到的著述《看稿手记》，是其新闻理论的又一发展。《走近政治》，是其出色的政论文集，它将理性思考与感性表达融为一体，因而在各级领导干部中广为流传，也受到普通读者的欢迎。就像他的散文集，《走近政治》也是一版再版，一印再印。"文无新论，不虚即空"，梁衡说，"理论只有被大众了解和接受，才能真正实现其价值。这样的使命感，使我多年来一直在努力探求着理论通俗化的最佳途径。要借助文学之力，让严肃的政治活泼起来，让干涩的理论通俗起来，贴近大众。"

　　鉴于其突出的学术贡献，梁衡被聘为中国人民大学新闻学院博导。

　　虽位居三品，但在渺渺官场，他不过"芸芸众官"，在茫茫宦海，他不过沧海一粟。而作为一个享有盛名的记者、作家、学者、理论家，梁衡的光芒高过了他的官场同僚；他的散文，正可以用他赞颂《岳阳楼记》的话来评价，"熔山水、政治、情感、理想、人格于一炉"，因而独具一格自成一家，这一点上，他也高过了并世散文家。他不是一名出色的"官员文学家"，他是一位位享庙堂的散文大家。

　　这也正是他的理想所在。"文章千古事，纱帽一时新。君看青史上，官身有几人"，他以此表明心志；"权力再大也将随生命而止。可是当他趁有权之时，选择干一件国家民族永远记住的事，这权力便变成了永久的荣誉。"此为其心声。

　　意外得知，梁衡还曾"一朝选在君王侧"，政治前途有着无限的可能性；也曾在商海中试过身手：帮人打官司，当董事长办全国首家人才开发公司，都赚得盆满钵肥。而辉煌之中，也有着历数不清的挫折、磨难、坎坷（包括起伏不定的文运）。然而，他终究未被经济风潮、政治风浪、文坛风波裹挟而去，始终固守理想笔耕不辍，因为在他心中，文学这"经国之大业，不朽之盛事"分量最重。

　　著作等身的梁衡，名享朝野的梁衡，退休之后，而今迈步从头越，开始致力于在广袤的华夏大地寻找人文古树，一一为之立"传"，《中华版图柏》《秋风桐槐说项羽》《长城·古寺·红柳》《燕山有棵沧桑树》《带伤的重阳木》《左公柳，西北天际的一抹绿云》等系列美文相继问世。梁衡走过"山水（散文）"，历经"政治（散文）"，步入"人文（散文）"，思维越发开阔，文笔更为纯熟。他还创立了"人文森林学"，以唤醒全社会对生态环境的保护意识。

"地位清高，日月每从肩上过；门庭开豁，江山常在掌中看。"这是对梁衡最好的诠释。

发表于《创作评谭》《中华读书报》，入选《永远的觅渡》（华东师范大学出版社），光明网、百度学术、维普网、霍州市人民政府门户网站等转载

文学是人类感恩自然的最佳途径

人类在征服世界的征途中，渐渐地失去了自己的灵魂。尤其现代社会，红尘滚滚人心浮躁，我们若想与喧嚣都市抗衡，也许最佳选择就是投入到自然中去，享受星辰、山河、森林、海洋，让生命从中获得身心滋养，获得真正的愉悦与幸福；而我们从自然中领受到的身心感悟，一旦化为文字，就成了自然文学。

中国人讲求顺应自然、强调天人合一，将美好的品质赋予自然，比如山水、树木、花草、虫鸟；古人写文章，大多写山水、游记，即使当今的散文写作领域，游记文章也占了相当大的比例。正如林语堂所说，"中国艺术的冲动，发源于山水；西洋艺术的冲动，发源于女人。"

中国文化历来探究人与自然的关系，而欧美几十年前也兴起了写山水、荒原、旷野即写大自然的热潮，名之为"自然主义写作"，也就是自然文学。美国作家梭罗被奉为"自然文学的先驱"。梭罗热爱自然，探索自然，崇尚自然，宣称"大自然就是我的新娘"，鄙弃物欲主义，向往精神崇高。

我去地坛，只为能与他相遇 / 杨海蒂

梭罗撰写了四本描述和赞颂自然界的著作，其中《瓦尔登湖》成为自然文学的经典之作，风靡全球，至今畅销，被自然文学写作者奉为圭臬。

所谓自然文学，从内容上看，主要思索的是人类与自然的关系；从形式上说，当代的自然文学，主要包括环境文学和生态文学。

一般而言，任何人都会热爱自己的祖国。对于我们普通中国人来说，爱国，首先爱的是山水中国，其次是文化中国美学中国……

山水游记散文写作，一般有三个层次：描写、感情、哲理，以《岳阳楼记》最为典型典范。现在，影视的方兴未艾，摄影的空前发达，网络的如火如荼，导致文学空间被大为挤压；时代的变迁，题材的限制，环境的恶化，都是自然文学写作的瓶颈。而今，要写出既优美又有深度的山水散文，可谓难上加难。面对如此困境，我们散文作者，必须力求探索新的出路，力图更多、更大、更强的创新和突破。

河山信美，但要以文学手法来表现好她，无论散文、诗歌、小说，都需要真诚深切的心灵，要具有大情怀。"非有大情怀，即无大艺术"，人应该有所敬畏，首先要敬畏大自然。以前，山青水绿海晏河清，正是大自然对敬畏天地的人类的回报，现在人们乱砍滥伐破坏生态，自然灾害到处频发，也正是大自然对胡作非为的人类的惩罚。

在大自然面前，人类太渺小。

中国古代文人大多纵身、纵情山水，因为其精神家园是山水。对他们来说，在大自然中超脱现实、圆融身心，能使生命更快乐，人生也更有意义和价值。的确，当人回归自然，灵魂就会与宇宙相通。

人要与自然和谐共处，就要善待我们赖以生存的土地。无论在哪个民族的心目中，土地都至尊至荣。"土能生万物，地可载山川"，人类的一切，都由土地养育和承载。梁启超说，"夫国家者何物也？有土地，有人民……"在古代中国，土地就代表社稷，皇城里必建有社稷坛，用五色土拼成，皇帝每年都要祭坛拜土。从世界范围来说，只有维护好所有的土地山河，才能保持全人类的健康。

爱默生认为"自然是精神之象征"，他说，"在丛林中，我们重新找回了理智与信仰""人不仅要远离社会，还需远离书房，方可进入孤独的境界"，在他眼里，自然寄托着人类的情感，因为心灵格外需要野生自然的滋润；美学家李泽厚在其著作《美的历程》中也写道，"千秋永在的自然山水高于转瞬即逝的人世豪华，顺应自然胜过人工造作，丘园泉石长久于院落笙歌。"

然而，人们往往难以实现这样的梦想，于是产生了园林。园林是传统中国文化中的一种艺术形式，通过地形、山水、建筑群、花木等载体，衬托出人类的心灵寄托和精神文化。园林的起源，来自中国乐园文化的两大终极思想：蓬莱和桃花源，兼具神仙理想和平民梦想。

我去地坛，只为能与他相遇 / 杨海蒂

文学即人学，高尔基这个观点深刻影响了中国现当代文学。而自然文学写作者并不以"人"为主要描述对象，也不以书写战争、爱情、死亡这些"文学的永恒主题"为使命，而是专注于探索人与自然的关系，写自然对人类生活的影响，对人类心灵的启迪，对人类未来的启示；作者即便将自己置身于作品中，也是为了表达与自然的关系。

正是大自然的千姿百态，成就了自然文学。乡村、田园，草原、丛林，江河、海洋，旷野、荒原……游记作者笔迹所在，往往就是其足迹所至。我想，在自然文学作者看来，从自然中得到的精神享受，一定远比物质享受更为愉悦和幸福。我们的亲身体验，能唤起人们更加热爱壮丽山河；我们的美好感受，能激励人们更加追求精神享受；我们的妙笔生花，能吸引人们更多地热爱文学尤其自然文学。

英国诗人布莱克说过，"伟大作品的产生，有赖于人与山水的结合，整天混迹于繁闹的都市，终究一事无成。"

文章，人心之山水；山水，天地之文章。"山水无文难成景，风光着墨方有情"，一语道尽自然与文学的关系。

发表于《中国文化报》，入选《清净如山》（文汇出版社），求是网、光明网、中国社会科学网、新浪网首页、中国作家网、北京文艺网等转载

第三辑

游历

空，故纳万境；

静，故了群动。

走在天地间

往历史的纵深处看去，陕西，是中国最为壮丽辉煌的地方。

陕西，横跨黄河、长江两大流域，以秦岭—淮河一线划分国土南北；省会西安，是世界四大古都，是丝绸之路的起点，是中国经纬度基准点大地原点，是北京时间国家授时中心所在地。

陕西，是中华民族的摇篮，是华夏文明的发祥地，传说中的"三皇"（伏羲、女娲、神农），人文初祖炎黄二帝、农耕文明始祖后稷、"造字圣人"文祖仓颉、创建礼制的周文王、分封天下的周武王、统一中国的秦始皇、君临天下的汉武帝、写出"史家之绝唱"的司马迁、开创"盛世之国"的隋文帝、扫除群雄的唐高祖、文韬武略的唐太宗……这些彪炳史册灿古耀今的人杰，都生长和建树于这片土地。

陕西，神于天，圣于地。

而"天之高焉，地之古焉，惟陕之北"。

是斯诺的《西行漫记》（《红星照耀中国》），让我这个江南女子，早在少年时期，就深深地为陕北震撼。

那是一片理想主义的天空。那是一片英豪辈出的土地。

黄土地，就是陕北人的生命舞台。

陈胜、吴广，李自成、张献忠……多少英雄豪杰，曾在这片土地上大展雄才一抒伟略，但都以失败告终；而红军在陕北，以两万兵敌国民党28万大军，成为世界战争史上的奇迹。

山河之固，在德不在险。

延安，是我青春岁月的心灵图腾；延安，是我仰之弥高的精神高地。延安窑洞的灯火，在我心中光焰万丈；枣园、凤凰山、杨家岭、王家坪、瓦窑堡、南泥湾，都是早已深入我灵魂的名称。

终于，我踏上了这片伟大神奇的土地，踏访着革命先辈的奋斗足迹，来到了陕北，来到了延安——朝圣。

仰望宝塔山，眺望着太阳从地平线上升起，我血液沸腾，心灵颤栗。

在这里，信仰、理想、激情再度凝聚，让我重新得力，如获新生。

延河奔流不息，像亘古的诉说，诠释着延安的前世今生。

如果不是参加"亚洲作家 走进延长"采风活动，我可能至今还不知道：革命圣地延安，也是中国石油工业的发祥地；新中国摇篮延安，也是中国石油工业的摇篮。

百年延长，源远流长。

早在北宋年间，科学家沈括在赴任延安府太守途中，在延河边发现了石油，记载于《梦溪笔谈》，并预言"此物后必大行于世"。

"苦焦"（陕北方言）的黄土地下，却蕴含着丰厚的液体黑金，这是天地的秘密，是天地包藏之妙。

石油，是现代工业的血液，是现代工业的象征。腐败无能的清末政府，也深谙此理，于是，在延安设立延长石油官厂，钻成中国陆上第一口油井，结束了中国大陆不产石油的历史，填补了旧中国民族工业的一项空白，使延长石油成为中国石油之祖；随后，延长石油生产出与"洋油"媲美的灯油，开创了中国石油加工的历史先河。

延长石油，就是黄土地上的脉搏。

刘志丹解放了延长石油官厂，让石油回到人民的手中，在"一滴汽油一滴血"的抗日战争和解放战争时期，延长石油有力地支持了中国革命，被誉为"功勋油矿"。1944年，毛泽东主席为时任延长石油厂厂长、陕甘宁边区特等劳模陈振夏亲笔题词"埋头苦干"，激励着一代代延长石油儿女脚踏实地奋勇前行。

埋头苦干，成为延安精神的原生组成部分，成为共产党重要的精神财富。

俄罗斯作家阿·托尔斯泰在他的《苦难的历程》中写道：岁月会消失，战争会停息，革命也会沉寂下去。

是的。革命，不就是为了人民过上安康幸福的生活？

在延安精神的光辉照耀下，一代又一代陕北人，仰天俯地，从贫穷走向富裕；一代又一代延长人，埋头苦干，从现在走向未来。

延安精神，薪火相传。

从延安走出来的诗人阎安说，"陕北的现代性觉醒与发生在这块土地上的两大历史事件密切相关，一个是延安时期，一个是'文革'后期知青来延安插队。"

我以为，对于长久"文必秦汉，诗必盛唐"的炎黄子孙来说，这个"现代性觉醒"，更多指文化觉醒。

延安时期诗人光未然与音乐家冼星海珠联璧合之作《黄河大合唱》、文学家贺敬之历久弥新的经典戏剧《白毛女》，延安插队知青路遥的《人生》《平凡的世界》、史铁生《我的遥远的清平湾》《我与地坛》等文艺作品，持久不衰地散发着思想和人性的光芒。

文化，也是一个民族的灵魂。

走进陕北，天空高远、湛蓝、透亮，没有一丝杂质，甚至没有一片白云。大地辽阔静谧，沟壑莽莽苍苍，管道排排行行。一片明亮的阳光，如水一般泼洒在无边无际的原野上。走在天地之间，有热辣辣的信天游陡然从塬上响起，声音高亢拔地通天，如泣如诉，让离开歌厅仿佛就不能唱歌的我们，如痴如醉。

黄土地，是这样的雄浑而又多情。

天不语自高，地不语自厚。大哉，陕西；厚哉，陕北；伟哉，延安！

发表于《中国财经报》《文艺报》《新湘评论》《美文》，入选《2015年中国精短美文精选》（长江文艺出版社）、《世界华文散文诗年选（首卷）》（花城出版社）、《中国廉政文学作品选》（中国方正出版社）等，中国财经新闻网、中国作家网、百度学术、中国网络文学联盟、维普网、丝路花开等转载

天赐玉山

北方已进入凛冽寒冬，秋韵还在玉山徘徊，藏在林中，凝在叶上，飘在天空，落在花间。

千年古邑玉山，雄居江西东大门，以境内有怀玉山得名，历史源远流长，文化积淀深厚，文人墨客遗留的观光游记诗词歌咏数不胜数，其中以古诗词"冰为溪水玉为山""半江青山半江城""水含金沙山怀玉"，最能道其精髓；近代著名文学家郁达夫誉之"东方威尼斯"，更使其美名远扬。

外揽山水之秀，内得人文之胜，集中国山川之美的玉山，不仅多名山秀水，风景星罗棋布，且人文荟萃，多名胜古迹。"唐宋元明清，从古看到今"：唐阎立本墓、宋怀玉书院、端明书院，元"青花云龙纹象耳瓶"，明文成塔、状元牌坊、红石条城墙，清童生考棚、旌德会馆，还有民国时期的机场，以及武安山东麓的南宋行宫遗址，名震遐迩的东岳庙……一一见证着玉山昔日的繁华与辉煌。

地球上有三大生态系统：湿地、森林、海洋。玉山有三清山世界地质公园，有怀玉山国家森林公园，有信江源国家湿地公园，三居其二。

漏底，名字让人感觉很神秘，缘于地下有天河，因而村庄从未被洪涝肆虐过。她遗世独立，静谧从容，本色天然，让我无比动心。村头青岩石壁，沉寂千年，屋前舍后山花烂漫、遍地野果、鸡鸭成群、童子嬉戏，这是一个真实存在的桃花源，保留着最本真的原生态。

金色的阳光从云层间洒落，照耀着澄澈剔透的三清湖水，湛蓝的湖面，犹如一匹闪闪发亮的绫罗绸缎，美得让我心碎。看着湖水荡漾的光影变幻，我想起梭罗的瓦尔登湖，想起他弃绝浮华回归自然。湖中有连绵十里的溶洞群，有佛教圣地少华山，让我联想起韩国经典影片《冬去春来》，演绎的就是一个湖心小岛上的悲欢离合，以四季更替阐释人生无常。

"三清第一景"天梁，既勾连三清山，也连接漏底村，还有地下暗河与三清湖相通。天梁山峰峻谷幽，怪石林立，石门天梁雄伟壮观，暗河溶洞神秘莫测，涌泉飞瀑奇特瑰丽，民间传说丰富多彩，历来为文人雅士垂青。据史书记载，状元洞旁，原有涧底松一株，宋高宗赵构写下《题汪状元涧底松》，御题我国历史上最年轻的钦点状元、玉山人士汪应辰。

走出天梁，泛舟金沙湾。蜿蜒流淌的金沙溪，美得让我意乱情迷，曾经钟情过的那些河流，一下子就黯然失色了。河水波光粼粼，两岸茂林修竹，芦苇成片如梦如幻，水鸟成群翩跹起舞，让人如临仙境。树林里造型各异的枝干，倒映在水中的树影，横在溪流上的拱桥，岸边浣洗的村妇、写生的学生，共同构成一幅美丽生动的江南水乡画卷。

怀玉山因"天帝遗玉"而得名，与三清山山脉相连，山顶避暑胜地玉峰，层林尽染五彩斑斓，被誉为"中国的普罗旺斯"；山下有金刚峰法海寺，寺旁有草堂书院，后更名为怀玉书院，朱熹曾于此讲学并著述《玉山讲义》。山间有朱熹手书"蟠龙岗"和赵佑手题"高山流水"摩崖石刻。王安石、陆游、费宏、杨万里、顾况、郭劲、戴叔伦……一干文坛大佬，对玉山从来不吝赞美；"众里寻他千百度，蓦然回首，那人却在，灯火阑珊处"，这不朽诗句也是辛弃疾在玉山写就的。

诗人流连驻足玉山，书画大家阎立本却是将身家性命奉献给了玉山，这位画出过传世名作《步辇图》《历代帝王图》的唐代宰相，对玉山一见倾心，抛却荣华隐居于此，悟无为参佛法，将一切财物捐与僧人，由六祖惠能将其宅院改建成江南名刹普宁寺。普宁寺环境清幽、风景秀丽，寺前，冰溪河似环形玉带，绕武安山缓缓流过。阎立本去世后，僧人将其墓筑于寺后百余米处。

玉山如此多娇，引无数英雄竞折腰。玉山是江南重镇，位居闽浙赣三省要冲，"两江锁钥，八省通衢"，自古乃兵家必争之地。元末徐寿辉、陈友谅，太平天国石达开、李秀成，清代左宗棠等人都曾踏上玉山，留下足迹。

儒的博大，道的紫气，佛的灵光，皆汇聚于玉山，多元文化激荡融合，玉山兼容并蓄，源源不断汲取营养，因而，造就出往昔的"中国翰林第一村"，当今的全国"博士县""才子乡"。怀玉山又曾是闽浙赣革命根据地，是方志敏烈士的蒙难地，是中国共产党清贫精神的发源地。自然风光，文化遗存，革命遗址，还有世界稀缺矿产青石板材……多色旅游资源混合，使怀玉山有着卓尔不群的气质。

虽得天独厚，但不断自励自新，奋力接驳时代列车，这便是今日玉山之可贵。"全国电子商务示范创新县城"业已建成，首届中式台球世界锦标赛在此成功举办，高铁开通使玉山如虎添翼。玉山有梦想，有智慧，有胆识，有文化情怀，有超前意识，正在全力打造自己的文化名片，以最佳面貌呈现给远方的来客。

玉山，生机勃勃的小城，已经成为我生命中深情的风景。

天赐玉山，祝福玉山。

发表于《光明日报》，光明网、凤凰网、中国文明网、中国作家网、乡情文学网等转载

汉之玉

玉，珠宝之首，在世界各地广受推崇，尤其在中国。

早在新石器时期，玉就已经进入了人们的生活。"玉"原为"王"，中华民族对之顶礼膜拜，玉尊贵之至，只有君王才有资格佩戴；又，"玉者，国之重器，朝廷大宝"，象征国家最高权力的帝王大印就是玉玺。于是乎，民间一旦发现玉，拥有者打死也要进贡给君王，和氏璧，就是历史上最著名的关于王与玉的故事，可谓骇人听闻，令人惊心动魄。

后来，"王"逐渐演化为"玉"，开始化干戈为玉帛。干戈是国之力，玉则是国之瑰，因此，周穆王西巡时带上大量玉随行，以表求取和平之诚。从那时候起，玉，就成为中华民族重要的文化符号，代表心灵、礼仪、文化。再后来，玉，成为丝绸之路上的主打商品。

玉极坚硬，却又温润，是故孔圣人对玉推崇备至，"君子比德于玉焉"。管子说玉有九德，荀子说玉有七德，许慎说玉有五德、象征"仁、义、智、勇、洁"，因而，"君子必佩玉""君子温其如玉，故君子贵之也""君子无故，玉不去身""宁为玉碎，不为瓦全"，以玉比人喻事，以玉寄托高洁理想，意在提醒自己牢记玉的品德，务必守身如玉般修身养性。

在圣贤们抬爱下，在君子们厚爱下，玉在中华民族传统文化中独树一帜，寓意"美好、高贵、吉祥、柔和、安谧"，是故，无论赞扬人之美貌、美德或其他事物之美，总是用玉来作比：玉言、玉姿、玉照、玉声、玉泉、玉液、如花似玉、亭亭玉立、珠圆玉润、软玉温香、玉色瑷姿、美如冠玉、芝兰玉树、冰清玉洁、浑金璞玉、金科玉律、珠玉在前……不胜枚举。玉，激发了人们无限的想象力和表现力。

神、人、鬼之间，有着说不清道不明的爱恨情仇，因为玉富灵性，人们相信，在身上挂块玉牌或戴件玉饰，就可以与神灵相通，三界之间便能够靠玉来通灵。所以，玉不仅是王公贵胄生前炫耀身份地位的专享品，也是他们死后的陪葬品。但也不是谁想用玉陪葬谁就可以做到的，即便君王，倘若无德，死后亦不可陪葬玉器。这是因为在长期的历史进程中，国人形成了根深蒂固的全民尊玉、爱玉的民族心理，玉的神化和灵物概念、特殊权力观点，皆植根于此。

佛道雅称玉为"大地舍利子"，认为玉是具有祛邪避凶法力的灵石。佛家对玉如此崇尚，于是，人们更加认定玉之灵性不仅能辟邪、镇宅，还会给人带来难以言传的喜瑞、吉祥。对于男女爱情来说，玉也有扯不清理还乱的情愫，"华夏玉道，通神达俗，君威国祚玉为鉴，男欢女爱玉作证。"

男女传情达意，"何以赠之，环瑰玉佩"，比如《红楼梦》中就写到，贾宝玉初见林黛玉十分喜欢，惊呼"天上掉下个林妹妹"，觉得只有高贵纯洁的美玉才配得上她，立刻取下脖子上的"通灵宝玉"相赠。

历史上，宫闱中，帝王、嫔妃养生美容离不开玉，著名传说有武则天玉粉养颜，有宋徽宗嗜玉成癖，有慈禧持玉拂面，有乾隆香妃因佩戴金香玉而浑身香气迷人……最著名的传说，当属关于杨贵妃的桥段：杨氏衔玉而生，得名"玉环"，及至"杨家有女初长成"，因"姿质丰艳"为唐玄宗垂涎，当皇上的哪会管什么伦理道德，儿媳妇杨玉环被"一朝选在君王侧"，成为集万千宠爱于一身的杨贵妃，杨贵妃体胖怕热，玄宗便赏以玉鱼，让其含于口中以解暑，得宠如此，又含玉生津，贵妃更是出落得"回眸一笑百媚生，六宫粉黛无颜色。"真真活色生香。

随着时代变迁，终于，玉这至尊珠宝，早已"旧时王谢堂前燕，飞入寻常百姓家"。人们信奉男无玉不壮、女无玉不美，并且佩玉不但美观，玉更是越放越值钱，故而老百姓一旦手有余钱，就会升腾起一种强烈的欲望：买玉。所谓"乱世黄金盛世玉"，所谓"黄金有价玉无价"，说的都是收藏之道。

陕西蓝田玉很有名，因为那句"蓝田日暖玉生烟"。其实蓝田玉质地并不很润泽细腻，无非颜色比较丰富。然而，玉，不是普通商品而是文化产品啊，其最大的价值和意义就在于此。几千年来，玉文化对国人有着深远影响，是中国历史文明的一个重要组成部分。

金香玉远比蓝田玉神秘、名贵。

金香玉貌似质朴无华，因此才有一句俗语"有眼不识金香玉"；金香玉是稀世之宝，太难看到，更难得到，所以"有钱难买金香玉"。不过，古代皇宫贵族对金香玉早有珍藏，且有诸多记载，最早见于唐肃宗以金香玉赠大臣为其辟邪；清代大才子纪晓岚，在其编、著的《四库全书》和《阅微草堂笔记》中，对金香玉不吝赞美，难说是不是因为暗恋乾隆香妃。

古占星学家认为：金香玉最是吉祥的象征，拥有者不仅每每能逢凶化吉，还会得到意想不到的好运。

读到过白描先生大作《贾平凹分香散玉记》，文中提到陕南汉中一老汉，早年间意外拾得一块金香玉，这块金香玉果然帮其躲过了死伤之大劫，为表感恩，他将其一分为四，其一归于某前国家领袖，其一主人即贾平凹（原文：他去汉中采风，听说了这个故事便走访老汉，老汉念他是个作家，也就给了他一块），凹公因为"当今世上只有四个人拥有、只有自己一个人佩戴"而洋洋得意，带到北京得瑟。"金香玉，这不是千百年来一直在传说的宝物吗？"雷抒雁、白描、雷达、李炳银以及白描夫人毕英杰五位陕籍京城雅士，争相观赏，结果乐极生悲，金香玉跌落，与大理石相撞破碎，碎裂声让贾平凹心如刀绞，他闭着眼睛喃喃自语"一共六个

人，一定是六片"，果然！另五人无不目瞪口呆。贾平凹认
为此乃天意，干脆送每人一块，据说此后他时来运转，开始
在文坛风生水起，端的是善有善报好人好报。金香玉真是神
奇啊。

自金香玉面世以来，人们对她的热爱从未减退，"在古
老的陕西汉中，一座幽深的山中，蕴藏着一种会散发出迷人
香气的美玉，这就是人们寻觅已久、只见诸史料记载、而难
得一睹芳容的奇珍玉石——金香玉"，这段神文，广泛流传
于世，刺激得一些人做梦都在寻觅金香玉。

汉中，这座"琼台玉宇汉上城"，是一座了不起的城市，
尤其对汉人来说。汉中是汉朝的起点，汉族从这里诞生；汉
中是汉文化发源地，汉语、汉字、汉书、汉学，皆起源于
此。汉中还有汉江、汉山，中国以汉中划分南北。汉江，古
有"天汉"之美称，来源于《诗经》中"唯天有汉，鉴亦有
光"；汉山，是周公祭天的神山，曹操以诗句"周公吐哺，
天下归心"歌咏之。土厚水清的汉中，"青山汉水蓄王气"；
浩荡着帝王气英雄魂的汉中，自古山藏绝玉，"石韫玉而山
辉"。汉代玉雕，正是后来历代尤其清王朝宫廷玉器的典范。
而今，陕西地矿总公司在汉中，在被联合国认可的"中国千
年古县"南郑，在崇山峻岭中的碑坝山，勘探到大储量的汉
玉，真是陕西人民和汉中福地之大幸。

汉之玉，从远古走过来，从宫廷走出来，从神坛走下来。

玉是石头精华，石之美者谓之玉，而我从来没见过这么

美的玉石，赤橙黄绿青蓝紫，各种色彩一应俱全，汉中玉因而被称为"中国彩玉"。汉中玉含有大量透辉石，是翡翠的重要成分，只是非绿色、乃白色，被誉为"白翠"。金香玉，则是汉之玉中的极品。

美，是玉的最高法则。美玉养美人，一笑倾国的绝代佳人褒姒，就是汉中人。

因了机缘，我在汉中还有幸亲目睹了金香玉。那古朴醇厚的颜色，深褐如泥土，不事张扬不露锋芒；那温润细腻的质地，如凝练的油脂，渗透出迷醉心魂的芳香；那纯正明亮的光芒，清新如初阳，凛于内而非形于外。金香玉，真正"色可以濡目，性可以涤身，光可以照心"。她聚天地之精华，得日月之灵气，国色天香；她至朴至艳，至拙至巧，至简至美。

女人常常把梦想寄托在珠玉上，其中最爱，首推玉镯。自大汶口文化时期出现玉镯以来，女人对玉镯的热爱，一直盛行不衰。春秋时期的扁圆形玉镯款式，依然是现代台湾妇女最钟情的"福镯"。隋、唐、宋朝，女子佩戴玉镯成风，连佛教题材绘画、壁画中的仕女、飞天、菩萨，也大都离不开玉镯；到了明、清、民国，玉镯材质之佳、款式之多、造型之美、工艺之精，空前绝后。老年女子钟爱玉镯，则多是为了辟邪——据说只要玉镯在腕，即使不慎摔跤跌倒，身体也不会受伤，自有玉镯护佑。

多年前，看过由白先勇小说改编拍摄的影片《玉卿嫂》，至今记忆犹新。因家庭变故，柳家少奶奶单玉卿沦为帮佣玉卿嫂，影片里，玉卿嫂试水温时，肌肤胜雪的皓腕在眼前那么一晃，戴着玉镯子的玉手蜻蜓般在水里那么一飞，当即让我惊艳不已。不用前戏交代，一看就知道她是从富人家出来的。玉卿嫂洗衣服的画面，也让我永生难忘：一下一下，玉手在搓衣板上来来回回；一荡一荡，那玉镯让我心旌摇曳神魂颠倒。玉卿嫂那么笃定、平静、温婉，一派心如止水的模样，这样的处变不惊，这样的外柔内刚，应当来自于她内心的底气、来自于她留存的梦想吧，那可都是由她玉腕上的贵重玉镯做底子的啊。观赏过电影《玉卿嫂》之后，我的首饰渐渐演化为手饰：玉镯；见识过汉之玉后，我的手饰梦想壮大了：金香玉手镯。

梦想还是要有的，万一实现了呢。

　　发表于《中国建材报》《陕西日报》《大地文学》《延河》《美文》《青海湖·人文地理》，入选《2016 年中国散文精选》（长江文艺出版社）、《2016 年中国最美精短散文》（漓江出版社）等，维普网转载

回望

最初知道吴堡，因为当代文学大师柳青。吴堡是柳青故里，今年是柳青诞辰 100 周年。对于中国当代文学，柳青和他的现实主义杰作《创业史》，具有引领价值和旗帜意义。对柳青，我深怀敬意；对《创业史》，我至今推崇；对吴堡，我十分向往。

怀着朝圣般心情，前往榆林市吴堡县张家山乡寺沟村，那是柳青故居所在。刚到村口，巨幅柳青语录迎面而来："人生的道路虽然漫长，但紧要处常常只有几步，特别是当人年轻的时候。"心头一颤，驻足，凝眸，五味杂陈。青春年少时，经常抄写这段话于笔记本扉页，那时候，何曾想到过有朝一日竟能在先生故里拜谒先生。那么，我人生之路"紧要处"的几步，总算有一步走对了吗？

柳青故居分为两个区域，一是生活院落，另一为私塾学堂，在居所几百米开外。私塾前有块石碑，被树木荒草遮蔽，难于被人发现；石碑上镌刻着"资生功不替，得主运维新"，横批"德合无疆"。柳青祖辈，原是大户人家，然而，柳青和兄长背叛了他们的家庭、阶级、弃绝"维新"，追求革命，投奔延安。

那是激情燃烧的岁月。陕北，是一片英豪辈出的土地；延安，是一片理想主义的天空。

延安，是中国工农红军的再生之地，吴堡，则是中国人民解放军的出发之地。

"邑枕黄河"的吴堡，是陕北通往华北的桥头堡。现今的吴堡，有四座黄河大桥连接着秦晋两省，曾几何时，要东渡黄河，只能依靠渡船。半个世纪前，吴堡川口渡口，水浪滔天，战船列阵，毛泽东主席率领中共中央机关前委和中国人民解放军总部，在勇敢、智慧的吴堡人民齐心协力下，从这儿乘木船东渡黄河，过境山西，前往西柏坡指挥解放战争，共产党从此冲天一飞，走向辉煌胜利。毛主席转战陕北十三个春秋留下的光辉足迹，在吴堡划上一个伟大的句号。

1948年3月23日中共中央东渡黄河，是中国革命史的闪光点，是中国共产党的转折点。这是陕北的光荣，是吴堡的荣光。

离开河边，一行人走到地势较高处时，毛泽东停住脚步，回头眺望黄河对岸，动情地说，"陕北人民对中国革命做出了很大的贡献，我们是忘不了的。陕北是个好地方，陕北人民太好了，陕北人民对革命是有功的。"周恩来接着说，"陕北人民对革命的贡献我们是忘不了的，将来我们有了条件，一定要多关照一下陕北人民。"

在渡船上，毛主席一次次恋恋不舍地回望陕北，主席深情回望的照片，深深地打动着我。

一年后，整整一年后，1949年3月23日，毛泽东率中共中央机关和人民解放军总部离开西柏坡，向北平进发，去建立新中国。为什么又选择3月23日动身，与东渡黄河的日子一天不差？天意从来高难问。也许，吴堡东渡，在主席心中有着不可替代的分量，有着难以言喻的意义。

同行的著名文艺评论家黄道峻先生感慨道，"吴堡人的精神，是延安革命精神的一部分。"

距吴堡著名旅游景点、壮观的"黄河二碛"不远处，"吴堡黄河古渡（川口渡口码头遗址）"古旧石碑旁，矗立着吴堡的红色地标"毛主席东渡纪念碑"；纪念碑右侧有石窑洞为"河神庙"，见证了当年的东渡壮举，至今保存完好。"河神庙"石窑洞前，一簇簇山丹丹花开红艳艳，在微风中轻轻摇曳。

沿着黄河岸边崎岖山道，汽车一路颠簸，盘旋而上吴山，地势在纵横沟壑和成林枣树掩映下不断升高。黄河西岸，吴山之巅，有一座石城环山抱水，蜿蜒盘曲，拔地通天：东以黄河为池，西以悬崖为堑，南为绝壁天险，北为咽喉狭道。悬崖峭壁下方，黄河自东向西奔腾而去。山上乱石穿空，山下惊涛拍岸。真乃雄奇而险峻，盛大而别致，磅礴而壮丽。正可谓独造之域，一家之奇，至高之境。

这就是黄河文明的璀璨名片、名闻天下的"华夏第一石城"——古吴堡石城。

　　吴堡扼秦晋之交通要冲，自古为兵家必争之地，凭借石城这一雄关险隘，千余年来，吴堡虽饱经战争创伤，却始终"一夫当关，万夫莫开"，从未被破城。这座坚不可破的天堑雄堡，使吴堡成为享誉天下的"铜吴堡"；这座固若金汤的军事要寨，抗战时期再立新功，它抵抗住了日寇的侵略，守住了陕甘宁边区东大门，护卫了延安，保卫了党中央。

　　古吴堡石城年代久远，据成书于唐代的《元和郡县志》记载，"赫连勃勃刘裕子刘义真于长安，遂虏其部，筑城以居之，号曰吴儿城。"若此说不谬，其当建于公元418年，距今近一千六百年。最普遍的说法是，吴堡石城始建于五代十国时期的北汉国，只不过当时它只是北汉御敌的一个军事要寨。史料确凿的文字记录为《宋史·外国列传·夏国上》，其记载显示：一千多年前，吴堡石城已颇具规模。金正大三年（公元1226年），吴堡由寨升县定名吴堡县，该城成为县府治所，由军事堡垒升级为政治、经济、军事、文化中心，且一直沿用到元、明、清。

　　石城不大，占地约十万平方米，但作为县治，却"麻雀虽小，五脏俱全"。城内原有南北大街一条，小巷十余条，店铺数十处，不仅设置了县衙、捕署、监狱、官仓等，还有观音阁、魁星阁、文昌宫、文庙、城隍庙、娘娘庙、祖师庙、龙王庙、关帝庙、七神庙、衙神庙、土地祠、节孝祠、节义祠等众多庙祠，并且建有南坛、北坛、先农坛、校场、点将台、兴文书院、女校、清廉牌楼、贞洁牌坊等。大部分建筑为石砌窑洞式，只有少量砖木结构建筑；各式建筑星罗棋布，错落有致遍布全城。可恨侵华日军占领山西后经常隔黄河炮击石城，致使城内大部分古建筑损毁，只留下众多遗址、遗迹、遗存、文物，幸而尚有七十多处明清时代所建窑洞和民居保存较为完整。

庙堂文化与江湖文化，在这座古老石城一直相融并存。

登山临水，不禁发思古之幽情；登高望远，进而怀激烈之壮志。元代诗人萨都剌的《念奴娇·登石头城次东坡韵》，不由就浮现脑海，挥之不去："石头城上，望天低吴楚，眼空无物。指点六朝形胜地，唯有青山如壁。蔽日旌旗，连云樯橹，白骨纷如雪。一江南北，消磨多少豪杰……"只消换几个名词，何尝不是眼前这座石头城的写照。

吴堡石城城墙里外墙面均为石砌，条石拉筋、中间黄土夯筑，最重的石块一吨有余，普通筑石也多在三百斤余，令我惊奇在生产力那么低下的古代，劳动人民是怎样"与天斗，与地斗"的。古吴堡石城，就像古埃及金字塔，留给人们一个未解之谜。城内触目皆石：石城门、石垛口、石庙宇、石民居、石塔、石街、石墙、石道、石匾、石雕、石刻、石狮、石墩、石碑、石桥、石鼓、石凳、石碾、石磨、石柱、石臼、石杵、石板……在金色阳光照耀下，石头器物熠熠发光。

这是一座石头雕刻而成的石艺博物馆，是别具一格的"全国重点文物保护单位"，极具艺术观赏价值和科学考察价值。国家文物局古建顾问马旭初先生为之赞赏不已，马老说：中国古建以砖木结构为主，吴堡石城以石为主，实属少见，这些东西留下来真不容易。

在我看来，石城南门外的瓮城，更加具有深厚历史文化价值。瓮城门匾额为"石城"（原为"带砺"），城垣东、南、西、北四门均建有门楼，城门洞顶上对应有"闻涛""重巽""明溪""望泽"四块石匾，皆为清乾隆年间知县倪祥麟所题。更早年代的"生聚""南熏""威远""北固"等匾额可惜已毁。从民居"义行可风"门匾可窥民风一斑。城南西侧石壁上刻有"流觞池"，为明万历三十六年知县杜邦泰题写。流觞池位于石城南石塔寺下，古时每逢农历三月初三，城中文人墨客聚会于此，在水池上放置酒杯，杯随水流，停留在谁面前，谁即取饮并作诗助兴。石城北官道旁西侧石壁上，刻有"逝者如斯"，落款"道光二十年冬，山右刘元凤题"。

风流云散。逝者如斯。想起孟浩然诗句"人事有代谢，往来成古今，江山留胜迹，我辈复登临。"历史，就像悬崖下方的黄河水，不停地流淌，不断地翻腾。

陕北之子、革命先驱习仲勋曾经说过，"城市的历史要延续下去，应该留下一些历史符号，没有实实在在的东西就是空的。"古吴堡石城，就实实在在地屹立于黄河之畔，耸立于吴山之巅，成为习近平总书记所说"记得住历史沧桑、看得见岁月流痕、留得住文化根脉"的中华艺术瑰宝。

天之高焉，地之古焉，惟陕之北。

夕阳西下，枣花飘香。下得山来，奔往高家塄村，去品尝央视纪录片《舌尖上的中国》力推的"天下第一挂面"——吴堡手工空心挂面。吴堡手工空心挂面，须经十二道工序成品，它是原生态的民间传统技艺，是农耕社会生产形态的缩影，是一份宝贵的历史遗产，对研究陕北饮食文化具有重要的参考价值。它绵细而又筋道，色、香、味十分诱人。餐间，有热辣辣的陕北民歌从塬上响起，朴实自然，优美动听，能将人心融化。现场当即有人唱起《赶牲灵》，歌毕，四座掌声经久不息。歌者大声宣告：《赶牲灵》作者张天恩，就是我们吴堡人！自豪之情，溢于言表。我惊喜交加。传唱于世的《赶牲灵》，陕北民歌中最具代表性的《赶牲灵》，被誉为中国民歌之首的《赶牲灵》，我最爱唱且曾登台演唱的《赶牲灵》，原来就源自我脚下这片雄浑而又多情的土地，而且，这位为民间音乐作出巨大贡献的作者，竟是一位时常赶着牲灵往返于秦晋的普通乡民。陕北民间艺术，有时简单至极，有时丰富无比，令人震撼，令人迷醉。

当战争的硝烟散尽，当历史的尘埃落定，正是人性中对美和爱的向往和追求，让天地间充满生机，让人世间充满美好。

发表于《延河》，《海外文摘》杂志、中国作家网、维普网、渭南市人民政府门户网等转载

越王山下

这是一座具有王者气派的雄伟大山，方圆两平方公里，从远处看，它四面绝壁，浑如一位大王在士兵护卫下雄视四方。

它是越王山，耸立于广东省河源市紫金县古竹镇东江河畔，以南越王赵佗得名。

遥思两千多年前，秦始皇兼并六国后，派五十万大军进攻南越，忠勇有谋的河北正定人赵佗，受命率军平定岭南。湖北汉墓出土的《淮南子·人间训》竹简，就有秦始皇发兵岭南的记载。

五年后，岭南纳入秦版图，华夏一统，龙川置县，秦始皇任命赵佗为县令并就地戍边。秦末，中原战乱频仍，为保境安民，雄才大略的赵佗，临危受命，绝道封关，发兵击并南海、桂林、象三郡；广州南越王宫遗址出土的秦铁矛等各种秦军重要武器，就是有力证据。

秦亡，汉朝天下大定，高祖四海称雄，恩威齐天、政通人和，赵佗接受册封，拜王封爵，是为南越王。

吕后临朝，朝中情势汹涌，汉越交恶，本就有凌云之志的赵佗，对何去何从权衡不定。一日，他顺东江南下番禺，船经古竹，见此山气势磅礴，心中一动，下船上山。他登高望远，雄心勃发，决定来一场政治豪赌：称帝。历史总是奉迎强有力的人，他赢了。赵佗建立了南越国，定都番禺，与吕后抗衡。南越王墓出土的"帝印"玉印、"文帝行玺"金印、木简、铜钮钟、石编磬等珍贵文物，印证了《史记》《汉书》关于赵佗建立南越国的记载。

赵佗的确有乾坤之才，他纳贤举能、开疆拓土、凿山筑道，开渠通航，打通岭南与中原的交通脉络，大力发展内河航运与海上贸易，引进中原先进生产工具，积极推广中原汉文化，使远离朝廷的岭南，从蛮荒之地变成富饶之邦，使番禺（今广州）成为秦汉一大都会。赵佗，被誉为岭南开发第一人，被尊为岭南人文的始祖，被毛泽东称为"南下干部第一人"。

当汉文帝身登大宝，鼎定乾坤，号令天下，识见高卓、器局宏大的赵佗，以华夏统一和民族团结大业为重，以君子之道对汉朝再行臣子之礼。汉越和解，赵佗功不可没。

计利当计天下利，求名当求万世名。赵佗与时俯仰，进退有度，进王退圣，千古流芳。

因赵佗而得名的越王山，集自然景象和人文景观于一体：天然大佛、乾坤石、转运石、千福岩、三圣岩、狮子岩……让人感叹大自然的鬼斧神工，神似赵佗头像的"王头像"更是令人称奇；千年古寨门、打铁场、面壁岩、越王榻、越王谷、越王石……都是与南越王有关的历史遗迹。越王山上，摩崖石刻遍布，均为名人要员所题，其中"世界潮流浩浩荡荡，顺之则昌逆之则亡"格外醒目，为祖籍紫金的孙中山先生所书。

然而，我最感兴趣的不是越王山，也不是南越王，而是越王山下的龙川、佗城。

至今保留最古县名的龙川，是联合国认定的"千年古县"，乃"珠江东水开端，岭南古县第一"。因地理位置独特，古龙川成为中原进入岭南的要塞，成为中原、百越文化融合地。当年，赵佗通过筑城营防、移民实边、屯垦定居等措施，使龙川快速成为兴旺繁盛的百粤首邑、岭南重镇、商贸都会。

英雄崇拜，在历朝历代都是社会常态大众心理。为纪念龙川首任县令赵佗，民国时期，龙川易名佗城。

龙川是一座美丽的山水城，苏东坡诗作《龙川八景》，将其描绘得淋漓尽致："嶅湖湖水漾金波，嶅顶峰高积雪多。太乙仙岩吹铁笛，东山暮鼓诵弥陀。龙潭飞瀑悬千尺，梅村横舟客家过；纵步龙台闲眺望，合溪温水汇长河。"

佗城位于现龙川县最南端，是最早的龙川故城，素有"秦朝古邑、汉唐名城"之美誉。佗城文物荟萃，名胜古迹众多：新石器时代的文化遗址坑子里遗址、牛背岭，秦时城基、越王井、赵佗故居、马箭岗、点将台等遗址，隋代考棚、东山寺、唐代学宫、正相塔、正相寺，宋代南越王庙、苏堤、循州治所、西门古码头，明代城墙、城隍庙、东河、仙塔桥、新塔、天后宫，以及清朝商会、县前街、南门街、百岁街、大小东门街等，至今保存完好。

全国有不少东山寺，以佗城东山寺最有名，端赖苏东坡的七言绝句："首营古寺在东山，底事钟鸣向暮间；一百八声声响后，僧人从此锁禅关。"始建于东晋、恰似"双龙戏珠、铁扇关门"的鹿湖禅寺，也是龙川一大胜景圣境。

佗城南山古寺更是了得，与姑苏寒山古寺并称于世，古语"寒山晨钟，南山暮鼓"说的就是它们，"晨钟暮鼓"即来源于此。南山古寺位于东江之畔、南山之麓，南山主峰如莲座，四周辅山层叠如莲瓣，向正中形成朝笏之势，可谓形胜奇绝。据《南山寺志》记载，南山古寺兴盛于唐朝开元年间，历代高僧辈出，六祖惠能曾于此汲水避难，大颠禅师曾于此地驻锡弘法，惭愧祖师曾于此求法证道，韩愈曾在本寺著文施教，李商隐曾隐居本寺吟诗作赋，苏东坡曾于本寺参禅问道……

当年，苏轼贬谪惠州不久，其弟苏辙也因上疏论谏谪居循州（龙川），秋日，苏东坡从惠州溯东江而上循州，苏辙喜出望外，难兄难弟携手同游，十分尽兴。除了历史上著名的"龙川八景"，被誉为"丹霞山第二"的龙川霍山，也让东坡称赞有加："霍山佳气绕葱茏，势压循州第一峰。石径面尘随雨扫，洞门无锁借云封。船头昔日仙曾渡，瓮里当年酒更浓。捷步登临开眼界，江南秀色映瞳瞳。"

苏辙则更多地感慨、感激于当地乡民之厚德深谊："获罪清时世共憎，龙川父老尚相寻。直须便作乡关看，莫起天涯万里心。"

据《龙川县志》记载，苏辙幽居嶅湖之畔白云桥西，闭门著述《龙川略志》《龙川别志》，期间，嶅湖旱涝不断，苏辙以兄长为榜样，率众筑堤，之后嶅湖波平如镜润泽于民；后人为纪念苏辙，将嶅湖堤改名为"苏堤"，是为龙川苏堤。苏门双杰，苏堤并立。嶅湖旧貌换新颜后，苏东坡又赋诗一首："嶅湖湖水水澄清，最喜秋来月漾金，夜静问渠天在水，嫦娥推倒玉轮沉。"清康熙年间，时任县令将嶅湖边的关帝庙改建为书院，即著名的嶅湖书院。

岁月流逝，世事沧桑。在历史长河中曾波澜壮阔的龙川，弥散着秦汉古风、唐宋遗韵的佗城，而今是岭南民俗风情的万花筒，是中国城镇文化进程的活化石。历史文化名城很多，但像龙川、佗城这样气质的很少。

发表于《光明日报》，光明网、中国社会科学网转载

墩仔寨

从上空俯视，这座占地十余亩、呈椭圆形、中间高四周低的寨子，这座建立在一块一万多平方米大石墩上的寨子，这座在大石墩半坡筑成的龟形客家围龙屋，气势磅礴，蔚为壮观。

它叫墩仔寨，位于广东省汕尾市陆河县水唇镇墩塘村，始建于清顺治十七年。

客家"围龙屋"与北京四合院、陕西窑洞、广西"杆栏式"、云南"一颗印"，被中外建筑学界合称为"中国五大民居建筑形式"；墩仔寨，这座奇特的龟形客家围龙古寨，是建筑史上的经典之作。

墩仔寨坐东朝西，寨门高高在上，远远望去，就能看到有一座飞檐燕尾楼从寨子围墙里突出来，牌楼上镌刻着"川岳钟英"四字，意为山河锦绣、风水宝地。登上几层石阶，便可看见两层三重门，这是墩仔寨的西门，也是古寨的正门。门楼上有两个圆窗，神似一对龟目；门楼中间的方窗，造型酷似龟鼻，紧凑在"龟目"中央下方，作观察瞭望之用；

大圆拱门似龟口大张，据说利于吸纳四面八方之财。

墩仔寨造型之奇特独一无二，门槛之奇异也举世无双。据说当年建寨者宇文公请来高明的风水师勘察风水，明师按地形选方位，格准分金，确定朝东西两方开门。动土兴工时，在原定开东西两门的地方锄开表土，竟然出现两道天然生成的石门槛，而且都是长三尺六寸！（木干尺尺寸，三尺六寸是财丁兴旺之数）

越过西门天然门槛，就进入了古寨。从西门到东门，直线距离96米，主街道两边，十二条横巷左右穿插，使东、西两街贯通相连，两百多间错落有致的房屋，统一由土砖、木头、青瓦建造而成，交织出一片巨大的龟背纹。置身于古寨，犹如身处迷宫，若无村民引路，外人很难辨别南北西东。

寨子正中心，有一块凸起的石头，叫龟背石，是整座围龙屋的制高点；跨过东门天然门槛，也可看到门外有一块凸石，状似龟尾，叫龟尾石，与寨基石相连。

大自然这般神奇造化，实在让我莫名其妙。

西门和东门上，都设有向外的炮眼，用以防御盗贼及外敌入侵。为了保护寨子风水，嘉庆年间，东、西两门外开始设立"禁碑石"。

龟形围龙屋外围，是迂回相通的跑马巷，跑马道边，有上学堂和下学堂，"学堂巷"牌匾犹在。小小墩仔村，清朝出过135位举人、秀才、仕臣，可见其钟灵毓秀地灵人杰。

龟形围龙屋外围的外围，有九口池塘，池塘中间，有一口方方正正的古井，名神泉龙井。86岁村民余阿公健步如飞，领着我们来到井边，声如洪钟地讲述此井之神之奇：它永不干涸，也永不渗出；井外洪水泛滥，井水清澈如常……

暴雨过后，站在后山顶俯瞰，墩仔寨似一只大龟在湖中游弋。

墩仔寨寿星特别多，小小村寨有10多位90岁以上老人，曾有一位寿星达106岁。村民说，这和大石墩有关，和围龙屋呈龟形有关，和神泉龙井有关。

自从获评"广东十大特色古村落"，成为汕尾最著名的景观，国内外游客纷至沓来，沉寂多年的墩仔寨，已然喧哗与骚动。

发表于《汕尾日报》

小麦加，大河家

小麦加

　　临夏的夏，是大夏河的夏；大夏河的夏，来自大禹国号"夏"。

　　临夏大地上，古文明遗址星罗棋布，珍稀文物遍地开花。世界著名史前文化遗存"马家窑文化""半山文化""齐家文化"，都因发现地而得名。马家窑文化彩陶，是人类远古先民的杰出创造，是世界彩陶艺术发展的顶峰，造型和图案精美绝伦的双耳四鋬彩陶瓮，被郭沫若命名为"彩陶王"，珍藏于中国国家博物馆。

　　临夏古称河州，是史册上唯一以黄河命名的州。

　　历史上，河州是兵家必争之要塞，是唐蕃古道之重镇，是茶马互市之中心，有"河湟重镇"之称谓，有西部"旱码头"之美誉。商业发达的河州，是回商文化的代表地区，费孝通先生曾赞曰"东有温州，西有河州"。河州，居"陇上八州"之首。

　　发端于北宋年间的河州砖雕，也是临夏的历史符号和标本，可谓中国砖雕艺术最高成就，是首批国家级非物质文化遗产。保存完整的马步青私邸东公馆内，蔚为大观的河州砖雕，精美到让我叹为观止；砖雕上"一尘不染""清白是福"的字样，让我的心灵立刻端庄。

　　河州砖雕上，处处可见牡丹；从临夏发掘出的千年金墓中，便有造型生动的牡丹图案。"牡丹随处有，绝胜是河州"（清·吴镇）。临夏是牡丹的故乡，河州紫斑牡丹是洛阳牡丹的原种。临夏人民精神灿烂，连白开水都称为牡丹花水。

　　比牡丹开得更加绚烂的花儿，是"花儿"——起源于河州的民歌。花儿的曲调大多是欢快的，然而在这欢快的深处，却隐藏着一种排遣不掉的忧伤；忧伤，则使花儿呈现出高贵。花儿被誉为西北之魂，广为流传，是世界级非物质遗产。临夏是中国花儿之乡，是联合国教科文组织确定的"民歌考察采寻地"。

　　临夏多民族融合，多宗教并存，民族风情独特浓郁；临夏文化多元多彩，悠久深厚的古羌族文化，源远流长的伊斯兰文化，博大精深的儒、释、道文化，渊源共生和谐共融。

　　早在西汉时期，足迹遍布世界的穆斯林，将中国四大发明、印度阿拉伯数字、西方哲学传遍世界的穆斯林，遵照伊斯兰教先知穆罕默德的圣训"求知对穆斯林男女都是天命""学问，虽远在中国，亦当求之"，伴随着丝绸之路上叮当悦耳的驼铃声，来到河州，"久留不归"，繁衍生息。崇尚宽厚、包容、和平、诚信的伊斯兰教，在河州生根开花，世代相传。

漫步临夏的大街小巷，清真寺鳞次栉比、风格各异、瑰丽多姿。临夏，成为民族建筑艺术博览园。斑斓清洁之地临夏被誉为"小麦加"，成为中国西北伊斯兰教圣地。

穆斯林服饰庄重、简朴、素雅。穆斯林男女老少，无论在静坐，在行走，抑或在贸易，个个面容仁慈友善，眼神纯正清和；他们勤劳正直，热爱生活，从容面对生死——不是虚无，而是超脱。信仰和戒律，使穆斯林"清洁的精神"处处体现，这是灵魂中的高贵，是骨子里的血性，是伊斯兰教的文化基因。

在临夏，我自然会想起她，那个十年前在五台山偶遇的女子，那个沉静、清雅、美好的临夏女子，那个让我终生难忘的东乡族女子，她给我留下了地址："甘肃临夏东乡族自治县……"临夏，东乡，自此入驻我的心田。

我当然要去寻访她。"貂蝉故里"康乐，"西羌之地"永靖，"古太子寺"广河，"远古伊甸"和政……这些临夏的佳境胜地，这些流光溢彩的名胜古迹，这次就统统忍痛割爱吧。

极度的干旱，无边的沟壑，广袤的荒凉，是东乡典型的地貌特征，联合国教科文组织认为此地不适合人类居住，然而，民族精神在这儿蓬勃生长！而今，东乡人民排除万难绕山引水，奇迹般造出一片片绿洲，让我高山仰止，让我荡气回肠。

东乡的元代韩则岭拱北中，保存着全世界仅存三本最古老的手抄本《古兰经》之一，我有幸朝觐，内心感到无比荣光。

中国大陆地理中心东乡，有一种无形的力量，让我充满敬畏。

大河家

大河家是隶属于"小麦加"的一个回民小镇。我被张承志先生的神来之作《大河家》引诱而来。

大河家，因黄河古称（大河）得名，因大禹治水闻名。大—河—家，这三个字组合到一起，便有了特别的韵致，风华从朴实中出来。

到达大河家时，已暮色四合，街道越来越空旷、安静，偶有成群骡马悠悠然走过；广场上，三三两两的人在惬意地散步，一群女人在欢快地跳舞，舞曲是优美的花儿和藏歌。

是夜，我宿在黄河边的旅馆。

凌晨四点多，一阵高亢的唤礼声凌空骤起，我猛然惊醒，屏息聆听，却已万籁俱寂；过了几分钟，清真寺的邦克声再度高扬，紧接着，鸡鸣狗吠，然后，天地间又是无比宁静，我听得见自己的心跳。

一种极致的美，带着不可言说的神秘，直抵灵魂深处。这样奇妙的遭遇，于我是平生第一次。我激动不已，拉开窗帘往外看，只见远处灯光若明若暗，让我感觉暖意融融。

天刚亮，我迫不及待出门。

站在大河家大桥上，不见"黄河之水天上来"，不闻"风在吼，马在叫，黄河在咆哮"，四周回荡着微风，清澈的黄河水，波澜不惊地从我脚下流过。黄河一路狂欢奔腾，冲出积石关后，立马收敛起野性，变得波平浪静，使大河家得水藏风。

积石关为古二十四关之首，关内"积石神功"为河州八景之首。积石峡两山对峙，隐天蔽日，山势险峻，峭壁千仞。在史书上，"积石雄关"是一个不可忽视的地理名词：《大河赋》载，"览百川之弘壮，莫高美于黄河；潜昆仑之峻极，山积石之嵯峨。""双峡中分天际开，黄河拥雪排空来；奔流直下五千丈，怒涛终古轰春雷。"（解缙《题积石》）"地险天成第一关，岿然积石出群山；登临慨想神人泽，不尽东流日夜潺。"（清·李玑）"美哉，山河之固，金城形胜，莫有过此者，皆大禹圣人神功也！"（刘卓《题积石》）

积石关是大禹治水的源头。据《尚书·禹贡》记载，大禹治水，"导河自积石，至龙门，入于沧海。"稀世珍宝青铜器"遂公盨"上的铭文，不仅记载了大禹治水，还记述了"禹"是夏王朝的奠基人。没有大禹，便没有夏，更没有"华夏"。

大河家，是华夏文明最重要的发祥地之一。

在大河家，一河分两省，一镇连五县，一桥联五族；大河南北两岸，也正是黄土高原与青藏高原的分界。隔河相望，是积石山脉分水岭，黄河水贴着山根流淌，青海省民和县官亭古镇就在百米之外；古有"官亭伺候"之说，迎送官吏都在此地。顺河眺望，是古丝绸之路之要冲：临津古渡。千百年来，积石关前的大河家渡口，以水运沟通着陆运，以中原沟通着西域，以中国沟通着中南亚，边将戍卒、商贾行人络绎不绝，张骞、隋炀帝、成吉思汗……都曾在此地渡过黄河；王震大军强渡黄河挺进青海，临津古渡功不可没。

眼前的临津渡口，萧索、静默，只有遗存于黄河岸边的两墩石锁、孤零斜吊于河面的一条铁索，无声地诉说着历史的沧桑。

保安腰刀，是大河家另一张名片。

当琳琅满目的保安腰刀映入眼帘，恍然间，我似乎穿越到了冷兵器时代。大河家是保安族聚居地。民族瑰宝保安腰刀，是保安族的骄傲，曾是"西北王"马步芳部的主要装备，其制作工艺列入国家首批非遗名录。鼎盛时期，大河家一个村庄就有数百名工匠。在顶级刀匠眼里，腰刀有生命有灵魂，刀道如人生，须得千锤百炼方成大器。

精美锋利的折花刀，是保安腰刀中的珍品，它优美的花纹，让我想起大河家大桥下碧波荡漾的黄河水。在我看来，藏刀刚猛却失之粗犷，蒙刀彪悍但太过霸气，英吉沙小刀锋利而偏于精巧，只有保安腰刀，璀璨夺目又简洁大气，英气逼人又质朴低调，与大西北风土民情相吻合，极具王者风范，或许，这也就是周总理曾将它作为国礼赠送外宾的缘故吧。

回到车上，有人吟唱起花儿："什杨锦把子的钢刀子，银子（拉）包哈（下）的鞘子，青铜打哈（下）的尕镊子，红丝线绾哈（下）的穗子。"赞保安腰刀呢，真是好听。全车人都闹着"再来一个！再来一个！"他拗不过，唱起一首更为古老的大河家花儿："大河家里街道牛拉车，车拉了搭桥的板了；你把阿哥的心拉热，拉热者你不管了。"唱的是大河家昔日繁华景象，好听极了。

腰刀。花儿。英雄主义与浪漫主义总是气息相通。

大河家神奇雄伟。大河家风情万种。

发表于《文艺报》《中国艺术报》《民族日报》《青海湖》，入选《中国好散文（2015）》（山东人民出版社）、《飘过记忆的炊烟》（中译出版社）、《八坊印记》（甘肃文化出版社）等

流年·海口·碎影

时光容易把人抛。恍然回首,我离开生活过整整十年的海口,也有好些年头了。

每每思绪飞回时,解放西路总是首先浮现于脑海。新华书店里,我多少次买过书也曾卖过书;斜对面的电影院,不少座位上可能还留有我的泪痕。每当看到三轮车,便会想起博爱南路的服装批发市场,想起头戴竹笠、踏车穿梭其中的海南妇女。中山路的东南亚风情骑楼,则在梦里出现过多回。而和平大道、长堤路、龙昆北路、龙昆南路、南海大道、金盘路这一串线路,直到现在,我闭着眼睛依然能摸过去。

细雨微烟笼罩时,万绿园是一幅天然水墨图,素净,安详,恬静,清幽,让我感受到岁月静好;雨后天晴,空气甜蜜润人心肺,缓缓行走其中,我飘然欲仙。

最忘不了的是"海口明珠"海甸岛。它临江傍海,四周碧波万顷,被誉为中国"威尼斯水城"。可惜我不会游泳,只去过海南大学游泳池狗刨几次,生生辜负了它。随着国际知名品牌酒店陆续入驻海门、寰岛、金海岸……这些当年风光无比的五星级大酒店，而今雄风不再，让人感叹"白沙（门）后浪推前浪，前浪死在沙滩上"；海达路上的"海口最大别墅群"，便见证了海南从"最大经济特区"到"国际旅游岛"多少变迁兴衰浮沉！就连"一桥飞架南北"的世纪大桥，也已成昨日黄花，据说，海甸岛新外滩，将成为国内最美丽的海上家园，让我这资深（海甸）岛民心生憧憬。我暗有盘算：抓紧赚钱，将来在此置业安家度晚年；或者，落户对岸的"祖国大陆最南端"海安也行，听说那边厢屋美价廉，闲来可以倚窗眺望咱新外滩呢。

毗邻海甸岛、正大举开发的美丽沙——多么让人心醉神迷的名字！——则是"海口新名片"，无垠的原生沙滩依旧，沿江风情商业街、游艇俱乐部、千亩水面的内港湾已呼之欲出。

夜幕降临，海口人酒醉何处？

假日海滩的啤酒烧烤园，便是"好个去处！"凉风习习，涛声阵阵，帆船点点，霓虹闪闪烁烁明明暗暗，沙滩上的小木屋小竹桥风情万种。它们揪住游人的心、钩住路人的魂，使之流连忘返，一醉方休。

想吃本土宵夜，就去新华南路的夜间大排档。海南肠粉、河粉、汤粉、炒粉、清补凉，诱人垂涎。几张桌子和一群凳子的组合，便是最受市民欢迎的"老爸茶庄"。海南人、"大陆人"，妆扮各异，三五成群，叽叽喳喳，南腔北调。甫一坐定，一杯茶立即到了眼前，提篮叫卖的妇女不失时机趋前，卖花姑娘、擦鞋男子、弹唱卖艺者鱼贯而入，好不热闹。

雅致茶室、情调酒吧、舶来咖啡馆也有的是，商谈要事的，洽谈生意的，或玩牌，或幽会的，随心所欲。

民以食为天，这句古训在海口得到了最好的诠释。各种风味、各种档次应有尽有，海口最大规模的食街叫金龙街，想必源于饕餮是龙的儿子，可见海口食文化的先进。

也许因为海口富婆太多，"美容美发"业在海口格外发达。我以前也没少去美容美发店，洗头而已，洗发吹干、肩颈按摩一条龙，只花10元钱，享受一小时，十分惬意。海口的足浴（疗）馆同样遍地开花，价格厚道，男女老少贫富贵贱都爱去。

在海口，无论政要、商贾，文人、雅士，农夫、贩卒、引车卖浆者流，都能过得很滋润，都能找到最佳自我感觉。

海口，给她每一个子民和游客，都会打上深深的生命印记。

发表于《南国都市报》，东莞时间网转载

秘境

车出西安不久，就钻入一个又一个长长短短的隧道，我茫然地问：怎么这么多隧道，怎么这个隧道长得没完没了漫无边际？旁边的穆涛兄告知：这个是亚洲最长的隧道，道两边就是秦岭啊。

秦岭！

不知为何，听到"秦岭"二字，我常常心灵悸动，就像听到我暗恋的男神名字突然从旁人口中冒出。是因为它雄伟而又神奇吗？

秦岭，是长江流域与黄河流域分界线，是中国"南方""北方"的地理分界线，也是气候的分界线。秦岭，被尊为华夏文明的龙脉，"华夏"之称就来自秦岭与汉江。李白、杜甫、陆游、白居易、孟浩然……诸多文学巨匠为秦岭留下过壮丽诗篇，最打动我的是韩愈的《左迁至蓝关示侄孙湘》：一封朝奏九重天，夕贬潮州路八千。欲为圣朝除弊事，肯将衰朽惜残年。云横秦岭家何在？雪拥蓝关马不前。知汝远来应有意，好收吾骨瘴江边。尤其"云横秦岭家何在？雪拥蓝关马不前"两句，何其悲壮，何等动人。

天高云淡，晴空万里。高速道路两旁，重峦叠嶂，层林尽染，色彩缤纷，铺天盖地。让一条高速公路，犹如一条百里画廊，恐怕也只有秦岭做得到。

我要去的黎坪，位于汉江之畔的汉中盆地，属于"中国千年古县"（联合国认定）南郑，处于秦岭、大巴山、米仓山合围之中。

雄峙两省气势磅礴的大巴山，山势崎岖、沟壑险恶、水流湍急，曾经是秦楚相斗、汉魏争夺之地，明清两代是流民避难生息之所、农民起义军的活动场地。大巴山，是汉江和嘉陵江的分水岭，控扼汉水下游和长江中游；大巴山屏隔川、陕两省，是四川盆地和汉中盆地的地理分界线；大巴山，是中国中亚热带气候和北亚热带气候的分界线。

古老巍峨的米仓山，奇峰交错，峻岭交织，为连接巴蜀与外界最古老、最陡峭、最险峻、最壮观的交通要道，米仓古道是中国最早的国道，"蜀道之难，难于上青天"说的就是它，"连峰去天不盈尺，枯松倒挂倚绝壁。飞湍瀑流争喧豗，砯崖转石万壑雷。"写的就是它。

黎坪，山深谷密、石林壁立、瀑布飞流、清潭无数，以剑侠、鹿跳峡、红尘峡、玉带河、玉镯潭、七星潭、海底石城、枫林瀑布、小壶口瀑布最具代表性。

"红尘峡"得名有证可考。据《华阳国志》记载，东汉时，南郑人樊志张为朝廷立下大功，却拒绝入朝为官，原因是沉迷留恋此处美景，再也不肯离开。他隐居于此，超然红尘，潜心悟道，修得仙风道骨，自号"红尘居士"，于是，后人将此地命名为红尘峡。

西流河是红尘峡中一个奇特的存在。从来一江春水向东流，然而在黎坪，却是一河清水往西流，玉带般蜿蜒数十公里。更神奇的是，很多人亲眼目睹到，西流河中有一段碧水，竟然是向上流动的！难道上苍为了厚爱黎坪，不惜破坏大自然规律？

缓缓流淌的西流河，突然被刀劈斧砍的峭壁阻断，幸得大禹拔剑劈山分岭，让河水得以奔腾，大禹宝剑化为"剑峡"。千百年来，激流日夜冲刷，鬼斧神工，造就数百米花岗岩长槽，使得剑峡段河谷更为壮观。从高处俯视，剑峡恰似一柄碧玉宝剑。

深邃幽秘的山谷中，石叠层垒，石柱凌空，天然绝壁栈道高悬。天书崖，倚傍着西流河，耸立于云端，崖体由页岩和板岩组成，左青右黄，呈扇形分列两边，恰似一本被翻开的巨卷；纹路清晰的岩面上，隐约有文字勾画，整个崖壁，宛如遗落在人间的天书，因之得名。"天书崖"三个字，是迄今为止全国最高的摩崖石刻，任你秦皇汉武唐宗宋祖，也只能仰视。

斜阳下，古道上，踏着满地红黄落叶，我走进深长的山谷。这里曾虎啸深山、鹿跳峡谷、雁排长空，而今，花木簇拥、溪水淙淙、鱼跃于潭。瀑布从无边无际的枫林中飞流直下，"霜叶红于二月花"，是眼前世界的真实写照。林间如此静美，只有鸟鸣和水流的声音，只有多情的微风撩拨着我的头发。"秦巴木落天宽，故国风和日暖"，这两句诗不由跳入脑海。

黎坪的"二月花"，漫山遍野，姹紫嫣红，如火如荼；更摄人心魄的是菊花，每到夏季，路旁、崖畔、河边、谷底，到处都是怒放的白菊，黎坪的苍坝菊海，醉倒过多少英雄好汉；最撼人心魂的是油菜花——金黄色的油菜花，灿烂热烈的油菜花，随风摇曳的油菜花，蝶翻蜂舞的油菜花，绵延无际的油菜花……黎坪的油菜花，只要你见过，你不可能不动情，你真的会永生难忘。

黎坪是国家重要的生物基因库。黎坪原始森林植物繁茂，巨大的原始灌木丛林中，缠绕着无数古老的藤本植物。中国唯一具有侏罗纪时代地貌植物特征的原始森林，就在黎坪。全国面积最大、濒临灭绝的物种巴山松林，也在黎坪。曾被"世界自然保护联盟"宣布已经灭绝的特有模式植物崖柏，在黎坪重新发现。观赏大量史前热带雨林中才有的野生附生植物时，我尽情想象着史前的情景——它像极经典影片《天仙配》中的仙境，也酷似好莱坞巨片《阿凡达》中的幻景。

最奇绝的是龙鳞山，整座山是一架褐红色的龙骨，龙首、龙身、龙翼、龙爪、龙尾一应俱全，栩栩如生的龙鳞，让人叹为观止；亿万年前的海洋生物化石满布"龙"体，它们是沧海桑田造就的地质瑰宝，地质学上称之为"中华震旦角石"。据专家考证，龙鳞山山体，形成于四亿多年前的奥陶纪，这样奇特的地质现象，迄今国内外无出其右者。天地有大美而不言。直到汶川地震，震开了历史的尘埃，唤醒了沉睡的光阴，龙鳞山才横空出世，是为"中华龙山"。中华龙山，是黎坪秘境中的绝景，被誉为"二十一世纪的伟大发现""中国最神秘美丽的地方"。

而整个黎坪景区，恰由一个龙形山脊图构成，是极具观赏性的龙脊地貌。

黎坪，天地造化，气韵万千，集原始、深幽、雄浑、苍劲、壮丽、柔美、朴拙、灵秀、神秘、奇异之大成。

发表于《散文百家》《青海湖·人文地理》

神农架

贯穿四大文明古国的北纬 30° 线，是地球上一条神奇的纬线，珠穆朗玛峰、埃及金字塔、玛雅文明遗址、撒哈拉大沙漠、巴比伦空中花园、百慕大死亡三角区、传说中沉没的大西洲……以及古老的神农架，这些令世人震撼、震惊的奇观、奇迹，都非常吊诡地位于这个纬度上。

神农架，因华夏始祖炎帝神农氏而得名，"自从盘古开天地，三皇五帝到如今"，神农架始终群山莽莽林海苍苍，被誉为"百草药园""物种基因库"，是亚洲生物多样性示范基地，是地球上中纬度地区唯一一片保存完好的原始绿洲，且至今保存有世界上最完整的晚前寒武纪地质夷平面。

"神农架野人"举世闻名，关于它的文字记载，最早可追溯到《山海经》；从屈原到袁枚，多少诗人墨客为之痴迷，无数科学家探险家为之痴绝，"野人迷"张金星为之近乎痴狂，终年坚守丛林追寻"野人"踪迹，虽说始终未能一睹神出鬼没的"野人"真面目，但另有重大意外收获，不仅女粉丝众多，从中抱得美人归，甚至有洋美女从国外奔来非要嫁他。"神农架野人"与北美"大脚怪"、西藏"雪人"一道，至今仍是世界未解之谜。

还有不少自然之谜，谜底也都深藏于神农架秘境，等待着人类去探索和揭秘：白熊、白麂、白蛇、白鸦等，世所罕见，这些神秘白化动物，为什么会出现在神农架？世界上现存最大、最珍贵的两栖史前动物大鲵（娃娃鱼），为什么一直选择神农架作为它的家园？

金丝猴极为珍稀，与国宝熊猫齐名。神农架金丝猴长着一张鬼灵精怪的蓝色面孔，身披长长的金光闪闪的针毛，一副"朝天鼻"萌萌哒，因之被称为"仰鼻猴"。仰鼻猴王国的一夫多妻制众所周知，仰鼻猴奉行丛林法则——强者为王。挑战或许带来毁灭，或许带来机会，但想要拥有至高无上的权力，想要三宫六院妻妾成群，野心勃勃的雄猴就必须冒险。一番激烈鏖战后，"旧世界"被打个落花流水，新猴王耀武扬威登基，金丝猴国王陛下新的暴政统治周而复始。

神农架有四大垭：燕子垭、太子垭、天门垭、凉风垭。燕子垭天燕洞内，栖息着数万只短嘴金丝燕，这种翅膀上长着金色羽毛、羽毛在阳光下金光闪闪的名贵燕子，又名"誓鸟""帝女鸟"，在当地民间传说中，她就是炎帝女儿的化身，也正是神话故事精卫填海的主角。

玄妙莫测无奇不有的神农架，就是野生动植物的乐园和天堂。

太子垭，顾名思义与太子有关，太子垭上有太子诗："霞衣霞锦千般状，云峰云岫百重生。水炫珠光遇泉客，岩悬石镜厌山精。"诗不咋地，但它系武则天儿子李显太子所作，便也千古流传。天门垭终年云雾缭绕，登临其上如入云天，是传说中神农氏"架木为坛，跨鹤升天"的地方，是观赏云海佛光的最佳所在。凉风垭，曾因八名游客在此遭遇"野人"名扬四海，它北临汉水南俯长江，是长江、汉水两大水系的分水岭，它流泉飞瀑奔流直下，一半流入长江一半流入汉江；因为留存着大片冰川时期的遗迹冰积石，凉风垭也被称为"冰川石海"。

无限风光在险峰。神农顶高耸入云，气候多变，巨木参天，层林尽染，异草遍陈，奇花竞艳。一支香、二郎神、三支箭、四季青、五朵云、六月雪、七叶胆、八角莲、九死还阳草、十大功劳，这些民间草药，名称奇异功效奇特；杜鹃花开，漫山遍野，是神农顶一大盛事，而"植物活化石"珙桐开花，令人叹为观止：同一树上的花，却次第开放，从初开到凋谢，色彩渐变异彩纷呈。珙桐为中国特有的单属植物，是国家一级重点保护野生植物，是全世界著名的观赏植物，是千万年前新生代第三纪留下的孑遗植物，系法国传教士大卫神父首次发现并命名。

大片云间湿地，将天然生成的高山湖泊分割成条条块块九个湖泊，这就是大九湖。唐代，大九湖曾鼓角争鸣烽火连天。唐中宗也就是李显太子，被母后武则天贬为房州卢陵王后，做梦都想重登帝位，一日在梦中得神农老祖点化，特命薛刚为帅，在大九湖屯兵练武，终于一举推翻武周王朝恢复唐号，李显再次登上中宗皇帝宝座，"薛刚反周"也成为脍炙人口的历史故事。而今的大九湖，旌旗湮没硝烟散尽，湖光山色时隐时现，鹊啼蛙鸣鹤翔马奔，村庄农舍炊烟袅袅，土家梆鼓缠绵悠扬，一派世外桃源般田园风光，辽阔壮丽美不胜收，唯有留存的娘娘坟、点将台、小营盘、擂鼓台、鸾英寨、八王寨、古盐道等古战场遗迹，年复一年日复一日，静观花开花落云卷云舒，"忆往昔峥嵘岁月稠"。

夺人心魄的自然风光，万古洪荒的殊样景观，星罗棋布的历史遗迹，奇特瑰丽的文化遗存，在神农架合为一体，使神农架集为大成，所以，神农架成为"联合国人与生物圈"保护区，被美国国家地理杂志推荐为"人一辈子不得不去的地方"，被《环球游报》等诸多国内媒体及外国驻华使节评选为"中国最值得外国人去的50个地方"之一……用不着再说别的了吧，从现在起，如果你要锁定一个地方，来一场说走就走的旅行，我相信，这个地方非神农架莫属。

发表于《海内与海外》《中国财经报》《文汇雅聚》，
入选《迷上神农架》（线装书局），维普网转载

景东散记

从昆明出发，穿过以山歌著称于世的弥渡，绕过以风光闻名中外的大理；车窗外，云过处，丝丝细雨淅淅沥沥地飘洒不停。6小时后，我们一行终于在傍晚时分抵达位于滇西南中部的景东彝族自治县。

祥和安静的景东在暮色中变得如梦似幻。素净的街道两旁，依街而筑的酒店、饭馆、酒吧、店铺林立，乐声从街巷的深处，乘着初夏的凉风，滑过古朴的城墙，悠扬地传过来，伴着河水的流淌和小鸟的啁啾，我们进入了甜美的梦乡。

天地造化幸运城

次日清晨，雾霭之中，景东渐现迷人姿容：朝霞从城市的顶空上方撒下轻柔的光线，给古朴、清净的县城披上一件鲜艳的彩袍；川河穿城而过，在朝阳的照耀下泛着亮光，给安宁、静谧的小城注入无比的灵气。

拥有这般良辰美景的景东人，除了饱享眼福外，有没有口福呢？我是个信奉"民以食为天"的俗人，思维便难免如此这般的"形而下"，是故，每到访一个地方，我总要找机会去当地的街市逛逛，以期了解当地的饮食文化。等不及吃早餐，我便兴致勃勃地赶往县城的集市。

集市内有上百个大大小小的摊档，除了卖新鲜蔬菜、水果、肉类等，也卖各种日常用品。令我惊奇的是，在京城等大城市店铺里高价出售的灵芝、何首乌、草乌、香橼、吴萸、荜拔等珍贵药材，在集贸早市上随处可见，而且货真价廉；黑木耳、香菌、松茸、鸡枞等名贵山珍，在这儿就像白菜萝卜般到处都是，价格便宜得让我咋舌；尤其是山茶、杜鹃、兰花等奇花异草，5 元钱就能买到一大把，实在令我对景东人生出嫉妒之心。我用 5 元钱买下一把金黄艳丽的"野花"，边走边不断地嗅闻它扑鼻的馨香，接踵而至前来"保驾护航"的景东女诗人王云告诉我：这其实是一种当地名贵药材，对风湿病有特效。我不由感叹大自然对景东的特别偏爱和慷慨馈赠。

距集市不远处，便有影影绰绰的山峦。景东是一座被山岳河流包围的小城，城东城西奇迹般地耸立着两座被世界自然基金会确认为"具有全球保护意义"的 A 级国家级自然保护区：无量山与哀牢山。怒涛汹涌、水流湍急的澜沧江，缠绕着无量山哀牢山永恒地奔腾不息，与无数的江河溪涧一起，构成景东永不枯竭的生命源泉。

这是天地的造化，是上天给予景东的厚爱，是景东命定的风水。

真实神话无量山

道教言"无量"有三义：一为天尊慈悲，度人无量；二为大道法力，广大无量；三为诸天神仙，数众无量。佛教曰无量，即无量无边，无穷无尽，比如佛性往往用来形容慈悲、善行、寿命、光芒、功德等无所不能达。无量山正是以"高耸入云不可跻，面积宽大不可量"而得名。

突兀险峻的无量山，其势拔地通天，山岳连绵，群峰叠翠，峰峻谷幽，林海浩渺，瀑布轰鸣，树苍花红，澜沧江在脚下缠绕不舍昼夜，山顶终年积雪一片银装素裹，让人一见便升起高山仰止的敬意。

无量山森林覆盖率达91%，分布错落有致，其间生长着历经数百年乃至上千年风霜的大批珍稀濒危保护植物。森林气候的复杂，植物种类的丰富，加上自然生态系统保存完整，为鸟兽栖息繁衍提供了良好场所。无量山上珍稀物种荟萃，有珍贵的巨蜥、云豹、黑熊等上百种珍稀动物猛兽，鸟类资源占到全国鸟类种类的近30%，并有"画眉之乡"的美称。

有多少人因看了《天龙八部》而去大理？其实，要探寻金庸笔下的山水地理、风土人情，最好的途径就是上无量山。金庸先生笔下的无量山，风光旖旎、物产丰富：怒放的各色山茶，在月色下摇曳生姿；山崖上如玉龙悬空的大瀑布，注入一池清澈异常的大湖中；飞禽、走兽、草药、毒虫，无奇不有；还有那迷惑了"无量剑"数十年的"玉璧仙影"之谜等等，无不让人心驰神往。

羊山瀑布，是无量山中的一块璧玉：高耸的崖壁上，一条玉龙飞流而下，碎玉喷珠，大气磅礴；蛟龙入深潭，形成一个清凉的大湖，湖的四周植被茂密，云气氤氲，绿树苍翠欲滴。飞瀑后面是一紫黑色的光滑如镜的巨大石壁，石壁反射湖中倒影，常常有挥剑飞舞的人影，神幻迷离——这正是金大侠笔下的"无量剑湖"和"无量玉璧"。《天龙八部》中"无量石洞玉像""无量剑"等自然景观和人文景观，也都在无量山上觅到了踪影。

无量山是一片真实存在的神话之地，是一个真实与神话交融的世界。攀援上无量山，金庸笔下神话般的世界，将毋庸置疑地呈现在你眼前，无量山的神秘与未知，都将毫无保留地展现在你面前。我们佩服金大侠的神来之笔，景东人更感激大自然的神奇造化。

自古至今，文人骚客将中国山水之美概括为"雄、奇、险、秀、幽、奥、旷"等，而我眼中的无量山，则囊括了山水之美中一切之美；走进无量山这座大自然的博物馆，犹如走进了史前壮丽画卷，让人不知今夕何夕。

世外桃源黄草岭

山路随着山势曲折蜿蜒，起伏不断；两旁是浓密的树林，一片翠绿；山崖下是欢欣跳荡的溪涧，溪畔是层层叠叠的田洼……汽车左转右转，转过无数个密集的弯道后，把我们带入景东海拔最高的村寨——黄草岭。

黄草岭深藏在无量山的原始森林之中，岭上生长着多种奇形怪状的植物，这些树木或高大挺拔，或虬枝盘旋，或横向延伸，张扬着顽强的生命力；热带兰花、山茶花、无量含笑等多种珍贵植物和野生花卉，漫山遍野竞相开放，或妖艳妩媚，或花团锦簇，或婀娜多姿，让人目不暇接；火红的花椒，硕大的蜜桃，肥壮的刺包菜，还有苹果、黄梨、樱桃、木瓜、山石榴……四季飘香的瓜果，带着山野的芬芳气息，向远方的客人摇曳致意。山林中不时传来的蝉鸣鸟啾，使我感到黄草岭既沉静又灵动；偶尔传出的几声猿啼声，更使山林显得静谧空灵。

进了山门，拾阶而上，依山傍水而建、掩映在繁茂果林里的黄草岭民居，密密匝匝地呈现在我们眼前，在阳光下反射出奇异的光芒。因当地没有可烧制瓦片的胶泥，加之普通瓦片难以抵御凛冽山风的侵袭，聪明的黄草岭人便就地取材，将山中巨石劈为石板，以石板为砖、瓦，建盖出冬暖夏凉、外观极为独特的房屋。林间小路和台阶也都由青色石头铺就，弯弯曲曲地将寨中户户相连，所以整个村寨的色调是统一的青灰色，宛若一幅淡雅的水墨图画。

穿过纯净的阳光，穿过花草树木，走在村寨的房前屋后，闻着大自然的芳香和夕阳中的炊烟混合在一起的味道，看着恬淡悠闲怡然自乐的农人，我突然有想要流泪的冲动。这是农家美好生活的气息，是最真实的生活的味道，也是我内心渴望而久违了的生活场景啊。

在这片远离尘嚣的纯净地域，在这安宁美好的世外桃源——黄草岭，与其说我是在欣赏风景，不如说是在寻找和投入一个梦境。

神秘高贵黑精灵

就在我们依依惜别黄草岭时，山中突然传来了此起彼伏的"OUOU"的猿啼声，当地居民告诉我们：这就是被誉为"世界仅有，中国之冠"的山林精灵——黑冠长臂猿的啼声！

顿时，我们敛气息声，凝神聆听，片刻后，我们全都循着声音四处追寻黑冠长臂猿，自然，无不垂头丧气而归。我们实在太贪心了。在茫茫野林中追踪珍稀神秘的黑冠长臂猿，是诸多动物爱好者、摄影爱好者和探险旅游爱好者的梦想，然而，由于它们性情极其机警，一有风吹草动即遁入密林中，且超长的双臂在树林中攀行时如同鸟儿飞翔，即使两树相隔十多米远，它们也能像闪电般腾空掠过，动作敏捷准确，因此很少有人能看到它们，只有极少数幸运者有缘亲眼目睹过它们的英姿，据说曾有大汉因未能遂愿当众失声痛哭。景东虽是"世界黑冠长臂猿之乡"，但我们这些匆匆过客，凭何想要享有这种幸运？

黑冠长臂猿是世界尚存的四大类人猿之一，是我国I级保护野生动物，因高度濒危，极其稀少，被美国《时代》周刊公布为"世界上25种濒危灵长目动物中数量最少者"。它们不仅神秘而且高贵，终年生活在古木参天人迹罕至的原始森林里，以没有虫害污染的植物嫩芽、花朵、浆果为食，只饮树叶上的露水；一般在晨昏活动，平生极少下地行走，在树上卷曲而眠。

每天太阳初升之时，黑冠长臂猿便开始引吭高歌，宣告对自己所拥有领域的权利，警告外来者不得入侵。它们过着家族式群体生活，尽管性情霸道，却极重感情，当猿群中有受伤、生病或死亡者时，它们非常悲伤，很久都不歌唱嬉闹；它们对爱情从一而终，倘若伴侣去世，配偶便悲伤哀鸣而终，不由让人发出"问世间情为何物，生也相从，死也相从"的感慨。更令我称奇的是，黑冠长臂猿至死都保持高贵的尊严，从来不让人看到它们的尸首。

一路为我充当讲解员的景东文联王敬主席告诉我，有一个年轻的博士研究生，舍下尚在昆明求学的女友，独自在无量山寻觅、追踪和观测黑冠长臂猿已整整四年，因为常年累月与世隔绝，他的性格变得很孤僻，对人世人事产生了一定程度的排斥心理，却与黑冠长臂猿结下了深厚的情谊。

我默默地想，年轻博士只有内心里产生了对黑冠长臂猿的大爱大悲悯，才能产生出这种大义大奉献的殉道精神。

突然间，我的泪水就无法控制地流了下来。

神奇壮丽哀牢山

哀牢山，一个让我莫名心动和心酸的名字。

据自然科学家考证，哀牢山起源于中生代，约 11 亿年前生成。在秦统一中国甚或更为远古的时候，一个神秘的王国——哀牢古国曾在这块土地生存过，又消失于历史的沧桑中，给后人留下谜一般的信物和无尽的猜想。

哀牢山山峰奇异层峦叠嶂，山川交错云缠雾绕，山高谷深沟壑纵横，海拔在 600 米与 3000 米间变化，形成一个寒温带、亚热带和热带的立体气候。古老名贵植物种类很多，繁茂连片、林相完整、结构复杂的常绿阔叶林，其性质之原始、面积之广大、保存之完好、人为干扰之少，属世间罕见，被中外学者誉为"天然绿色宝库""镶嵌在植物王国皇冠上的一块绿宝石"。具有国际声誉的我国著名植物学家、中科院资深院士吴征镒先生说，"哀牢山拥有的常绿阔叶林，对全世界生态系统的研究来讲是至为重要的……"

幽静的森林环境，使野生动物流连忘返。哀牢山是南北动物的天然"走廊"、候鸟迁徙的必经之地，是我国最大的生物王国：在不到万分之一的国土上，却保留着占全国三分之一的物种。山上被列为国家重点保护的动物就有数十种，还有大量的珍贵经济动物、药用动物和观赏鸟类；它也是地球上同纬度上生物资源最为丰富的自然综合体，被誉为"天然物种基因库"。晨昏旦暮，哀牢山猿啸鸟鸣，麂子麋鹿悠然饮于泉边，俨然一幅山水鸟兽图。

哀牢山以其奇特的地质、大气、水文、生态景观，成为联合国"人与生物圈"定位观察点，国内外专家常来此进行实地考察和科研，它也吸引着无数海内外旅游探险家络绎不绝慕名而来。

山林中长年不见的晨曦暮雨，使得哀牢山气候非常潮湿，有人说，哀牢山是神仙久居之地，但非人类久留之地。然而，中科院哀牢山生态研究站站长，多少年来就一直坚守山上，为哀牢山的生态研究做出了不小的贡献。他在自己的研究论文集后记中写道："虽然在哀牢山上工作是辛苦的，气候条件差，碰到的困难也多，但是我们的工作是愉快的，我非常珍惜和热爱这个岗位，并全身心投入到工作中……"语言和其人一样淳朴，令我十分感动。

在哀牢山的崇山峻岭中，还有哈尼人用顽强的毅力，开凿出的无比壮美蜚声中外的梯田，在大自然的造化之外，馈赠给世人一片美丽的艺术圣地，更带给我视觉和心灵的强烈震撼。

超凡出尘杜鹃湖

踏着弯弯曲曲的原木栈道，进入林深茂密的彩林翠海。高大的乔木直耸云天，仰望着缈缈长空，似欲与天公试比高；中间层，形态各异的灌木、附生植物、寄生植物竞相生长，藤本植物往往攀援至林冠的顶部，寄生和附生植物则多生长于树桠之上，分披垂挂，展示另类生命姿态；地下，各类矮小的蕨类、苔藓等草本植物密密匝匝，互不相让拥挤成堆，这种错落的景观真是曼妙多姿。仔细察看之下，我发现眼前虽然全是绿色植物，其实色彩各不相同，犹如一幅五彩缤纷的画卷，美不胜收。

除了蝉声，整座森林静悄悄的，一阵风吹来，林涛阵阵，如歌如泣。翡翠似的山林间，弥漫着植物清新的芳香，我不禁深深地长吸一口气，尽情呼吸这一尘不染的空气，一股大自然独有的芬芳，立刻沁人心脾；地下，是厚厚积着的一层层枯枝残叶，一脚一脚踏上去，就像踩在松松软软的沙滩上、柔柔绵绵的海绵上，耳旁响起的阵阵"沙沙"声，犹如天籁。

"空，故纳万境；静，故了群动。"我正喃喃念叨着，一面巨大的银镜，陡然闪入我的眼帘。到了，镶嵌在高山之巅的杜鹃湖。

杜鹃湖，因湖的四周开放着各色大王杜鹃花而得名，绚烂多姿的杜鹃花，不仅装点着湖泊，也让湖周边这片世界上保存得最完好的原生态亚热带山地湿性森林显得生动妖娆。

洁白的云片挂在杜鹃湖的上空，映进清澈的碧水，水天一色；落日的余晖留恋着湖水，依依不舍缠缠绵绵地告退；微风吹过，湖水泛起粼粼波光，湖面如丝如雾，如诗如画，如梦如幻。面对静谧的湖面，眺望周边红的黄的绿的丛林，我的呼吸几乎静止了。"寂然凝虑，思接千载；悄焉动容，视通万里。""登山则情满于山，观湖（海）则意溢于湖（海）。"

这是哀牢山之巅的"瓦尔登湖"，是上苍让我心灵暂时憩息的地方。在这儿，我感到心灵出尘自由自在的意境；在这儿，世间尘嚣全被我抛诸脑后，觉得天底下再也没有什么大不了的事情，人世间再也不会有任何过不去的沟坎。

鬼斧神工塑土林

烟雨蒙蒙，天地一片混沌。我们乘车淌着汩汩的泥石流前行，前往云南"四大土林"奇观之一的景东文井土林。

所谓土林，原是山势平缓的砂砾岩山体，经过千万年风刻雨雕后，表层的砂土、软岩层都被冲走了，硬岩层和岩层中的铁钙凝结成不透水的胶结层，保留下来，形成千姿百态的土柱土峰，或酷似废弃的古堡，或形肖神情逼真的飞禽走兽，或类比静止的雕塑艺术品。这些土林大都分布在河岸、干涸的河床或沟壑两侧，远远望去，高矮逶迤，恍若原始森林。置身于荒凉雄浑的土林中，令人仿佛走进了另一个历史断层，恍然回到了混沌蒙昧的洪荒时代。

当云南的石林已经人满为患之时，文井土林至今仍处于未经开发的自然原始状态，可谓天然的地质博物馆。它位于文井镇东部，依附于哀牢山的原始密林，簇拥于葱郁林木和鲜花芳草之间。整个土林分布于两座小山之间，景观面积约一平方公里，错落有致，造型奇特。远远望去，它犹如一座中世纪的大教堂，教堂上一个个小尖塔直刺苍穹，也让我想到古文明建造的太阳殿；近看之下，它则似千层塔林，重重叠叠，排列有序。一根根擎天大柱顶端的造型，有的如山林猛兽，虎踞龙盘，镇守疆土；有的似僧人化缘，手执托钵，云游四方；有的像恋人在情意绵绵地相守，浓情蜜意，难解难分……有擎天玉柱直插云天，气冲霄汉，让人敬畏不已；有的则仿佛险峰矗立，乾坤颠倒，令人惊心动魄。

登临高处，俯瞰土林，雨水奔流造就的土岩上的裂缝和凹坑，还有世间风霜和无情时光雕刻出的纵横沟壑，突然间就把我的心灵紧紧地摄住，这股力量直扣心弦，如此的完全、直接、无法抗拒，让我魂不守舍。霎时，我真切地感觉到，这片土林是活生生的，她的脉搏在跳动，她的血液在奔腾，蕴藏着大地无穷的力量。我几乎要拜倒其下。

雨霁天晴，日高云淡，金色的阳光照耀在这片湿润而芬芳的土地上，美得让我莫名地感动，美得让我心醉进而心碎。

文井土林——大自然鬼斧神工下的伟大艺术品，似乎与宇宙血脉相连，让我难以理解，只有惊叹和倾倒。

千古江山傍文庙

早在数千年前，就有人类在景东这块土地上生息繁衍，并创造出古朴原始的新石器文化；唐宋时期，景东是南诏疆域最广阔的银生节度，故而景东旧名银生城；元代，景东列入了中国史册和版图。

雄浑壮丽的山河，悠久深邃的历史，奇特灿烂的文化，让景东产生和留下了丰厚的历史文化遗物，元末明初所建传播儒家文化的景东文庙，即其中的佼佼者。

景东文庙，前观川河后枕玉屏，依山傍水古木参天，阁楼角亭钟声悠扬，古朴雄伟蔚为壮观。经历了时间冲刷、磨砺和沉淀，深深地烙上了人文底色的景东文庙，给我以沧桑历史的厚重感、庄严肃穆的神圣感。通过它，以"重道崇儒、实行教化"为核心的中原文化，源源不断地与色彩斑斓的本土民族文化融合，孕育出景东绚烂多姿的民族文化奇葩，对景东的历史文化产生了深远的影响。

一代兴亡观气数，千古江山傍庙旁。

由于文脉悠久，儒风盛行，文化先贤辈出，景东文苑彪炳的遗风得以传承至今。在景东，能写文吟诗的人比任何其他一个县城都多。在《银生文化》的发刊词上，县委书记写道："不谋全局者，不足以谋一时；不谋万世者，不足谋一域。（陈澹然，[清]）"这是他的施政纲领，也是景东的文化生态。

之所以这么重视文化，是因为景东人很明智。没有文化，经济难以持续发展；自古以来，文化的影响力要远远大于权力；其实，中国目前经济发展中所有的问题，归根到底是文化的问题。

文化，赋予景东领导者以超前意识。20世纪70年代初，德籍英国经济学家舒马赫通过经济学的实证，给了世界一个全新的发现：小的是美好的。30多年后，这一观点在世界诸多发达国家和地区成为潮流，成为简单生活方式和社会模式的实践，成为城市规划和市政建设的"圣经"。因为，"小"，能给人们带来自由悠闲生活的慢板，带来精致美好生活的真谛。跟随着西部大开发的脚步而踏响了青春节拍的景东，现在就正践行着这一经济理论和社会哲学：在城区建设和经济发展中，不贪大求全，不好大喜功，丝毫没有以生态破坏为代价，彻底避开了"经济发展，环境污染"的宿命怪圈。所以，20世纪末，景东境内一下建成两座国家级大型水电站，但景东依然一派人与人、人与自然、人与社会和谐共存和发展的祥和景象。

生态，才是永恒的经济。有着深厚文化内涵的智慧的景东人深悟此理。

魂牵梦萦是景东

离开景东已数月了，然而，景东的所有景象，在景东的所有片断，都让我一次又一次地回味，一次又一次地沉醉。不说别处，只说云南，我曾在迪庆游历过"世外桃源兼伊甸园"香格里拉，在丽江领略过玉龙雪山之雄姿和东巴文化之风情，但景东的山山水水风土人情，最是让我魂牵梦萦。

比我还痴迷于景东的"骨灰级"粉丝是外国人。1985年，美国加州大学海莫夫博士到景东考察黑冠长臂猿，刚回国，便迫不及待地给景东人民写信道："我访问景东之前，曾经考察过世界上很多地方，但从来没有见过像景东这样美丽的地方。景东四季如春，终年鸟语花香，山清水秀……我在景东看到的东西太多了，景东多美啊！"更有甚者，1996年，荷兰野生动植物保护专家瑞耐斯先生到无量山考察，因贪恋神奇风光，竟累到走不动路而被担架抬下山。

……

是的，但凡到过景东的中外学者、文士墨客、商贾游人，无不为她的美所震慑所征服；无数人像我一样，在离别之际情不自禁地许下心愿：景东，我一定还会来的！

景东，集苍天万物之气象，纳普天生灵之气韵；在景东，造物主将他的创造力发挥到了极致——让它成为凡间净土、人间乐园。路途遥远也好，旅途劳顿也罢，只要去到融自然造化、人文历史、民族风情为一体的美丽景东，所有的一切都值了。

　　发表于《中国作家》《滇池》，获首届全国人文地理散文大赛一等奖

尼阿多天梯

在遥远的滇东南，在奔腾不息的红河两岸，在巍峨绵亘的哀牢山中，有一片仿佛被施了魔法的神奇土地，那就是红河哈尼梯田。

哈尼梯田，是华夏神州最雄伟壮丽的梯田，是国家湿地公园，是全国重点文物保护单位；迄今为止，是世界上唯一的活态文化遗产，是唯一以民族命名的世界文化遗产，是唯一以农耕文化为内容的世界文化遗产。

哈尼梯田被列入世界文化遗产名录，使得中国超越西班牙，成为第二大世界遗产国，仅次于意大利。

远古的哈尼梯田，既出自造物主之手，也出自哈尼族人之手。

古老而神奇的元阳，为红河州哈尼族聚居大县，是哈尼梯田核心区和故乡。哈尼梯田充满高山河谷，布满原野大地；山重水复中，近二十万亩哈尼梯田，蔚为大观，被誉为"中华风度，世界奇观"。

经由天神的启示，经由灵感的引导，勤劳智慧的哈尼人民，依靠独特的地理优势，以朴拙而又巧妙的艺术形式，将民族精神表现于梯田之中。

哈尼人垦殖梯田的想象力无比丰富：小者如簸箕，大则数亩地；低者几十层，最高近四千级。山有多高，水就有多高；水有多高，梯田就有多高。哈尼梯田依山顺势，层层叠叠，连绵向上，直通云海。

无论登上元阳哪座山顶，眼前汹涌而来的都是梯田。绕着山路转一圈，每个角度都能见到不一样的梯田。

哈尼梯田是什么样子，更取决于你在什么季节看到它。春季，微风过处，梯田波光粼粼，像极了木刻年画；夏季，禾苗生长，梯田青翠欲滴，自是清新水彩画；秋季，稻浪起伏，梯田金黄灿烂，正是绚丽的版画；冬季，层林尽染，梯田五彩斑斓，便是浓墨重彩的油画。

固然四季如画，然而，初春是探访哈尼梯田的最好时节，也是游客和摄影家从四面八方蜂拥而至的时候。此时，梯田里一汪一汪的活水，闪烁着神秘的光芒；梯田间一级一级的田埂，集合成磅礴的曲线交响乐。云雾缭绕中，哈尼梯田，扑朔迷离，如梦如幻；当阳光穿过云层照耀下来，哈尼梯田，美轮美奂，如诗如画。

群山环抱的箐口村，是哈尼族聚居村寨，蘑菇房错落有致，梯田漫山遍野；安宁静谧的村子，民族特色鲜明，纯朴本真的村民，保持着对天地的敬畏。《中国国家地理》曾评选出六大"中国最美乡村古镇"，红河哈尼村落排名第二，评语是"万千明镜映炊烟"。箐口村，就是这样一个"万千明镜映炊烟"的美丽乡村。

箐口梯田以梯田、云海、日出三景合一而闻名。当旭日东升喷薄而出，当山顶放射出紫红霞光，当白茫茫的云海盈满山谷，当水波上面是云朵、云朵旁边是桃花，当天、地、人融为一体，恍入仙境的我想起一首古诗："只有天在上，更无山与齐。举头红日近，回首白云低。"

山势险峻气势恢宏的老虎嘴梯田，日落时分最为迷人，"看那青山荡漾水上，看那晚霞吻着夕阳"，令人心醉神迷；坝达梯田，能将天空分割成千万块，能把太阳分化成万千颗，千变万化，奇妙莫测，令人目瞪口呆。

隋唐以来，哀牢山上的哈尼人，挖筑了近五千条水沟，沟渠如一条条银色腰带，一道道将大山紧紧缠绕，被截入沟渠内的水流，从根本上解决了梯田稻作的命脉问题。绝美的哈尼梯田，既是举世瞩目的农耕景观，也是世所罕见的水利工程，自然风光与人类艺术，农耕传统与现代文明，在这儿对接得如此完美。哈尼梯田，以中华民族文化经典的方式，呈现出哈尼族人民顽强的意志，展现出哈尼族人民卓越的心灵。

　　哈尼族人，生命与信仰一致，劳作与艺术一致；动人的哈尼古歌，在这片生生不息的土地上，永恒传唱。

　　哈尼梯田——哈尼族人民用灵魂歌颂的"尼阿多天梯"，你是天神的恩赐，你是大地的雕塑，你是自然的造化，你是人类的诗篇。

　　　　发表于《云南日报》，中国民族宗教网、中国作家网、云南网转载

千秋万载扬州梦

平生第一次真正意义上的旅游，去的就是上海和扬州。扬州，仙人骑鹤之乡，神女吹箫之地，对于一个热爱文艺的少女来说，她是《红楼梦》里林黛玉魂牵梦萦的故乡，《鹿鼎记》中韦小宝念念不忘的温柔之所，是南柯太守"南柯一梦"的原生地，杜十娘怒沉百宝箱后投江自尽的魂断之处。

传说中，一部《红楼梦》，其实就是一场才子佳人的扬州旧梦；而扬州，实实在在是我少女时代的瑰丽绮梦。

一

"故人西辞黄鹤楼，烟花三月下扬州。孤帆远影碧空尽，唯见长江天际流。""诗仙"李白的千古绝唱，充满火焰般的力量，古往今来，不断撩起人们对扬州的倾心与梦想。

烟花三月，难免让人浮想联翩。其实，在扬州极尽风流的才子，不是豪放不羁的李白，而是诗赋俱佳的杜牧。"街垂千步柳，霞映两重城""春风十里扬州路，卷上珠帘总不如""十年一觉扬州梦，赢得青楼薄幸名"，是杜郎笔下的扬州。"十里扬州，三生杜牧，前事休说"，是姜夔笔下的扬州才子杜牧。

"天下三分明月夜，二分无赖是扬州""绿杨城郭是扬州""人生只爱扬州住，夹岸垂杨春气薰""愿当扬州刺史，众人仰慕""腰缠十万贯，骑鹤下扬州""人生只合扬州死，禅智山光好墓田"……关于扬州的锦章佳篇，不胜枚举；唐五代权德舆一篇《广陵诗》，就写尽扬州的繁荣昌盛，四海传扬。

总之，唐人的美梦，都与扬州有关：赏景必到扬州，风流必在扬州；有钱必去扬州，当官必上扬州；生要住在扬州，死要葬在扬州。

白居易对扬州"长相思"："汴水流，泗水流，流到瓜洲古渡头，吴山点点愁。思悠悠，恨悠悠，恨到归时方始休，月明人倚楼。"哀怨缠绵，情韵无限。

"四海齐名白与刘"。白居易被称为"诗魔"，刘是"诗豪"刘禹锡，两人神交已久，扬州相遇，悲喜交加。席上，他慷慨悲歌，诗豪激昂酬答，"真谓神妙"的千古名句应运而生：沉舟侧畔千帆过，病树前头万木春。

唐时扬州，"四方贤士大夫无不至此"，"诗圣"杜甫虽不能至，心向往之：商胡离别下扬州……老夫乘兴欲东游。

"两情若是久长时，又岂在朝朝暮暮"，扬州才子秦观的杰作，是我少女时代的爱情座右铭，也慰藉了世间多少痴男怨女的心！

《春江花月夜》，标题就令人心醉，春、江、花、月、夜，集中体现最动人的良辰美景——

> 春江潮水连海平，海上明月共潮生。
>
> 江天一色无纤尘，皎皎空中孤月轮。
>
> 江畔何人初见月？江月何年初照人？
>
> 人生代代无穷已，江月年年只相似。
>
> 不知江月待何人，但见长江送流水……

诗风一反盛唐的雄壮博大，幽美邈远的意境，具有永恒的艺术价值，真正"孤篇盖全唐"，所以被闻一多称为"诗中的诗，顶峰上的顶峰"。作者张若虚，也是扬州人。

到了宋朝，欧阳修、苏东坡、王安石，三位文坛领袖、诗坛巨擘，"千古文章四大家"之三，都有济世安邦之才，竟前赴后继任职于扬州，真是扬州的造化。欧阳修名句"平山阑槛倚晴空，山色有无中"，王安石名篇《泊船瓜州》，还有黄庭坚的《广陵早春》，王建的《夜看扬州市》……都使得扬州四海扬名。

扬州，怎样的物华天宝，怎如此这般地灵人杰？

二

扬州到处是花木，花木，花木。

集“北雄南秀”为一体的园林，是扬州人写在大地上的诗篇。清代扬州有“园林之盛，甲于天下”之誉，《扬州画舫录》序文中描写当时盛况，“增假山而作陇，家家住青翠城堙；开止水以为渠，处处是烟波楼台。”曾经的辉煌，留给扬州人精致的生活态度，城市建设在全国首屈一指的扬州，仍保留着许多古典园林：壶园、个园、徐园……以“晚清第一名园”何园为最。清画家刘大观有言，“杭州以湖山胜，苏州以市肆胜，扬州以园亭胜”，清人李斗赞道，“其妙在十余家之园亭，合而为一，联络至山，气势俱贯。”

扬州四季花开，柳媚花娇。“扬州芍药冠天下”，寒冬腊梅吐芬芳。扬州琼花，冰肌玉骨，“维扬一枝花，四海无同类”“东方万木竞纷华，天下无双独此花”。宋仁宗曾把琼花移植到汴京御花园，花儿不久就枯萎了，送还扬州后，复茂如故；琼花被宋孝宗移往临安宫中，很快便憔悴，归还扬州后，鲜活如初；到元世祖时，蒙古大军攻破扬州，琼花当即亡故。各种神奇传说，使琼花愈显神秘；琼花的节操，令天下人称奇，令扬州人自豪。

千年古刹大明寺，雄踞于美丽的蜀冈，名扬天下。汉白玉须弥座“唐鉴真大和尚纪念碑”，是寺中最著名的文物古迹，由梁思成设计，郭沫若、赵朴初书写碑名和碑文，被誉为"三绝碑"。鉴真大师，扬州籍僧人，曾在大明寺修行，以年迈之躯，十二年里六次渡海，历尽艰险、劫波，甚至双目失明，信念始终颠扑不灭，六十六岁时终获成功。鉴真将中国佛学、医学、语言文学、建筑、雕塑、书法、印刷等介绍到日本，被日本人民誉为"文化之父"、尊为"律宗初祖"。鉴真东渡之壮举，光耀千古，流芳万世。

由欧阳修建造的平山堂，坐落于大明寺内，"衔远山，吞长江，其西南诸峰，林壑尤美；送夕阳，迎素月，当春夏之交，草木际天"，秦观赞其"游人若论登临美，须作淮东第一观。"帝王将相、达官贵人、墨客雅士，只要来到扬州，必访平山堂，顶礼有加。

平山堂对面，二十四桥若隐若现，《扬州鼓吹词》曰：是桥因古之二十四美人吹箫于此，故名。"二十四桥明月夜，玉人何处教吹箫？"杜牧妙笔生花，一笔勾勒出诗情画意。曹雪芹借黛玉思乡之情，一抒心中扬州梦，在《红楼梦》中写道，"春花秋月，水秀山明，二十四桥，六朝遗迹……"毛泽东主席偏爱杜郎诗作，手书诗碑，立于二十四桥景区主建筑熙春台东。

扬州还有一座桥，造型绝无仅有，艺术价值极高，那就是乾隆年间建造的五亭桥，因矗立于莲花堤，状似灿然盛开的莲花，故又名莲花桥。《扬州揽胜录》载，"上建五亭，下列四翼，桥洞正侧凡十有五，三五之夕，皓魄当空，每洞各衔一月，计十五洞，共得十五月，众月争辉，倒悬波心，不可捉摸，观此乃知西湖之三潭映月，不能专美于前"；《扬州画舫录》述，"月满之时，每洞各衔一月，金色滉漾"，真是美轮美奂。清代诗人黄惺庵著词《扬州好》赞之：扬州好，高跨五亭桥，面面清波涵月影，头头空洞过云桡，夜听玉人箫。

虽说有着举世无双的琼花，有着举世闻名的月亮，然而，论名气之大、影响之广，扬州风景名胜之最，首推瘦西湖。瘦西湖是扬州的名片。"也是销金一锅子，故应唤作瘦西湖"，便是"瘦西湖"美名的由来。瘦西湖垂杨十里，暗香浮动，画舫笙歌，涟漪荡漾。虹桥是瘦西湖第一景，"朱栏数丈，远通两岸，彩虹卧波，丹蛟截水，不足以喻。而荷香柳色，曲槛雕盈，鳞次环绕，绵亘十余里。春夏之交，繁弦急管，金勒画船，掩映出没于其间，诚一郡之丽观也。"上天把瘦西湖赐予扬州，何其偏心。

难以置信的自然美景，遍地皆是的名胜古迹……扬州，令人叹为观止。

三

隋炀帝痴爱扬州，做梦都与扬州纠缠不清，梦醒后诗云"我梦江都好，征辽亦偶然"。他痴迷琼花，为一睹其"俪靓容于茉莉，笑玫瑰于尘凡"（宋张问《琼华赋》）的仙姿，开凿京杭大运河，三下扬州，大造迷楼，极尽奢华。明代冯梦龙在《醒世恒言》中描写道，"那扬州隋时谓之江都，是江淮要冲，南北襟喉之地，往来樯橹如麻。岸上居民稠密，做买做卖的，挨挤不开，真好个繁华去处。"扬州成为陪都，一跃为全国政治、经济、文化中心，而年轻、"天下称之为贤"的隋炀帝，却误了卿卿性命，被缢死并葬于扬州。这是他的命定，是他与扬州的不解之缘。可怜隋文帝开创的"开皇之治"，二世而斩。

"运河千年琼花路，流尽黄金望孤舟"，之后的唐、宋、元、明、清，大运河一直是国家的运输主动脉，"为后世开万世之利，可谓不仁而有功矣"，算是对隋炀帝较为客观的盖棺论定。

正是隋朝的铺垫，成全了唐时扬州的绝世繁华——"天下之盛扬为首"，《资治通鉴》道：扬州富庶甲天下，时人称"扬一益二"。那时，扬州以蜀冈为界分上下两重城，码头商船穿梭，街市店铺琳琅外商上万，是超级国际大都市。"闻说到扬州，吹箫有旧游"，扬州是脂粉地，红妆佳人，争芳斗艳，莺啼燕啭；扬州成为销金窟，富豪骚客，争相前来，醉生梦死。

清代扬州，"采铜以为钱，煮海以为盐"，依然流金泻银，奢华绮靡，"广陵繁华今胜昔"；沈复在《浮生六记》中盛赞扬州：奇思幻想，点缀天然，即阆苑瑶池，琼楼玉宇，谅不过此。

所以，清朝皇帝酷爱往扬州跑。康熙六巡江南五下扬州，每次必到蜀冈，御题"蜀冈云澹山光近，江渚漕分水派清"，也必访名刹，留下诗篇《幸天宁寺》。大明寺西园，存有康熙御碑亭。

乾隆六到扬州，九次游览大明寺、平山堂，写下大量诗篇、对联、福字、匾额、碑刻。这个风流皇帝对扬州的偏爱，到了无以复加的地步。为了讨得乾隆欢心，富甲天下的扬州盐商，一次次建造园林修缮行宫，使得从瘦西湖到平山堂"两堤花柳全依水，一路楼台直到山"。

道光皇帝，虽说才学不如祖父乾隆，也还是有样学样，在瘦西湖畔平远楼留下墨宝，横行石碑"印心石屋"留存至今。

从那些具烟火气息的老字号里，也能解读出清代扬州的繁华。谢馥春，是中国第一家化妆品企业，创立于道光年间，获过国际金奖；扬州美食，曾令苏东坡绝倒，此时登峰造极，"涉江以北，宴会珍馐之盛，扬州为最。"就连扬州酱菜，也是清宫廷御膳小菜。著名红学家冯其庸说，"红楼菜实在是扬州菜的体系"。

吴敬梓也对琼花情有独钟，不仅多次来到扬州，还期望死于此地，晚年寓居扬州时，常常流连于琼花观；其名著《儒林外史》中，很多内容以扬州为背景，不少人物以扬州人为原型，涉及诸多扬州名物和方言。他去世后，好友挽诗"生耽白下残烟景，死恋扬州好墓田"，一语道尽其生平。

康乾年间，扬州"诗国城邦"声名更隆，每每成千上万诗人来自天南地北，一次次会聚虹桥，共襄盛举"红（虹）桥修禊""江楼齐唱《冶春》词"，场面盛大蔚为壮观；启蒙思想家魏源、戏剧家孔尚任，为之推波助澜，造就包罗万象的"扬州竹枝词"诗系，为诗坛竖起一座丰碑、留下一段佳话。

"无恙年年汴水流，一声水调短亭秋，旧时明月照扬州。曾是长堤牵锦缆，绿杨清瘦至今愁，玉钩斜路近迷楼。"纳兰容若，这位出身豪门的"满清第一词人"，写下《红桥怀古》凭吊修禊盛事，只是，格调一以贯之地凄婉忧伤。

扬州也是音乐之城。"春风荡城郭，满耳是笙歌""院院笙歌送晚春，落红如锦草如茵""谁知竹西路，歌吹是扬州"，都是其写照。寻常陌巷，烟柳人家，四处笙歌，清曲悠扬；柔婉优美的民间小调《茉莉花》，就源自扬州清曲《鲜花调》。琴曲《广陵散》，则是我国现存唯一有杀伐之气的古曲，具有很高的思想性及艺术价值；"竹林七贤"的精神领袖嵇康，因桀骜不驯获罪，临刑弹奏《广陵散》，使之成为千古绝响。

扬州还是戏曲之都。汉代，就有百戏在此上演；元代，扬州人士睢景臣的散曲《高祖还乡》，名闻遐迩；明朝戏曲大师汤显祖之作《牡丹亭》《南柯记》，都与扬州有着深厚的渊源。最著名的戏剧，当属清代孔尚任的《桃花扇》——淮扬四年为官治水，使孔尚任深刻认识到现实社会的丑恶，多次登临梅花岭、拜谒史可法衣冠冢，激发他"借离合之情，写兴亡之感"，成就了戏剧史上的不朽名作《桃花扇》。

追根溯源，扬州亦是徽腔的发源地、京剧的孕育地。

汉代兴盛，隋唐繁盛，明清鼎盛……扬州之盛，正所谓"淮海雄三楚，维扬冠九州。"

四

因其"包淮海之形胜，当吴越之要冲"的地理位置，扬州，自古亦兵家必争之地，秦汉风云、楚汉相争、藩王割据、吴越之争、七国之乱……都曾在这片锦绣江山上演。

还有，徐敬业在扬州起兵，讨伐女皇帝武则天；燕王朱棣夺权登基，也是从扬州起家。

最为吊诡的是，中国历史上两场极其惨烈的抗御外侵战役，都发生在扬州。

南宋末年，元兵围攻扬州，大宋名将李庭芝率军坚守城邑，来人招降，一概杀之，对招降榜，一概焚之。宋朝灭亡，逃亡中的大宋皇帝竟诏谕劝降，末路英雄仰天长啸，"我唯一死而已！"李庭芝被凌迟，扬州山河同悲。

李庭芝不是一个人在战斗。他麾下勇将姜才，直捣瓜州，痛击元军；扬州沦陷，姜才"宁为玉折兰摧"，引颈受刑，忠肝义胆，感召天下。"经纶弥天壤，忠义贯日月"的文天祥，亦在扬州与李庭芝有交集，被证得忠义后，领兵抗元从容殉国，留取丹心照汗青。

"楼船夜雪瓜洲渡，铁马秋风大散关"，陆游的绝吟，让我感受到扬州的坚硬与悲壮。

面对战后破败的扬州，鲍照"驱动苍凉之气，惊心动魄之辞"，悲愤挥就《芜城赋》；面对民生凋敝的扬州，青年才俊姜夔，悲伤吟咏《扬州慢》：淮左名都，竹西佳处，解鞍少驻初程。过春风十里……青楼梦好，难赋深情。二十四桥仍在，波心荡，冷月无声——"黍离之悲"，烁古震今。

哀哉，国家不幸诗家幸。

金人入侵，宋室南渡，徽宗高宗先后逃亡到扬州，建立小朝廷苟安，岳飞、韩世忠在扬州与金兵鏖战，尽忠报国"天日昭昭"，却被诬陷残害；辛弃疾起义反金，"上马杀贼、下马草檄"，却被弹劾落职，抚今追昔，他悼今伤古，写下被誉为"辛词第一"的沉痛雄章，"想当年，金戈铁马，气吞万里如虎……四十三年，望中犹记，烽火扬州路"，倾诉壮志难酬的悲愤，谴责执政者的屈辱求和，其爱国主义思想光辉，千古不磨。

国破家亡，与"词中之龙"辛弃疾并称"济南二安"的"词中之凤"李清照，以掷地有声压倒须眉的"生当作人杰，死亦为鬼雄。至今思项羽，不肯过江东"示夫，之后逃难到扬州，寄托她的拳拳家国梦。

扬州人的铁血硬骨，在明末清初的扬州之役中，表现得淋漓尽致。吴三桂引兵入关，清军南下势如破竹，唯独到达扬州时，遭到军事统帅史可法率军民浴血抵抗，誓死不降。清军血腥屠城，史称"扬州十日"。民族英雄，人皆敬仰，南明追谥史公"忠靖"，清廷赠谥其"忠正"，忠烈史公，世代景仰。

琼花，象征着扬州人的不屈灵魂；梅花，象征着扬州城的不挠风骨。

五

几千年前，扬州位于长江和大海交汇处，"襟江带海"，秦汉时期，波澜壮阔的长江广陵潮，是一大名胜奇观，其奔腾汹涌的宏伟景象，使无数文人墨客荡气回肠，留下许多传世之作，最早可追溯到西汉大文学家枚乘的《七发》，"春秋朔望辄有大涛，声势骇壮，至江北，激赤岸，尤为迅猛。"

东汉王充《论衡》中也提到：广陵曲江有涛，文人赋之。

魏文帝曹丕看到广陵潮，发出惊叹，"嗟呼，天所以限南北也！"可见广陵潮之惊天动地撼人心魄。

沧海桑田，斗转星移，自唐代中叶以后，广陵潮逐渐销声匿迹。

广陵潮起潮落，扬州几度兴衰，但历史气息不绝，文化气脉不断。

扬州八怪，都是天纵之才，个个能破能立……石涛主张"笔墨当随时代"，影响了一代画风；"诗书画三绝"的郑板桥，放言"要有掀天揭地之文，震电惊雷之字，呵神骂鬼之谈，无古无今之画"，对扬州则柔情蜜意，"我梦扬州，便想到扬州梦我。第一是隋堤绿柳，不堪烟锁。"

风骨铮铮的朱自清先生，自称"我是扬州人"，文章和人格皆为后世典范。

多情才子、抗日烈士郁达夫，迷恋瘦西湖上俏船娘，在《扬州旧梦寄语堂》中津津乐道，"梦想着扬州的名字，在声调上，在历史的意义上，真是如何的艳丽，如何地使人魂销而魄荡。"

还有，被誉为"抒情的人道主义者，中国最后一个纯粹的文人，中国最后一个士大夫"的现代文学、戏剧大家汪曾祺，捐建扬州鉴真图书馆、成立"扬州讲坛"的当代名僧星云大师，无论人生际遇如何，总是魂牵梦萦故乡扬州。

……

华光流转，春秋代序，今日扬州，依然坐花载月、风流宛在（"坐花载月""风流宛在"均为平山堂匾额），且因增添了现代文明，更加流光溢彩，更加熠熠生辉。

千秋万载扬州梦，"人生代代无穷已"；扬州，是一本壮美的大书，巍然矗立于天地之间。

发表于《青春》《黄河文学》《北京作家》《扬州文艺家》，中国论文网、百度学术、豆丁网转载

伊甸园山庄里的守望者

小桥流水，廊转花回；荷风轻拂，泉飞石立；亭台楼榭，曲径通幽；鸟翔鱼游，云动树移……在这样如梦如幻的美景中，搬一只小竹椅，在花间树下惬意坐坐，听听莺声燕语鸡鸣狗吠；或如一只野鹤，在林荫道中随意走走，看看奇树异草山花烂漫；也可像一片闲云，飘于北山泊于南岭，采一束野花，摘几串瓜果……亲切、温存、随意、自由自在，如此这般的陶渊明笔下的田园诗意境，我又一次领略到了，在伊甸园山庄。

第一次来到这儿，是在四年前，当时，我就有置身世外桃源之感，徜徉其中，我与朋友们流连忘返。花开叶落，斗转星移，春去秋来四载，人间多少沧桑？而四年后，伊甸园山庄庄主林先生笑吟吟地对我说，回头客人是我们最尊贵的朋友。

林先生是海南省政府命名的"海峡两岸（海南）农业合作试验区、休闲农业示范基地"的创办者，他将休闲观光农业首引到海南，民主党派中央领导和无党派人士代表考察团就推动两岸政治谈判、经济合作和"三通"问题对海南省进行考察时，选择的第一站就是伊甸园山庄，国宴上的杨桃、番石榴出自伊甸园山庄。

但林先生是个很低调的人，对于自己过去及现在的种种辉煌，他总是避而不谈。或许，低调的人才能走得更远？

当年为伊甸园披荆斩棘、种花栽树的情景还历历在目，一晃却是三十年过去了，林先生感慨万千，他说1988年海南建省时他来到海南，海南给他的第一印象太好了，"东北、深圳、江浙我都待过，找不到这种感觉，现在，我两只脚已深深陷入在海南"。是海南老百姓尤其琼海乡亲们的淳厚质朴使他留了下来，也从此改变了他的生活。他早已"将生命托付给了琼海"，年轻漂亮的妻子和天真可爱的孩子，也全都成了琼海人。"都是缘分"，他笑笑，他的笑语简短苍劲，但似乎说透了一切。

正闲聊着，忽然我眼睛一亮，随后欢呼雀跃地奔向一只小松鼠，小松鼠鼠窜而去。林先生告诉我，总面积为一千五百亩的伊甸园山庄里，栽种的各类树木上万棵，水果有杨桃、枣子、番石榴、香水柠檬以及海南最甜的西瓜等，因此，这儿成了不少珍禽走兽的乐园，山庄里有几十只珍贵孔雀、几百只野鸭、几千只鹩哥、松鼠、狐狸、大蟒蛇、六只海南快绝种的皇冠啄木鸟等等。林先生反对对大自然掠夺性的开发，在伊甸园山庄里，他要尽可能地体现出人文关怀精神：人对人的关怀，人对环境的关怀；体现出人文关怀与自然环境的切合。

沿着"菩提小路"，我走过"和平鸽舍"，经过"孔府大院"（孔雀园），在"低头坊咖啡屋"小饮，聆听"星象广场"上的秋蝉声此起彼伏。曾经，林先生把"穷"变成资源：没有电灯，便没有光害，就可以看星星，海南的星星数量很多，特别干净，在台北是看不到的。那时候，他铺张草席在旷野的"星象广场"上露宿，体味着康德的心声：世上最美的东西，是天上的星光和人心深处的真实。

伊甸园山庄，不仅维护着极好的环境生态，也处处是文化生态。懂得生活艺术的人，可以从平凡枯燥的事物中看出趣味来。

"人的痛苦来自欲望，欲望越多，人越痛苦，生活越简单，人就越幸福。人的幸福全在于心的幸福。人要懂得本分、知足、感恩。珍惜，才是福气。人要惜缘、惜福。有宁静，就享受，没有，也不强求。"林先生的话平淡中有深刻。养心莫善寡欲，至乐无如读书。伊甸园山庄，更大意义上来说是林先生的精神家园。

林先生用这种"简单"的人生观教育和培养孩子，他不送小孩到国外或台湾上贵族学校。他说，小孩要长久在这儿生存，就必须本土化。因而，他两个女儿都在琼海的普通小学念书，她们都会说流利的海南话，各自结交了不少本地小朋友。林先生教导小孩：念书很重要，但只是个基础而已，读书的目的应该是训练技能，培养人格、气度和对自己负责任的人生观；人，有一个好身体、有创造能力，足矣。

不知这是山庄主人的本色，还是他的一种返璞归真，总之，在平常中追求超常，一般人是很难做到的。

您理想中的人生最高境界是什么？我问。

"不敢想，没胆量去想，至今还没去想过。'活在当下'，日子过得平安就好。已有的福气要多体味，还没来的福气不是福。人生无常……"林先生说，目光迷茫起来。看来，他是一个带着悲观情调的乐观主义者，因为，历史的浩瀚、宇宙的广袤，最终显示的是人生的无奈和个体生命的渺小，而这些感悟，显然他早已用生命的大悲大喜将之参透了。

对于海峡两岸关系，林先生则非常乐观，他说，"不管过程如何艰难，最后肯定会和平统一的，因为大团圆的结局最符合我们中国人的心理和利益；二十一世纪，世界是中国人的世界，应该有一个很团结的中华民族。我坚信自己能在伊甸园山庄里，守望到两岸统一同胞团圆的那一天。"

这是一种明智的乐观。

发表于《特区展望》，入选《中文自修》《课堂内外》

黔之南，黔西南，黔东南

镇远，镇远

落日余晖，云蒸霞蔚；青山含黛，锦绣楼台；河水蜿蜒，渔舟唱晚——镇远风景如画，美如仙境，古韵悠然，风华绝代。

镇远，镇远。光凭这两个字，就让我无比心动。来了，看见，爱上。莫非，我跟镇远有宿缘？

九山抱一水，一水分两城。亘古不息的舞阳河，呈 S 形贯穿全城，令古镇一分为二，仿如太极图案；太极古镇，天下扬名。

祝圣桥横跨舞阳河，桥上的魁星阁，将孔圣庙、青龙洞、中元禅院彼此勾连贯通，大有儒、佛、道互济之象，堪称一绝。

青龙洞古建筑群背靠青山，面临绿水，五步一楼，十步一阁，均贴壁临空于悬崖地带，集山水楼阁和寺、庙、观、俗于大成，何等雄伟、盛大与壮观！

传说建文帝出家于此，洞中曾有对联为证：僧为帝帝亦为僧数十载衣钵相传正觉信然皇觉旧，叔负侄侄不负叔八百里芒鞋徒步龙山更比燕山高。

宫廷的权斗，王朝的兴衰，宗教的多元，历史的吊诡，赋予镇远浓厚的神秘色彩。

石屏山，"石崖绝壁高千仞，端直苍阔如屏风"。登临城垣，抚摸城楼，俯瞰城郭，思接千古，神驰八荒，依稀看见烽火狼烟，仿佛听到鼓角争鸣。

黔之南，有镇远。镇远的历史，可追溯到远古诸神之战。交通要道，水陆要冲；滇楚锁钥，黔东门户；防御体系，浑然天成；秦时边关，明号"镇远"。"欲据滇楚，必占镇远；欲通云贵，先守镇远。"冲冠一怒为红颜，吴三桂复明反清，择镇远布兵鏖战。

林则徐三过镇远，作诗叹其雄奇险要：两山夹溪溪水恶，一径秋烟凿山脚，行人在山影在溪，此身未坠胆已落。

明代书画家赞镇远："多佳山水士大夫南边多游焉，或不得游则有为恨者矣"；清代文学家钟情于她，《儒林外史》中多有提及；民国英雄誉镇远："有胜水名山，令人盘桓而不忍离去。"

镇远明清古民居街，依山势地貌而建，逐层递升，错落有致；古街古巷狭长幽深，交叉衔连；各家古井形状各异，四季不涸；石桥城垣布局精巧，错落有致。青砖黛瓦、飞檐翘角、雕梁画栋遍布全城，姿态万千，目不暇接。江南庭院风貌，山地建筑格局，如此完美结合，如此蔚为大观。

名刹古寺，宫殿园林，戏楼会馆，码头驿道……镇远处处是名胜，是古迹，是文物。自然与人文，文化与军事，建筑与历史，民族与宗教，政治与经济，各种元素融合和谐；厚重的历史，灿烂的文化，壮丽的山河，多彩的民族，共同造就着她，使之如此美好。

夜幕四合，星空璀璨，舞阳河两岸，大红灯笼高高挂，如火如荼漫无边际；蓦然回首，恰见红色列车，沿河徐徐驶过，欢快奔向远方。

金州，金州

黔西南，是一个王朝的背影：夜郎古国在此神秘出现，之后又神秘消失；黔西南，是一片悲壮的疆场：诸葛亮南征重地，红军长征重镇……

从贵阳出发，沿途皆风景。

一条攀升于山坡的巨龙，突如其来惊心动魄。它就是晴隆二十四道拐，二战时期的"史迪威公路"，"抗战生命线"的咽喉要道，举世闻名的"历史的弯道"，公路建设史上的不朽神话。

遥远诡谲的黔西南，就这样来到我眼前。

首府兴义，也名金州。金州洁净、美丽、幽雅、精致，有着"保存最完整、集中连片分布面积最大、地貌景观最典型、科学和美学价值极高的景观",国际专家惊呼在此发现"中国喀斯特精华"。金州人把兴义布局得恰到好处,正符合安居乐业和旅游观光的需要。

就在兴义城郊,即有马岭河峡谷,集雄、奇、险、秀、幽为一体。峡谷山高水长,奔腾的瀑布成群,明净的溪流蜿蜒,荡漾着每位游客的心灵。水是这儿的精髓,让它与众不同。山的阳刚水的柔情,让我心神摇荡;呼吸一口清新的空气,我简直想唱歌。峡谷中,只有树木和流水声,山风与树林合奏出迷人的华尔兹,瀑布与山谷交织成壮丽的交响曲。微风轻轻吹拂,像绫罗绸缎滑过脸颊,如被情人手掌摩挲,让人如醉如痴。

云朵洁白,万峰延绵。浩瀚苍茫的万峰林,两万余山头"磅礴数千里",仿佛千军万马奔于眼前,令我目瞪口呆;奇美的山峦,碧绿的田野,古朴的村寨,完美地融为一体,构成天底下罕见的特色风光,绘就"奇峰似林,田坝胜锦,村落如珠,古榕若翠"的巨幅画卷。壮观奇美的峰林田园,使旅游海报相形失色。

金州之畔的纳灰村,万峰林环抱的纳灰村,田园广袤的纳灰村,布依族风情浓郁的纳灰村,真乃"半郭半乡村舍,半山半水田园"。得山水之清气,风光旖旎的纳灰村,田园如此丰茂,农舍如此安详。以峰林为背景,以黄绿为底色,布依族人民借自然之手,建造美丽乡村诗意家园:纳灰民居清一色白墙黑瓦，村庄像极一帧素雅的黑白照，有着梦幻般的气质。宋人有言，"山水有可行者，有可望者，有可游者，有可居者"，纳灰村的山水，可行、可望、可游、可居。

传说中的仙境，在这儿就是现实，它就是我心目中的伊甸园，真想留下来当一个农妇。

大利，大利

离开黔西南，奔向黔东南。

黔东南有保存完好的古朴村落，有美不胜收的自然风光，有斑斓多彩的民俗文化，有令人目眩神迷的异族风情，是资深旅人和摄影家心中的天堂。

在晨曦薄雾中，汽车曲折前行。逶迤的山峦，蜿蜒的河流，奇异的树木，艳丽的山花……窗外美景，目不暇接。

从树隙间俯瞰下去，我顿时惊呆了：蓝天白云下，青山绿水间，一座超凡脱俗的山寨，隐身于深山山坳间，古朴、神秘、宁静、绝美，犹如童话世界，充满诗情画意；安然静谧，天然素净，超然世外，赋予她神妙，赋予她仙气，使她美得无与伦比，美得让人心醉神迷。她能让你生出无限遐想，也会让你消除一切杂念。这是美的最高境界。

大利侗寨，"天下最美侗寨"，名不虚传。

穿过一片古楠木林，走过一片翠绿竹林，跨过一座古老花桥，进入大利侗寨。

花桥也称"风雨桥",是侗寨的标志性建筑,也是侗人议事、歇息、行歌的最佳场所。大利侗寨中,五座亭廊式风雨桥,风格各异,次第横跨于利洞溪上;一座清光绪年间花桥,古色古香,桥面由七根整木铺架而成。

三条河溪水流回环,利洞溪穿寨而过。清澈的溪水中,有一群鸭子在游荡觅食,有几个孩童在裸泳嬉戏;干净的河溪边,有身着民族服饰的村妇在捶洗衣服,有慈祥老人在悠闲自在地吃着当地野果。无论男女老少,村民个个淳朴祥和,眼神纯真明亮。

凡侗寨必有鼓楼,建在寨子正中央,象征寨子吉祥平安。大利鼓楼气势雄伟,宝塔造型匠心独具,斗拱木雕工艺精湛,伞形顶盖绚丽多彩,鼓楼檐角玲珑雅致。

大利寨子中央,还有古井流泉,井与泉既分隔又连接,上游供饮用,中游供洗菜,下游供洗衣。泉源奔突处,建有一个拱门,挂着几只竹筒,专供人喝水用,无论寨民、外客,都可尽情畅饮。

大利民宅也与人为善,一色的青瓦木楼,楼屋层叠,错落有致,明清古宅居高临下,匾额高悬状貌原始。朗日皎月树影花拂下,楼阁庭院别有韵致,安逸中蕴生机勃勃。

侗族大歌是一朵绚烂的奇葩,盛开在中华民族艺苑,乃至世界艺术之林。多声部、无指挥、无伴奏,复调式合唱方式,是它的主要特点;模拟鸟叫虫鸣,模仿高山流水,天籁之音是它的主要内容。大利侗寨是侗族大歌发源地之一。每逢节日，男女老少，聚集鼓楼，彻夜欢歌，歌颂美丽的自然，歌唱美好的爱情。

侗族大歌停下来时，寨子里非常安静，没有车水马龙，没有人声鼎沸，只有树叶在微风中飘落的叹息声，水流碰在石头上散开四溅的欢跳声，间或传来村妇此起彼伏的捣衣声，小孩时断时续的欢笑声。

小桥、流水、人家，简约而又丰盈。

石板古道遍布寨子，十分整洁，乾隆年间的清代石雕，异常精美。路上，有侗族少女缓步走过，犹如出水芙蓉，素朴雅致，袅袅婷婷；迎面相逢，女孩羞涩低头，脸上飞起两片红晕，双眸顾盼有情，自己却浑然不觉。

穿行寨中，放慢脚步，压低声音，小心呼吸，生怕扰醒这份与世隔绝的沉静。想起"现世安稳，岁月静好"，想起种种美好的人和事。

不得不离开了，我恋恋不舍，频频回首，依依惜别。再见吧大利，最美的侗寨，我还会来的，也许就在秋季。

发表于《贵州日报》《山东文学》《贵州民族报》，入选《中国著名作家贵州行》（香港文汇出版社）

前世，我或许是那儿的一朵莲花

毫无筹谋，没有预兆，突然决定"锡兰过大年"。说走就走。

之前对斯里兰卡的了解，基本上囿于美不胜收的《罐舞》。为了出行，赶紧网搜急补：

斯里兰卡被誉为"印度洋上的珍珠、眼泪"，马可·波罗赞其为"最美丽的岛屿"。她是举世闻名的"宝石岛"，宝石产量位于世界前五；锡兰红茶是世界三大红茶之一，被称为"献给世界的礼物"。

国树铁木、国花睡莲，在斯里兰卡随处可见，佛教寺院（也有印度神庙、基督教堂）在花木簇拥中巍然屹立。斯国百分之七十的国民信奉佛教，佛教是国教，国徽顶端为佛教法轮。

佛牙寺位于美丽的康提湖畔，以供奉佛祖释迦牟尼的佛牙舍利闻名于世（全世界只有两处，另一在北京西山八大处），为佛教徒朝圣地。当日，正是礼拜天，朝圣者络绎不绝，男女老幼皆一袭庄重素雅的白衣，寺内外被挤得水泄不通，盛况有如穆斯林朝圣麦加。佛牙寺前香火鼎盛，佛牙塔前鲜花香溢，有老者长跪不起，有大汉痛哭失声，有女子怀抱婴儿，有幼童顶礼膜拜……

佛牙寺只有花香毫无铜臭，我想捐钱都找不着地方，真正莲花净土。与国内诸多寺庙，不可同日而语。

是佛祖佑护我，在斯里兰卡多日，我无论怎么胡吃海塞都不上火，不管如何冷热交替也没感冒。

科伦坡五星级酒店甚至"白宫总统府"门外，停候着斯里兰卡特色的出租车。喜欢独逛，免受干扰。的哥能领会我的三脚猫英语，载着我一路狂奔。往日我心仪、垂涎而不可得的衣裙、首饰啊！狂购。老板娘让我把包放在门口椅子上，当地购物者都是这么做的。开玩笑嘛，商场人来人往的，这我怎么肯呢！老板娘一脸百思不得其解的疑惑。的哥是暖男，一直好脾气地等候着，还不时竖起拇指夸赞我眼光好。夜幕四合，回到酒店，才感到后怕：异国他乡，地广人稀，万一被人劫财灭口抛尸印度洋呢？劫色，自不必多虑，斯国倾国倾城的绝色佳人多了去了，沿途所见，尽是身着纱丽、袅袅婷婷、风情万种的佳丽，即便农家柴扉，也常倚着身姿婀娜、美目盼兮的美人，我见犹怜何况老夫。可次日傍晚，又忍不住跳上了暖男的 TUTU，直奔商场。一家家、一包包，的哥接过顺手扔在 TUTU 车上后，继续跟进。我开始五心不定，这、这、这——随便哪个路人都能偷走的啊。的哥说绝对不会的。可我哪能放得下心呢，一直忐忑不安，一会儿一探头。的哥见状，憨憨地笑，告诉我他委托别人看着呢，等我出来，才发现是他善意的谎言。原来这个国度当真"天下无贼"，的确民风淳朴、路不拾遗、诚信为本。想想本土，连四闭上锁的快递车都常被人偷抢，心底颇为寒凉。

在斯里兰卡，缓慢节奏、快乐心情，不用呼唤"等等灵魂"，灵魂随时都在。

我是多么喜欢斯里兰卡，多么适应，多么不舍，多么留恋，多么向往，甚至希望将来能定居于此。

我相信我的前世就在这儿，或许就是康提湖中一朵莲花。

第四辑

情感

日久天长，激情终会消退，人到最后，怀念和向往的总是对方的品质。

感恩如花

一个人要学会感恩，才能得到人生真正的快乐。

懂得感恩的人之所以快乐，是因为感恩使其良心没有亏欠，而良心是人一生中最公正的审判官。只有良心安稳了，人才能获得内心的安宁，内心的安宁才能带来人生真正的快乐，内心快乐的人才能获得生命的幸福；懂得感恩的人之所以快乐，还因为常怀感恩，使人拥有一颗容易满足的心，感恩者不去算计自己失去的东西，而永远对得到的部分心怀欣然和感激，知足者常乐是也。

我以为，在一切的道德品质中，除了善良和正直，感恩是最为必要的。

岁月的流逝，命运的成长，教会我用慈悲善良的甘露来滋润身心，于是，我的心灵越来越软化和开阔，心量越来越宏大，生命越来越精神化；我日除轻狂、浅薄、浮躁，日趋坚韧、平和、淡定。我越来越认识和感受到：用一颗宽厚和感恩的心，去接受命运赐予的磨砺、坎坷与苦难，就是善待自己，就能无愧他人。

也就是说，我越来越学会了感恩，拥有了一颗越来越懂得感恩的心灵。

感恩祖国。每当看到"中华民族、华夏神州"等字眼，每当耳畔响起《歌唱祖国》的壮美旋律，每当从异域他乡游历归来，我的内心都会升腾起神圣、庄严、崇高、美好的情感；于我而言，有一条道德底线永远不能沉陷，有一种精神爱恋永远不会改变，那就是：对祖国的热爱和忠诚。

感恩亲人。父母不仅给了我生命，含辛茹苦把我养大，还传给我善良、单纯、诚实、正直的本质；姐、弟伴我成长，一路激励我的优点包容我的缺点，给过我多少关切之情；爱人，在茫茫人海中选择了我，接受我所有的好与坏，心甘情愿陪我同甘苦共命运。

感恩故土，感恩勤劳善良的父老乡亲。我永远忘不了，"文革"时当父亲被打倒"劳改"、母亲牵着抱着幼小的我们下放到乡村时，贫穷的乡亲们，这个送来几斤米，那家送来几两油，帮助我们孤儿寡母熬过最艰难困苦的日子。更让我们受益的是，乡亲们憨厚乐天的性情，让我们在原本的打击和无望中，感受到生活的乐趣和人性的美好。

感恩第二故乡海南。在这个美丽的岛屿上，面对大海，我深深震撼，为之臣服，更加心存谦卑。我的青春、泪水、欢乐和痛苦洒落其中的宝岛，留下了我深深生命印迹的海南，也给了我丰饶的生命馈赠，成为我的精神家园。

感恩朋友。朋友是我们心灵给自己找来的亲人，友情是生命中不可缺少的营养元素。得到益友是人生极大的幸运。也许我们无力与命运抗争，但至少可以让生命充满温馨的友谊。朋友，带给我那么多心灵的喜悦和感动，增添了我的生命光彩。而每当我置身于幽暗的人生低谷时，也总是依靠贴心的朋友点亮内心世界。朋友，是我最大的财富。

感恩无私扶持、提携、帮助过我的人们。我曾受益于那么多的好心人，对他（她）们，我永怀感激之情。最让我感动的是一位阿姨，20世纪50年代的清华大学毕业生，二十年前，上北京求学的我和上北京出差的她，邂逅于火车上。下车时，她在狂风暴雨中一趟趟帮我运送行李，全身被淋得透湿。二十年来，她在风雨中奔跑的身影，一直在我眼前晃动。

感恩老师。从小到大，从小学到大学，我每一滴的进步、每一步的成长，都有老师的辛劳浸润其中。传道授业，是老师给我以知识启蒙；聆听教诲，是老师引导我毕生追求知识热爱真理。

感恩书籍。书本能伴随人终生，是我最好的食粮，有时候，她甚至是最好的灵魂避难所。读到一本好书，真是莫大的乐趣。阅读，让我的心灵与古今中外一切智者相遇，让我领略宇宙与人类的奥秘——自然的妙趣、艺术的瑰宝、天文的神奇、建筑的宏伟、生命的奇迹……

感恩日月，感恩星辰，感恩大地，感恩山川，感恩四季，感恩庄稼，感恩树木，感恩花草……我怀着虔诚的心，感恩世间万物。

感恩工人，感恩农民，感恩医生，感恩科学家，感恩子弟兵……我怀着虔敬的心，感恩所有相识不相识的人，因为，若非你们，我在这个世界上不过只是个完完全全的陌生人。

感恩如花，一朵伟大的花，从灵魂深处绽放出来，芬芳充溢人间，同时使感恩者自身的生命旅程光华灿烂。

发表于《海南日报》，获日报征文奖

永远的丰碑

作为生长在江西这片红色土地的儿女，方志敏是永远屹立于我心中的一座丰碑。

少年时在课本中学过《可爱的中国》，"假如我还能生存，那我生存一天就要为中国呼喊一天；假如我不能生存——死了，我流血的地方，或者我瘗骨的地方，或许会长出一朵可爱的花来，这朵花你们就看作是我的精诚的寄托吧!"多么赤诚的心灵，多么崇高的品格，我为方志敏"是我们江西人"感到骄傲。

方志敏心中"可爱的花"，就是杜鹃。在江西，杜鹃花还有一个美丽动听的名称：映山红。

我曾三上南昌城郊的梅岭，无限崇敬地瞻仰庄严肃穆的方志敏烈士墓。墓碑正中镌刻着毛泽东题词"方志敏烈士之墓"。毛泽东曾说："方志敏同志是有勇气、有志气而且是很有才华的共产党员，他死得伟大，我很怀念他。"

而真正了解到方志敏的"有勇气、有志气而且是很有才华"，是在今年清明时节，在我走进横峰后。

位于赣东北、地处闽浙皖赣四省要冲的江西横峰县，是著名革命老区。在那如火如荼的岁月里，方志敏在此叱咤风云，率领民众以两条半枪起家，发动弋（阳）横（峰）暴动，领导建立江西红军独立第一团、中国工农红军第十军，创建全国六大革命根据地之一的闽浙皖赣革命根据地。当年，横峰六万人口就有两万儿女参军参战，有名有姓的烈士逾六千，几乎家家户户都有为国捐躯的革命先烈，横峰为中国革命的胜利做出了重大牺牲和突出贡献。闽浙皖赣革命根据地，被毛泽东誉为"方志敏式的根据地""我们光荣的模范苏区"。而今，保存完好的闽浙皖赣革命根据地红色旧址群被列为"全国爱国主义教育基地"，系国家级重点文物保护单位。

与毛泽东、彭湃一道被公认为"农民大王"的方志敏，也是饱读诗书之士。

十六岁时，他挥就自况自勉自励的对联，"心有三爱奇书骏马佳山水，园栽四物青松翠竹洁梅兰。"后来他分别以松、竹、梅、兰为四个儿女取名，其心志高远、心性高洁可窥一斑。

青年时期他求学上海，担任过《民国日报》校对；他写作的白话小说《谋事》在《觉悟》副刊发表，与鲁迅、郁达夫、叶圣陶等著名作家的作品一起入选上海小说研究所编印的《小说年鉴》。在上海，他结识了陈独秀、瞿秋白、恽代英、向警予等著名中共领导人，加入了中国共产党。回到江西后他创办"文化书社"，创建"马克思学说研究会"，出版《青年声》周报和《寸铁》旬刊。身为党政军领导人的他，还曾亲自编写话剧《年关斗争》并登台演出。

出众的文学艺术才华，加上理想主义精神、浪漫主义气质，使他气度超群卓尔不凡。他三十来岁就担任国民政府江西省委委员兼农业部部长，正可谓青年才俊"前途无量"。然而，为了信仰——共产主义信仰，他毅然决然踏上"革命"这条九死一生的道路。

横峰县葛源镇，峰峦交织地势险要，自古为兵家必争之地，方志敏在此把马克思主义与赣东北实际相结合，创建了中国共产党最早的苏维埃政权，创造出一整套建党、建军和建立红色政权的经验：率领起义农军开展游击战争，提炼出"出其不意、攻其不备、声东击西、避实就虚"的十六字战略要诀；首创地雷战，把人民战争提高到新水平；建立拥有"铁的纪律"的红十军，一年内连续打退国民党军多次"进剿"。

在葛源——当年赣东北革命根据地的心脏，方志敏亲手缔造出一个红色天地：创建我军第一座军校、第一所医院、第一支军乐队，首创我党第一家银行、苏区股份制、对外开放的边贸政策、第一座公园（列宁公园），还创办了一批学校和文化、教育、卫生单位。

天纵英才，他在政治、经济、军事、管理、文学、艺术上都有那么高的天分；岁月流逝，斗转星移，而他创造的那些传奇，永远不会失去光辉。

沿着崎岖蜿蜒的山路，我来到横峰葛源，踏着革命先驱的足迹，走进闽浙皖赣革命根据地旧址群——闽浙皖赣苏维埃政府旧址、中共闽浙皖赣省委机关旧址、闽浙皖赣省军区司令部旧址、红军操场司令台遗址的综合体——也就是方志敏的理想王国红色王国。

方志敏故居前，有一棵他亲手种下的芭蕉树，神奇的是，八十多年来，这棵芭蕉树年年春天发新绿。我轻轻地抚摸着它，想象着当年他在树旁是怎样的英姿勃发、笑如朗月，心底一阵阵发痛。在列宁公园，他也兴致勃勃地亲手植下了一株梭椤树，传说那正是月亮里吴刚永远砍不倒的桂花树。他是那么地热爱生活，那么地富有生活情趣。他住着一间阴暗简陋的屋子，所有家当就是一张挂着土蚊帐的老式架子硬板床、一张破旧办公桌和一把破损木椅，与赣地普通农夫住处无异，只有墙壁上糊着的因年代久远字迹已模糊的《红色东北》报和英文报纸，提示着房间主人的非同寻常。他曾在美国人创办的教会学校念书，能直接无碍阅读英文报刊。

1934年，为宣传中国共产党的抗日主张，推动全民族抗日救亡运动，策应中央主力红军战略大转移，病痛在身的方志敏临危受命，出任中国工农红军北上抗日先遣队总司令，去开辟新苏区并迫使国民党变更战略部署。这是"小马拉大车"的极其困难的军事行动，但方志敏誓言"党要我们做什么事，虽死不辞"。历时半年多、行程五千余里、在冰天雪地里浴血奋战二十多天后，他的队伍弹尽粮绝。本来已经突围的他，认为"在责任上我不能先走"，非要亲自接应后续部队，仅仅率领着十几名警卫人员，又返回敌军的重重包围圈。

这个至情至性的硬汉子，这个舍生取义的大丈夫，不幸被俘。国民党士兵从他身上只搜到一只怀表和一支钢笔。敌人怎么也不肯相信，这个闽浙皖赣苏维埃政府主席兼财政部长，全部财产只有两套旧褂裤和几双线袜。

他被押解到南昌，当时一家美国报纸记者描述了在国民党驻赣"绥靖公署"举办的"庆祝生擒方志敏大会"上见到的情景："带了脚镣手铐而站立在铁甲车上之方志敏，其态度之激昂，使观众表示无限敬仰。周围是由大会兵马森严戒备着。观众看见方志敏后，谁也不发一言，大家默然无声。即使蒋介石参谋部之军官亦莫不如此。观众之静默，适足证明观众对此气魄昂然之囚犯，表示无限之尊敬及同情。"

撼山易，撼英雄难。在狱中，方志敏严词拒绝敌人高官厚禄的诱惑，宁死不屈。他声明："我愿牺牲一切，贡献于苏维埃和革命。"他英勇就义，年仅三十六岁。很多人目睹了他就义前的情形：举止汪洋，巍然刚毅，视死如归。

他已经杀身成仁，他的确功德卓著，他堪称道德完美。在生命的最后日子里，他克服种种难以想象的困难，写下十几万字重要文稿和信件。在《在狱致全体同志书》和《我从事革命斗争的略述》这两篇遗墨中，他在深切怀念战友的同时，不断反省自己的过失，主动承担战争失利的责任，不时沉痛严苛自责。

峻拔如孤峰绝壁，明净如高山积雪，高远如长空彩虹，坚润如金石蕙兰。这就是方志敏。

而他的不朽之作《清贫》，我每读一遍都会为之动容："我从事革命斗争，已经十余年了。在这长期的奋斗中，我一向是过着朴素的生活，从没有奢侈过。""清贫，洁白朴素的生活，正是我们革命者能够战胜许多困难的地方！"

《清贫》，是中华民族难以磨灭的文化记忆；清贫精神，是中国共产党的理想信念，是中国革命精神的重要组成部分。英雄虽逝，浩气长存，功勋不朽，精神永在，光耀千秋。

暮春四月，葛源杜鹃花开，漫山遍野，撼人心魄。我来到方志敏烈士纪念馆，为这个赤诚忠勇的先烈、清贫自守的领袖、灵魂圣洁的英雄、雄才大略的伟人、人格伟岸的革命家，以及所有牺牲在这片红色土地上的革命烈士敬献花圈。大山静默，林风轻拂；我深深鞠躬，泪洒衣襟。

发表于《人民日报》，入选《人民日报2016年散文精选》（人民日报出版社）、地方中小学教材《幸福新横峰》，人民网、凤凰资讯、中国作家网、文苑天地、渭南市人民政府网、美文欣赏、微口网等转载

注目南原觅白鹿

暮春四月，从草长莺飞、杂花生树的江南回往京城途中，惊闻陈忠实先生于清晨近八时仙逝。一颗文坛巨星，就此陨落。

我浑身一颤，心中刺痛，泪水夺眶而出。

列车疾驰，一路上，我怔怔地看着窗外，一遍遍回忆与先生的交往，一次次怆然而泣下。

初见先生，是在 2003 年夏季，我忝列为"中国著名作家三峡采风团"一员，先生是采风团副团长。途中，有人把他比作《白鹿原》中总是不动声色的那位朱先生，而我倒觉得他更像是书中那个既洞达世情又藐视世事的房东老太太，尤其在游轮上相遇时，他那双被人戏谑为"贼亮"的双眸一扫过来，当即使我想起《白鹿原》中对那老太太的描写，"她第一眼瞥人就使白灵觉得她的眼睛像看一只普通的羊一样平淡，而她已经见过成千上万只羊了。"

其实，外表冷峻的先生"望之俨然，即之也温"。他虽然在文坛上越站越高，但却没有"如坐云端"，并未远离众人的视线，他也没有变得冷硬如雕塑。在这个大腕云集的采风团中，他最为"抢手"，一路被崇拜者围追堵截。让有些人郁闷的是，置身于美女们包围中，他同样游刃有余。他的镇定从容，从喝酒就能窥斑见豹。每天都有多位女士轮番上阵想把他灌醉，他兵来将挡水来土掩，始终屹立不倒，让大家既失望又佩服。

是年岁末，先生莅临海南，一个晚上，岛上各路陕籍英豪几乎老少咸至，集聚到他的旗下。我作为文化记者被特邀，这回更加见识到先生的本色。先生不装腔作势，不拿腔捏调，固然满脸沧桑，笑容却顽童般纯真灿烂，兴高采烈时，会无所顾忌地开怀仰合，还伴着洒脱不羁的动作。要这样地大笑，的确需要有健康、旷达的心灵。他毫不留情面地自我调侃，出语辣烈得像他抽的大雪茄，在我看来，只有内心强大的人才会这般自嘲。在他身上，体现着兼具自然、飘逸、沉稳、豪气和略带狡黠的综合性气质。在亲切、宽厚的先生面前，大家畅所欲言，气氛十分热烈。我也大大咧咧，甚至出言不慎，但并不觉得糟糕。

第二天，我匆匆草就《陈忠实速写》，托人呈先生审阅。次日中午，接到陌生来电，声音洪亮，"杨海蒂吗？""我是"，我迟迟疑疑地应道。"我是陈—忠—实"，一字一顿，沉着有力。我一下蒙了，口不择言，"陈老师，您怎么会想起来给我打电话呢？""我怎么不会想起来给你打电话呢？"他说，"读了你写的文章，没想到你这么有才华，让我对你刮目相看。在飞机上，给郭潜力他们都读了。只不过我没有你写的那么好，我都不知道自己是个什么样的人……""您那么智慧，还会不知道？"他笑了起来，说，"向大家问好，向柳建伟问好。"

随即收到潜力兄信息，"我陪送先生回西安。先生对你文章很赞赏，尤其这一段，他说没想到一个女孩子竟有着这样的情怀：'《白鹿原》中博大丰厚的精神世界，作者没有体验过生命的大喜大悲是不可能铸就出来的。十年埋头潜心打磨一剑，那种寂寞孤独，对于一个文人来说需要具备巨大耐力和信念才能忍受。但，所就者大，则必有所忍。只有杰出的人，才能在孤独寂寞中完成他的使命。终于，《白鹿原》横空出世了。立意高远、气魄宏大的《白鹿原》，被圈内圈外读者推崇备至，而除文学价值之外，蕴含其中的政治力量与人道力量也是我所推崇的。针对当前文学现状，陈忠实先生曾撰文指出症结在于缺乏政治，强调'政治是个大的精神概念'。我非常赞同先生这个观点，所以，几年过去了，我对这话记忆犹新。'"

重读当年报纸，十分惭愧当初"不揣浅陋以见教于大方"，相对于读到《白鹿原》时的惊心动魄，相对于皇皇巨著《白鹿原》，拙文实在粗浅，不堪一睹。然而，以先生之大德，从来都是严于己而宽于人。

之后，竟整整十年没有与先生联系。是因为我在与人交往中历来不善主动，还是因为工作和生活诸多动荡变迁，抑或是因为自己庸庸碌碌无所建树而索性做一只鸵鸟？

直到三年前，忘了因为什么事情，给先生打过电话，远方传来的，依然是铿锵话语、爽朗笑声，"你到了西安，给我打电话，我请你吃泡馍！"先生在琼时，我说过喜欢吃西安泡馍，他居然还记得。

一股暖意，从心底慢慢升起。先生的光和热，远隔千里也能感受到。

就在这三年间，我多次去到西安、咸阳、延安、汉中等地，好几次被省报、晚报有所报道，有两次还配了照片，想必先生总有看到的时候。而我，连一个电话也没有打给先生，连一条信息也没有发给先生。

何尝不想吃到先生请客的泡馍，何尝不想听到先生睿智的谈吐，哪怕出于虚荣心也想见到先生啊，再说，我还暗存心念想谋得先生一幅字呢。然而，正是因为知道先生生而有仁、交而有礼、言而有信、行而有义，我担心万一先生时间不便，反而给他添了心理负累，所以一直不敢造次，不曾打扰。何况，见与不见，在心不在缘。

可是，先生会不会对我产生误解呢？

一晃，又是两年过去。去年，"秋风吹渭水，落叶满长安"时节，听到含糊的先生因病入院消息，心里一沉，既不敢不信，也不敢确信，更不愿相信，焦虑之下，借约稿之名义给先生发去信息。况且，我多么希望能有幸担任先生大作的责编啊。

不到一刻钟，先生打来电话，开口依然是"杨海蒂吗？"声音不再中气十足，透着虚弱。"我是。"我想笑，又想哭。"我是陈—忠—实"，不是沉着有力的一字一顿，而是有些口齿不清。

先生艰难地问候着，解释着，感谢着；我心酸地答应着，安慰着，祝福着。既不忍心他说下去，又但愿他一直不要挂断。此时此刻，我只有一个心愿，尽快去到西安看望先生！

先生坚决不让我前往，都跟我急了。我知道先生不愿意让人看到他的病容，更不愿意给别人增加麻烦。恭敬不如从命。

我痛恨自己屡入秦地不曾拜见先生，到如今，物是人非，想看望而不能。泪水一行又一行，顺着脸颊流下来。现在，我唯一能做的，只有祈祷和祝福。我发去信息：陈老师您多保重！接到您的电话很高兴很激动，千言万语化为一句话，祝福您早日康复一切安好吉祥如意！

接下来的新年佳节中，又给先生发过两次信息，也只是简短的问候和祝福。没有回音。先生只会接信息不会回。我不想向任何人打听先生近况，我怕听到任何不好的消息。

然而，该来的，总是会来。或者说，不该来的，还是来了。

列车依然在辽阔大地上疾驰。窗外，烟雨蒙蒙，万物生长，四季轮回，尘世流转。让我们平静地接受那不可改变的吧，按其现实本相，而非如我所愿。太阳，有升就有落；月亮，有盈就有亏；草木，有荣就有枯；花朵，有开就有谢；人类，有生就有死。死亡是生命最后一个过程，有它的存在，生命才得以完整。死亡并非永别，亲人或朋友会以其他的面貌，开始新的生命。

我相信，先生一定会化身白鹿，回到生他养他的白鹿原；白鹿过处，六合祥瑞，八方吉利。

"春来寒去复重重，掷下笔时，桃正红。独自掩卷默无声，却想笑，鼻涩泪不通。单是图名利？怎堪这四载，煎熬情！注目南原觅白鹿，绿无涯，似闻呦呦鸣。"完成《白鹿原》后，先生填了这首《小重山》，这是他人生第一次填词，可以想象他那时的苍凉心境。

泪眼凄迷，西望长安，注目南原觅白鹿；苍茫天地中，秦岭在，灞桥在，南原在，白鹿何在？

发表于《西安晚报》《延河》，搜狐新闻、网易新闻、凤凰资讯、网文资讯、一点资讯、中国作家网等转载，入选《陈忠实纪念集》，人民文学出版社

与"文坛刀客"的交往

1999 年春，不才第一本散文集出版，《海口晚报》副刊主编立敏老师逗逗大姐（山西作家，海南谋生）一番煽风点火，让我将拙著寄给素昧平生的大名鼎鼎的韩石山，说，"韩氏虽为文坛刀客，却是个侠骨柔肠的主，准保会给你写评论的，他文字那么生猛又活色生香，与你可是英雄美人相得益彰啊。"那时初生牛犊不怕虎，既不嫌自己文字青涩浅陋，也没去想丢人不丢人，不管三七二十一，头脑一发热，真就寄了出去，不多久，收到太原来信，内文如下：

海南吹来一股风

韩石山

一天午后，办完事回到家里，坐在书桌前翻看新到的邮件，女儿凑过来，以肘支桌面，诡秘地看着我。一封信，约稿的，放过。两张报，上面有我的文章，放过。一本书，《杂花生树》，杨海蒂，不认识，折页上印着照片，挺漂亮的。噢，还有信，看，知道了，让我评评她的书，是我的一个去了海南的朋友给她出的主意。

"给写吗？"女儿问。

"写呀。"

"妈！"女儿忽然尖叫一声，对隔壁房间里的妻子说，"你看我说的对不对！"

"怎么回事？"我莫名其妙，心想，这些日子我没做什么坏事呀。

女儿这才告诉我，看出这个邮件是本书，她和妈妈就拆了，信也看了，她俩猜测，爸爸会不会给这么一位不相识的女作家写评论。妈妈说，不会的，爸爸近来数次立誓，说再不做这号对人无益对己有害的事了。女儿说，会的，因为这位作者这么漂亮，纵然远在海南，爸爸也会给她写的。两人还打了赌，说输了怎样怎样。

我只有苦笑，继而是认罪。文章吗，还是要写的。

杨海蒂是漂亮的，如果照片不可信的话，有她的文字为证。《在上海的日子》一文中，她说，有一个画家，一见她就说，她长得像三十年代好莱坞电影《海角诗魂》里的海蒂·拉玛，后来还为她画了一幅油画像。我相信这是真的，只是有一点疑惑，怎么两个人的名字也会一样，莫非说从小取了某个大美人的名字作名字，长大了就像那个大美人？还是，她的母亲从小就看出女儿像那个好莱坞的大明星，所以为她取了那样一个名字？

漂亮的不光是相貌，还有她的文笔，那样清丽又那样沉郁，那样坦诚又那样无奈。似乎在寻觅着什么，却总也寻觅不到，要将心迹展示出来，而心底仍留着隐隐的伤痛。你会责怪她的冷酷或者冷艳，却不能不承认她心地的纯净与赤诚。至于行文的恣肆汪洋，起初或许会让你挢舌不下，继而也便心悦诚服只恨相见太晚。

全书分三辑，最见性情和才气的，要数第二辑的随笔，与第三辑的散文。第一辑是杂文，这是个"脏活儿"，由她那纤弱的身手来做，就显得力不从心了。不是力气太小，是心地太善，有力气也用不到当紧的地方。一写到自己，写到情，笔下就来了神，该洒脱处洒脱，该缠绵处缠绵，怎么写怎么好。若仅此而已，也就平常了。这等手段，时下的女性作者，可说是人人来得。海蒂文章的"各色"处，还在于有那么点习泼劲儿，生活的原味儿，也就分外的有趣，分外的耐看。比如《芳邻轶事》一篇，写与一位大学时代的女同学的微妙关系，读来别有兴味。是大学同学，毕业后又同在一个单位供职，且住在同一所二室一厅的房子里，两人个性都很强，也就难免生出许多的是非与恩怨，且看她是怎样介绍这位芳邻的：

芳邻之体貌酷似那位在轮椅上自学成才的女楷模，连佩戴的眼镜都惊人的相似，以致有同学干脆以那如雷贯耳的大名呼她，芳邻表情复杂欲应又止，不知是她愧不敢担此大名，还是因为"楷模"虽容貌端秀究非倾城倾国，而芳邻自以为是颠倒众生的尤物的。

接下来写两位的斗法，芳邻自然不是她的对手。上大学时，为泄心头之愤，芳邻曾潜入寝室，把她的小电饭锅接上电源一阵干烧，被她逮个正着。只有一点，芳邻说立志要生个男孩，结果是个女孩，似乎不能说是失败，若说是失败，也是败在命运的手里，不能说是败在我们的作者手里。就是倾心的交谈，也处处昭示着这一对新型女子过人的心智：

某日，芳邻忽然对我说："你真是太占便宜，我却是太吃亏了！你看你身上皮肤黑，脸偏长得好，你的脚难看，手却那么好看，你其实不瘦只是骨架小，别人都认为你苗条；我呢，身上皮肤多好，脸偏偏不争气，手虽没你的好看，但脚却很美，偏偏人又必须穿鞋，我其实不胖，只因骨架粗些，就显得不如你苗条。你是显露的才好看，我是披着的都好看，你倒是好，我真倒霉！"早已对丑美之类的评论宠辱不惊的我，对芳邻的谦虚和高论着实吃惊不小，将心比心，因着上帝恩赐给我的"便宜"而使芳邻"吃亏"，我从此对芳邻心怀莫名的歉疚。

这样的比美，这样的妙论，不是看杨海蒂这样坦荡这样尖酸的女人写的文章，你到哪儿找去？我没有去过海南，读海蒂的散文，却似乎嗅到了椰子的香味（问刚从海南回来的妻子，她说椰子是没有香味的，既已写上，也就不改了），看到了徐徐的海风的吹拂。

前几年，小女人散文受到批评时，我曾写过文章，为小女人散文申辩呐喊。话是那样说了，却不能说对小女人散文没有别的看法，若说它的优点是纯真的话，它的缺点也恰在这里。看不到巷里气，嗅不到烟火气，只能看到一个个清纯的女子，鱼儿似的游弋在一泓清纯的水里。固然赏心悦目，不也少了勃勃生机？

杨海蒂的文章，是个"异类"，也是个长进，它给小女人散文注入了的活力，不全是常人难以企及的高雅，也有人我相通的凡俗，这样一来，读者看到的，不再是一个绰约的身影，一缕淡淡的清香，乃是可以触摸的肌肤，可以窥知的心灵。于此可知，写散文也和写小说一样，敢于向读者展示自己的灵魂的，才是优秀的作家，不管这灵魂是高尚的，还是卑劣的——一旦写出来，卑劣也就化为另一种更高层面上的高尚。用句俗透了的话说，占便宜的还是你。

我不知道海蒂是怎样悟出这个道理的，我只是惊异在海南那样的地方，有人会做得这么好。可怜我，为文数十年，直到快要放下笔的时候，才悟出了这个道理。知道该怎么做了，却做不动了，不能说不是人生的一大悲哀。但愿这股从海南吹来的风，很快就能吹到北方来，滋润这块干涸的土地，滋润读者期待的心田。

1999 年 7 月 1 日于潺湲室

将"文坛刀客"大作交《中华工商时报》记者老乡，请他转呈邱华栋老师。话说该报副刊主编华栋，把自己的园子侍弄得风生水起，园中万紫千红的景色让我很是心仪。感谢华栋，同样素昧平生，不久就刊出，《海南吹来一股风》与刘心武、邹静之二位老师大作同版（剪报留存至今），使我大喜过望。顺便一提：没想到后来山转水也转，华栋成了我的顶头上司。

2001 年夏，要上太原参加新闻发布会。拜见"文坛刀客"的机会来了。

电话里，"文坛刀客"郑重其事，问我喜欢吃什么，说要尽地主之谊。我说，"韩老师，这次活动接待规格很高，吃住都在太原最高档宾馆，您就别破费了。我就是想拜见您。"他说，"既如此，就随你，让我女儿去宾馆接你，来家里聊聊。"

小韩姑娘表情疑惑，眼神闪闪烁烁，对我上上下下好几通打量，说，"怪不得我爸爸会给您写评论呢"，又一再追问，

"我爸真的没见过您？"

我哭笑不得，"你不相信我，还不相信你爸？"忍住没说的话是"难道你爸真的寡人有疾？"

韩夫人端庄贤惠，一看就是知书达理的好女子，将茶和水果端上，寒暄几句，闪人。

我把中华烟奉上，"早打听好了，知道您爱烟好酒。酒不方便带，失礼了。"

"文坛刀客"说，"我很意外啊。很感动。好些人，想要我写评论时，恨不得跪下来叫爷爷，得手后就无影无踪。像你这样，我文章都写过了，还主动找上门来感谢的，简直凤毛麟角。反正素不相识，你何必呢。"

我说，"韩老师，素不相识，您大手笔却肯给我这无名鼠辈写评，我三生有幸，终生铭恩。区区小烟，拿不出手，不成敬意，何足挂齿，您怎么这么说呢？"

也不记得聊了些什么。很快午饭时间到了，我向韩家告辞，回迎泽宾馆。

2003年秋，托柳建伟同志的福，被提携一同参加"全国著名作家三峡采风团"，与"文坛刀客"第二次握手。

之后十年，工作、生活颇多变迁，与"文坛刀客"再未谋面，连拜年都时断时续。每次（寥寥几次）收到我问候，"文坛刀客"都回"谢谢海蒂，还记得我，有情有义啊。"令我愧疚难当。

2014年冬，岁末，向"文坛刀客"发短信贺岁，回信让我发去地址，说要赠我旧作，没想到同时还收到书法大作，录的是傅山诗词：江北无梅只有雪，寒空万里清而洁。兴来写得一枝春，人力能补天地缺。

无论字还是文，真好！

老友记

一

认识王老师立敏，缘于一位文友的举荐，那时，她把某报文艺副刊办得有声有色，我的几篇小作承蒙不弃，两人便开始了交往。自然，晚辈后生的我，言必恭称她"王老师"。

究竟何时、怎样开始亲密无间的，两人都糊糊涂涂记不得，倒是我执弟子礼时的那段远距离交往，让我印象深刻——王老师的敬业精神、对年轻作者的真心扶掖，让我十分感动。她身上那股生命活力，以及脱俗的精神气质，则让我暗生将良师变益友的心思。

目的达到了，我很得意。

而王老师说，在见到我之前，她经常想象"任辫梢似'昆仑山上一棵草'在头上左摇右晃"的小女子，有着怎样一副尊容；就因为我文中这句话的"情调"，她便喜欢上了我。

王老师对文章的品味令我赞叹，对文学的挚爱更让我感动，她总是以文取人，我曾动情地说，"你是真正意义上的文学女人……"

王老师善谈国事，有大丈夫气。她认为"知识分子就应该以天下为己任"，时不时流露出因"位卑"而对许多事不能的遗憾。我笑着说，"咱们没能力'达则兼济天下'，能做到'穷则独善其身'也不错了嘛。"她过于耿直，比如有一次，一个爱码字的老板要请她上歌舞厅潇洒走一回，她坚辞不去，理由是"商女不知亡国恨，'商男'也这般没格调？这种沉迷于舞榭歌台的男人，为我所不屑。"自然，吃喝玩乐的巧宗儿从此与她几乎绝缘。

如果以为她不谙风情，那可大错特错。外形端庄的王老师，其美更在于气质——强烈的浪漫气质。浪漫的人，宁愿玉碎不肯瓦全。王老师的浪漫人生，自然不合乎规则，不合乎平常标准；她苦在其间，也乐在其中。

上品的花有色、香、味，出色的人富才、情、趣。在我眼里，王老师就是这样的女子。我们总是有说不完的话，经常一拿起电话就几个小时说个没完没了，到末了才惊叫，"又一顿伙食费没了！"

一个月明星朗的夜晚，我们漫步于大街小巷，聊着聊着，王老师突然驻足，神往地说，"如果一个男人值得我爱，哪怕跟着他推板车卖白菜，我也心甘情愿……假如他横遭不测成了残废，我养他！"她的脸庞蒙上一层圣洁的光辉，那种美，令我怦然心动。她真是九死不悔啊，看来，这辈子她是不可救药了。

行笔至此，忽然想起曾在影院观赏《泰坦尼克》时，我俩的没心没肺：身旁的少妇随着剧情哭得稀里哗啦的，我俩却一边胡吃海喝，一边嘲笑女主角"活像夜总会领班"，引来左邻右座的鄙夷和怒视；形势逼人，王老师立敏赶紧大声自嘲，"哪来这么两个没文化的女人，又吃又喝又说又笑的，真不像话。"我忍不住放声大笑。

每当我这般地笑时，她总是抗议："只有你，才会这么坏坏地笑！"

我也总是回敬："只有坏坏的人，才知道别人在坏坏地笑！"

二

回头想想，我不务正业的事情都少不了王老师立敏（天涯社区 ID "冬季听雨"）在背后的怂恿鼓捣，比如说上网开挂。我天性中对人是很专一对事是很专注的，就拿曾经沉溺过的打牌来说吧，直到落下颈椎病肩周炎，受到医生严重警告，才总算金盆洗手。既然如此德性，我一直不敢学会上网，怕的就是一旦失足落网，又是难以自拔。

有一次，酒足饭饱之后，"冬季听雨"抹抹满嘴的油水，开始严肃批评教育我，内容一言以概之：这年头，不会上网，对己对友都是相当不负责任的。这话差点让我当场跌倒。于是，当即扯着她风驰电掣到我单位，没带钥匙，我们就跳窗潜入。是夜，她手把手对我进行上网扫盲启蒙教育。名师出高徒，不多久，我就能与师傅狼狈为奸，四处大开杀戒，日夜杀得性起。有了我的为虎作伥助纣为虐，当晚，"冬季听雨"的石榴裙下尸横遍野，令我不忍卒睹。她乐不可支，得意忘形之下，上洗手间时一头撞到镜子上，眼镜飞进了茅坑，眼角膜险些飞了出来，吓出我一身冷汗。

一些日子后，我厌倦了这种你杀我砍的无聊厮杀，也深知再这样刀来剑往下去，自己恐难全须全尾而退，转而开始考虑从良。可干什么好呢？网络世界茫茫无边，哪儿才是我的伊甸园？我如无头苍蝇般乱窜，过尽千帆皆不是。如今已在美国挣绿钞票的旧日同事"一颗绝望的蛋"（天涯社区 ID）原本一直不动声色地冷眼旁观，实在不忍心再看我愁眉苦脸了，终于做出个《红色娘子军》里常青指路的姿势，为找不着北的我指点迷津：喏，这儿呢，天涯社区啊，散文天下、关天茶舍、天涯时空、舞文弄墨都很不错，你自己找组织去吧！

谢谢！我叩头拜谢"洪常青"后，开步踏上革命征程。很快便有奇遇。在天涯社区一通浏览下来，触目红树青山斜阳古道，果真桃花流水福地洞天。我深深体会到，前皇上为天涯题写的"碧海连天远，天涯尽是春"并非夸张修辞，就说这天涯社区吧，端的春色无边！

漫步散文天下，不由"柳眼梅腮，已觉春心动"。这里是网络世界中少有的净土，不仅作者阵容鼎盛，而且版主待人谦和，不见网友出言不逊拼邪斗狠，但看各位礼尚往来见贤思齐。总之，在散文天下，大家基本不必忧谗畏讥，更不用担心体无完肤。是啊，热爱文学，一般就不容易使人变坏，而爱好散文，就更使其成为同道中的君子。

散文天下，就此成为我的风水宝地。

拙作发表后，很快有了与斑竹和网友的互动，得到一些良师益友的关注、支持和鼓励（朴素、朱千华、杨永康、周闻道、恭小兵、我是奔哥、长沙艾敏、三千步等新老斑竹，开县橘子、经远管带、吊脚楼主、最后一个鲜卑、淡云秋雁、五月豆蔻、西夏公主、江南雪儿、雁—南—飞、没落贵族等网友，数不胜数，恕我难以一一列举），每份情谊都让我感动和感激。我只有以更加勤劳来报答大家，也因此，我在散文天下交到了越来越多的朋友。

承蒙斑竹的抬爱，朋友们捧场，拙作受到其他一些网站的关注，不断有人三番五次前来拉我加盟。盛情难却之下，我也曾心猿意马过，也曾红杏出墙过。然而，在那些大大小小的网站里，有的地方，人们错把傲慢当尊严，大家拈酸拿醋相敬如宾，死活不肯对别人说出一句哪怕是失语性的赞美话来；有的地方，人们分成七帮八派，帮派间你争我斗你砍我杀，打出一堆乌眼鸡来。切！

还是对散文天下从一而终吧，毕竟物以类聚最合适。

发表于《海口晚报》，获《女友》杂志与《海口晚报》联合征文二等奖

萍儿

昔日国际金融系同窗中，有对至今死党的狐朋狗友：萍儿、春晓。

春晓生就娘娘命，成功嫁入豪门，一直幸福地当着行长夫人，虽是业务骨干，也拿着国有银行高薪，但更多的是相夫教子，把小日子经营得有滋有味，自己永葆青春靓丽，羡煞旁人。

从面相上看，萍儿就不是个能享清福的主，不过，也看不出"女强人"的迹象啊，咋就能一再站上"中国经济高峰论坛"、而今又当选为第十二届中国经济人物呢？

萍儿大名：黄淑萍。

刚从百度处得知黄淑萍同志简历：上海鑫淦投资管理有限公司董事长、上海浦银投资管理有限公司董事。上海交大股权投资协会理事。曾任中国银行信托公司天津证券部总经理、招商银行上海分行支行行长等职务。

大前天晚上近十点，赶赴西苑饭店与萍儿会面，在房门口恰遇她被一干男女簇拥着过来，都是商界成功人士、中小企业领袖，争相与之商谈 IPO 挂牌细节——这些企业，已悉数入她囊中。

我一听这些就头大，自觉自愿侍立一旁端茶倒水，为别人口口声声中的"黄董事长"服务。

众人终于散去，我一步跳到她面前，斜着眼睛觑老半天："黄董事长？还以为你不过就是个高管呢！"

她气得鼻歪脸绿，"什么？多年前我都是总经理了！我自己都投资了多少家公司，你还以为我是打工的？什么狗屁朋友嘛。"

"哎哎哎，打工的怎么了？我就是打工的，我也没觉得自己就低人几等啊。再说啦，早知道你这么牛，我到上海时就不会自己掏腰包住酒店，放你的血多好，后悔死我了！"

我不知道她是啥情况，也不知道她都干些啥，就像她总是说不清我的单位，也不知道我究竟是何营生，她把我写的所有劳什子一概称之为"情书"——"你以前写的情书，都还在那儿呢""你现在主要还是在写情书？"——却从不妨碍情谊，无论多久不见，尽管"隔行如隔山"，但凡碰面，两人就胡说八道没个正经。

"你现在年薪多少？"她嬉皮笑脸。

不怀好意。懒得理她。

"红儿啊，你就是被这些什么文啊艺啊的给害的！"她嗤之以鼻，也痛心疾首。

多年前，她就说过这话。想想 70% 以上同学都已是大大小小的行长、总裁、董事长神马的，我不作声。何况我还在中行总行混过，后又考取中国银行外语培训中心强训镀金，这样的"资历"，当时凤毛麟角，起点不可谓不高，然而，自己死活要离开这个行当……遗传基因、命运密码决定的，我有什么办法呢。

"以后我找机会让你赚点钱。"她眼睛里满是悲悯。

要搁以前，自尊心哪受得了，现在，哈，何乐而不为？

不过，也还是得灭一下这家伙的威风，长长自己的志气："萍儿，我完成一篇文章的幸福感，就像你谈成一个项目；我的文章受到好评，就像你的项目赚到大钱，一样一样的成就感！"

"红儿，我备好房子，将来咱们一起养老。"说这话时，她法相庄严。

你孩子固然在美国上学，将来肯定留美国吧，但丈夫都不要了吗？我眼睛一热，鼻子一酸，差点流下泪来：这是一份多么扎实的情意啊。

已过子夜，她眼皮直打架，我赶紧告辞。左邻帅小伙正在门外，我们请他帮忙拍照。

我一搂她，她又嬉皮笑脸，对帅哥说，"这是我们校花，经常对我耍流氓！"

帅哥抿嘴直乐。

我说，"不是校花，是笑话！"

小伙子再也忍不住，哈哈大笑起来。

就在嘻嘻哈哈中，拍照片这会儿工夫，萍儿介绍了自己，了解了对方。

帅哥像仰望教母般看着她，给我们拍得格外起劲，交还相机时说，"我去跟董事长打下招呼，马上来跟您谈谈挂牌的事情。"

刚才睡眼惺忪的萍儿，立刻亢奋得像打了"鸡血"。

见势不妙，溜之大吉。萍儿强拉硬拽要我留宿，我可不陪她熬夜。

正要进电梯，听到背后追过来的声音，"如果有认识的人想挂牌上市，记得找我啊，我们是上海做得最成功的！"

我爱球迷

四年一轮回的世界杯又到了。虽然在德意志共和国那片正烽火狼烟的热土上没咱中国队什么事，但中国老百姓在失落之余依然如一位歌星所唱"今儿个高兴！"本来嘛，死了张屠夫，难道就不吃猪肉？

这些日子里，两个或更多的人碰到一起，如果说上了三句话还没有扯出德国、足球、罗纳尔迪尼奥等等，这些人准是文盲。有句全世界公推的名言：不热爱足球是没有文化的表现。其实我就未必有多少文化，但这并不妨碍我对于世界杯的到来同样欢呼雀跃，因为唯恐天下不乱的我，喜爱这种普天同庆的气氛，喜爱这时变得虎虎有生气的同胞。

我真喜欢绿茵场上的健儿，喜欢他们狼一般的机敏、豹一般的快捷、狮一般的强壮、虎一般的凶猛。不打仗就踢球，这才叫男人！所以曾经别的男人都难入我法眼，唯独那个坏小子马拉多纳害得我神魂颠倒，他在屏幕上的一切举动，都左右着我的视线，我总是幻想着那只著名的"上帝之手"哪怕只拍拍我的脑瓜子，我也一定从此对他终生不渝。

当然，这只是痴人说梦。后来我知道了这个坏家伙的所有恶习，尤其听说他还有私生子小马拉多纳后，我着实伤心欲绝了一段时期。现在我好了伤疤没忘痛，不敢再对这种天才巨星怀有痴心妄想了，比如"万人迷"贝克汉姆这小子，一看就知道也不是一盏省油的灯，我这"容易受伤的女人"对他还是趁早断念为妙。

一种情形不可能存在下去了，必然会有另一种情形对其取而代之，这是事物发展的客观规律。人总是要有感情寄托的，尤其是女人，她须得情感有所附丽，才能活得滋润。所以，我需要新的精神对象。我选择了球迷。

对于球迷的爱意，缘于我对他们的了解——这与情人们通常是"因为神秘而相爱，因为了解而不爱"的情形恰好相反。了解后再爱，才是真正的爱。人无癖不可与交，以其无深情也；人无疵不可与交，以其无真气也。我爱球迷，正是因为看到了他们的"癖"和"疵"中所体现出来的"深情"和"真气"：

春江水暖鸭先知，而球迷则是世界杯的报春鸟。时距世界杯还差几个月呢，球迷们就如同被火燎着了屁股的猴子，已经上蹿下跳不得安宁了。眼巴巴好不容易盼到能依稀听到世界杯的号角声时，球迷们每天比中了头彩还兴奋。为了落实消息，交流心得体会，他们不惜大打长途电话，虽然平日里对"生活在远方"的爹娘几个月都难得一次破费。当赛事来临，那才是球迷们的狂欢节，他们开始形象古怪行为反常，比如其白汗衫脏得让人不堪入目也决不肯换下，近看之下，才知道原来他胸前那一片污渍，是他所喜爱的球星用黑墨水签名的后遗症。半夜三更，朋友家被他们骚扰得鸡犬不宁，因为球迷独自看球不过瘾，他情愿特意开车去把同道中人接过来同仇敌忾。

球迷无限忠于自己崇拜的偶像——他们永远是正确的、最棒的，球迷为他们的表现欲仙欲死，忠实到了无以复加的地步。现代人谁都可能换上几轮女友或男友，然而球迷对他所崇爱的球队和球星，却是海枯石烂不变心，谁要是对他这份感情有所怀疑，那他感受到的侮辱比被人抢了自己情人还要大。球迷对偶像的一切如数家珍，对偶像的恶习无限包容，如果偶像退出江湖了，球迷会不知自己该怎么活，这世界将怎么办；如果他迷恋的球队里有队员跳槽了，他会恨之入骨，比女友背叛了自己还要痛心疾首；如果有人对这支球队略有微词，他定要大打出手；而如果这支球队覆灭了，球迷很可能要以泪寄情甚至以身殉情。所以，球迷在观看比赛时会大喜大悲，看到己方球队表现出色和对方球队发挥失误时，他会兴高采烈手舞足蹈；若看到对方球队有人出彩，他恨不能冲入现场，照准其屁股狠踹几脚；己方球员犯规，他暗暗祈祷不要被裁判发现，而对方犯规，他则一个也不饶恕……球迷先球队之忧而忧，后球星之乐而乐，身在曹营心在汉。这时期，他们的妻子或女友都成了"足球寡妇"，后院也如同绿荫场上那般烽火狼烟，但球迷们义无反顾。

　　超级球迷的奉献和牺牲精神，就更是令我感动。为了追随球星和球队，球迷砸锅卖铁以筹措费用，为此而家徒四壁、甚至女友反目也在所不惜。可怜的是，他们的痴心一片，对方并不知晓，或者毫不领情，但他们心甘情愿。在观众席上，他们呐喊得声嘶力竭，蹦跳得筋疲力尽，比赛场上的球员还累。然而，当世界杯的繁华褪尽，他们只能悄无声息地打道回府，荣誉、鲜花、美女都与他们无关，但他们无怨无悔。谁是最可爱的人？球迷！因此，本人真想宣布：如果有哪个球迷在本次世界杯中痛失了女友，我愿意拾遗补缺甘当后任，与他携手以待下一届世界杯的如梦佳期。

发表于《体坛周报》

夜雨寄北

我清晰地记得，我们的相遇，是在圣诞节的第二天，在一座美丽温馨的傍海酒店里，在那风光旖旎的海滨城市中。

我坐在了狂欢的人群之中。那是因为，你们明天将满载成功的喜悦和荣誉班师回朝。你们由北而南连战连捷，这儿是你们最后的驿站。

我被强烈地感染着，分享着大家的欢乐。但我的视线在一个英武的男人那儿有了片刻驻留——他一直微笑的脸上透着坚密刚毅，他纹丝不动的坐姿透着稳健沉雄。那是你。

我隐隐地感到了你在打量着我。我们的目光相接了。你几乎是难以被察觉地朝我点点头，我一时神情有些慌乱。

我后来知道了你是谁，我在心底里说：他果然不会是等闲之辈。

是我们相互的选择，还是别人刻意的安排？总之，在宴席上，我坐到了你的右边，或者说，你坐在了我的左边。同席在座的还有与你不期而遇的大牌电影导演、著名剧作家和大腕影视明星。在这"群英会"中，你是被众星捧着的皎皎月亮，而我感到自己是只丑小鸭。

宾主杯斛交错谈笑风生。我见识到你的旷达幽默，领略到你的睿智温厚。我的目光又一次投向你。

而你也似乎留意着我对名导赠我名片要我"多联系"的态度，我感觉到了你暗暗赞赏的眼神。我们都低头抿嘴一笑，此间只可意会不可言传。

大腕明星以一种轻薄的口吻谈到他的情人，我为那女孩难过，终于不平则鸣，愤然指责其"亵渎与自己相恋过的人就是亵渎自己的人品"，顿时满座寂然，人们的目光纷纷地安慰着蛮难堪的大腕，同时撇过对我"不知天高地厚"的责怪。我这才意识到自己"大义凛然"的过失，但我又感到委屈。我倔强地昂着头。我触到了你复杂的眼神，其中有很多关切以外的东西，但当时我没读懂。

月光如银，海浪被风卷起如一匹匹白色骏马狂奔，婆娑的树影掩映着雅致的木屋，沙滩上的小竹桥风情万种。不知从什么时候起，这醉人的夜色中只留下你我在倾听着涛声阵阵。

"好女孩。真是个聪明的好女孩。"你远眺着大海，像在自言自语。

"什么？"我问。

"我说你是个聪明的孩子，真聪明"，你猛然转身，说，"你思维敏捷，反应很快，说话机智，更难得的是你富有强烈的正义感，这样优秀的女孩我并不多见，何况你又那么——漂亮，真难得。"你俯身凝视着我的眼睛，急切地说："你很美，你知道吗？好女孩。你还有一种强烈的气质。你会成功的，你——也会吃苦头的。"你的眼里充满怜爱。

泪水在我脸颊上恣意纵横。苦难的童年，屈辱的少年，失意的现状。虽然也曾有过金榜题名和春风得意，来路却是不堪回首；虽然也常饱闻溢美之词，但难以听到这样撞击灵魂的声音。

"你不知道，我感到自己活得很……"我泣不成声。

"我却知道，鹰有时可能比鸡飞得低，但是鸡却永远飞不到鹰那么高。"你轻柔地为我擦去泪水。

山呼海啸，我只聆听到你剧烈的心跳；地老天荒，我只感受到你坚硬的脊梁。

你突然如遭电击般松开了臂膀。你一脸汗水。你走开了几步。我感觉到了，你在强抑着烦躁不安。

无言。只有涛声依旧。大海里几点渔火掠过。

"这是我从来没有过的意外事件"，你复归平静的脸上浮现出自嘲的意味，你的神情非常疲顿，像是刚经历过一场恶战。"你知道孔夫子有句话叫……"你寻求着我的目光。

"发乎情，止乎礼。我认为说'止乎理'，更合于情理——理智的理，理性的理。"我迎着你的目光。

"真是聪明的好女孩。"你喃喃自语。

你向我挥挥手。从此我们便成了彼此在远方的风景。

从来没有给你打过电话，尽管那些号码烂熟于心。只是，每当我遭受艰难困苦和濒临低谷绝境时，眼前便浮现出你激赏的眼神，耳边会响起你坚实的呼唤："好女孩"。"你很美，你知道吗？好女孩。"这个声音，监督着我的自尊自爱自信自强，鞭策着我去追求生命的美感而不是生活的奢华，鼓舞着我咬紧牙关向前。为了——不辜负欣赏自己的人；为了——日后给你一份慧眼识珠的喜悦。

日久天长，激情终会消退，人到最后，怀念和向往的总是对方的品质。

发表于《服饰文化》，《中外期刊文萃》转载

五块钱的力量

那年，因电视台要为我做一个专题片，我与摄影师和主持人费尽周折，终于得以搭乘南航部队的军用直升飞机，前往神秘遥远美丽富饶的西沙群岛。

飞机平稳地降落，如诗如画如梦如幻的西沙风光透窗映入眼帘，前舱的乘客欢呼雀跃着争先恐后往外奔跑。陶醉于窗外美景的我刚一回头，顿时惊呆了：单位一号人物正被众人前呼后拥着，气宇轩昂地从后舱朝我走来。舱外气浪近摄氏40度，可与他四目相对时，我感到一股阴森寒气扑面而来。

世界上就有这么不可思议的巧合！此刻，我刻骨铭心地领会了"冤家路窄"四个字的真正含义。

命运这个东西实在难以捉摸。我不过一介小民，按照常情常理，哪里够得着招惹高高在上的领导大人？然而，莫名其妙地，我就是逆了他的龙鳞。权力总是会不动声色地发出它的声响，并迫使人们去理解这一声音。大佬既欠雅量，属下也大都懂得与时俯仰，人们的逢迎反过来又加持了其为官处事的暴烈。我受到了诸多不公正待遇，令我既悲且愤。为了消灾解难，也为了表示抗议，在很长一段时间里，我选择了消极避世的人生态度。几年下来，我精神几近崩溃，快要支撑不下去了。

这一切，自然不足与外人道。不明就里的西沙首脑，把我们两拨人安排到同一辆车上。汽车缓缓行驶着，我如坐针毡——与上司相隔一个座位，却分明受到烈火炙烤。我的心境，一如车窗外无边无际的南中国海，表面上风平浪静，底下则暗流汹涌。

"大海有真能容之度，明月以不常满为心"，面对"海纳百川，有容乃大"的浩淼水域，我脑海里涌出一位历史人物的自勉。大海的浩瀚，历史的沧桑，现实的无奈，更让我生发出"人生卑微，沧海一粟"的喟叹，同时顾影自怜：即使逃避到天涯海角，也躲不过命运的捉弄。

汽车走走停停，每到风景奇绝处，摄影师就见缝插针为我拍摄镜头。上司的脸色越来越难看，我越来越惴惴不安，旁人都感觉到了，他的秘书更是洞若观火。当一行人来到西沙岛上唯一的一座寺庙前，敬天奉神的我，却因为身无分文（我和"摄制组"同伴都把物品放在已经开远的车上）而无法遂愿敬上一炷香。失望，失神；我正欲转身离去，一直肃立在旁默然不语的领导秘书，从口袋里掏出五块钱，递了过来。

我愣愣地看着他，纹丝未动。这太出乎意料了，猛然间我根本反应不过来，因为，在那栋大楼里，他最清楚上司对我的一贯态度，何况，上司就在旁边，面带愠色地紧盯着我们的一举一动。

见我木然，秘书把钱轻轻地塞到我手里，清晰地吐出三个字："给你的。"他的眼睛比西沙的海水还要清澈，他的面容和煦得像海边轻轻拂来的一缕微风。

我低下头，默默地接着。顷刻间，我听到自己心灵深处冰雪消融的声音；一行泪珠从眼角悄悄沁出，伴着温暖的海风腻在脸颊上。

我仰起头，抬眼望天空。天际退得很远很远，阳光穿越云朵的缝隙，在海面上热烈地迸射出万道光芒，带着向日葵的醇厚香味，撒下一片金黄；海天一色处，湛蓝清新得像山野间的矢车菊花瓣，晶莹剔透得如世上最纯净的水晶。

然后，我绽开了灿烂的笑容。

是这五块钱的力量，牵引着我走出那时那片命运沼泽地。

发表于《文学报》

我与姐姐

姐姐名字叫海棠，比我大不到两岁。

小时候，也许就因为姐姐与我年龄相仿、个头等高，我从来都大咧咧直呼其名：海棠！即使有求于她、她趁机威逼利诱让我"叫姐姐！"时，"姐姐"二字我也讷讷难以出口，对此姐姐曾经总觉得自己吃了亏，心里一直颇不畅快。

据上辈人讲，姐姐是人见人夸的乖女孩，我则整个一坏小孩。比如说照相时，姐姐准能按照大人的旨意甜甜地笑着，我却比褒姒还不爱笑，而且不肯受任何摆布。又比如玩玩具，姐姐一定能将它们完璧归赵，而任何玩具到了我手里，不出几分钟便会四分五裂。母亲说之所以让我四岁就上学，让我与姐姐同一个班级读书，就是因为没有玩伴的我时常闯进课堂对姐姐胡作非为，而姐姐每回都只是无可奈何地哭泣……

对于如此这般的说法，我一直很是怀疑。在我的记忆深处，母亲、老师和姐姐曾经是压在我头上的"三座大山"，姐姐对我更是无恶不作：她会悄悄地把我辛苦种植的玉米苗连根拔掉，会偷偷地把我的百宝箱摔得粉身碎骨，诸如此类的"罪行"不胜枚举。告状更是她整治我的第一法宝，我生性偏又倔强，不肯为自己辩白、求饶，因此没少挨打受骂，透过泪水朦胧的双眼，我总能看见姐姐那一脸的幸灾乐祸。

5岁的弟弟倒肯说句公道话。别人问他，"小家伙，你两个姐姐哪个更好？"他毫不犹豫地回答，"没一个好东西。大姐'阴'着坏，二姐'阳'着坏。大姐更坏。"当时，姐姐对弟弟的"忘恩负义"恨得咬牙切齿，我则对弟弟的"仗义执言"乐得手舞足蹈。

姐姐有理由认为弟弟忘恩负义。为照看弟弟，姐姐曾停学两年，两年后从小学一年级直接升级到四年级，导致她算术成绩一塌糊涂。她在文学方面却天赋极高，从小学四年级起，她的作文就是范本；上中学时，她是闻名遐迩的才女；高考时，凭着生花妙笔，她力挫群雄，成为艺术院校编导系在我市张榜的状元。她的家书被父母津津乐道，父母一提起就眉开眼笑；同窗好友把她的书信装订成册，处处炫耀说"海棠是大陆的三毛"；她与男同学对阵口诛笔伐时，对方称她为"心狠手辣的王熙凤"，同时又为她的文采折服。

"王熙凤"自然能当领导者。少先队大队长、班长、团支部书记，这些"官衔"让姐姐从小到大风光无限，让只能当当小组长顶多是个文娱委员的我曾对她无比崇拜。中小学老师常夸姐姐，"这女孩真好，文文气气，走路都怕踩着蚂蚁似的"，一边夸一边用眼睛斜睨着我，他（她）们哪里知道，姐姐振臂一呼便能应者云集，上课时，就在老师扭过头去板书的瞬间,一溜人马跟着她逃之夭夭。上山采野果,下河摸鱼虾,这是"日常课程";偷红薯、板栗、枇杷,把河里游泳者的衣裤藏起来,"挑动群众斗群众",始作俑者都是姐姐。我虽为老师的不辨忠奸感到十分冤屈,却从不敢对姐姐检举揭发,相反,我是她忠实的追随者。

但我们的和平共处仅限于狼狈为奸时。平常,我和姐姐仇敌般一见眼红,一言不合便你揪我耳朵我抓你辫子,拳脚相向也是常事,到了恼羞成怒的地步,棍棒、凳子、剪刀都是两人自卫和进攻的武器。常常被打得落花流水的是我,每每抱头鼠窜落荒而逃。为了报复,我在她睡着后狠命地掐她的腿和脚(两人睡一张床,盖一床被),于是,被子里又是一场恶战,两人如蛇一般钻过来游过去,你掐我我揪你(还不能发出声响,否则母亲会对我们各打五十大板),最后,以战败方不敢缩回被子通宵横睡在枕头上而告战事结束。成年后,我和姐姐有一次回忆起当年的这般情景时,两人在大街上笑得前仰后合,笑得涕泪纵横,惹得行人纷纷对我们侧目而视。

我和姐姐终于和为贵,是在她过十六岁生日那天。那天,作为全市乒乓球赛新出炉女子冠军的姐姐,随团整装出征,参加省乒乓球全民选拔赛赛事。尽管姐姐在团里年纪最小,但她在我的心目中非常伟大,要知道,她是在乡下那用土砖搭砌成的乒乓球桌上练出来而一路过关斩将杀入省城的啊。在火车站站台上,送行的我一脸景仰地仰望着坐在列车车厢里的姐姐;姐姐宽厚地微笑着,对我左叮咛右嘱咐,使我如沐春风。从那一刻起，我感受到了她的成熟和温暖。

实话实说，小时候的姐姐属于丑小鸭一族，自然，这是她最不愿意提及的。尽管乒乓球赛事铩羽而归，但归来的姐姐竟出落得如海棠花般美丽且有韵致，这可是意外大收获。美丽的女子自信，自信的女子宽容。姐姐开始对我宽大为怀，甚至会由衷地赞美我，使我受宠若惊。

渐渐地，我们姐妹成为无话不谈的知心密友，无论喜怒哀乐爱恨情仇，我与姐姐总是会与对方一起分享或分担。

正当大家对以优异成绩毕业的姐姐充满期待时，姐姐却因一舞钟情，而对方只是个徒有其表的奶油小生。"名花"归这么个"主"，大家全都跌破眼镜。一边是满嘴抹蜜的奶油小生，一边是坚决反对的亲人、恩师、朋友，陷入情劫难以自拔的姐姐无所适从，悄悄留下一封遗书，准备在两天后出差庐山时，从舍身崖上纵身跳下去一了百了，好在被密切监视她动向的我发现。本着"我虽反对你的爱情，但誓死捍卫你恋爱的权利"的信条，我成为替姐姐传送"鸡毛信"的"海娃"，并竭力帮她游说众志成城的反对派。经过三年艰苦卓绝的抗战，姐姐与奶油小生终成眷属。从此，姐姐拘于方寸天地，沉于柴米油盐，与事业誓不两立。一晃七年过去，在公众视野中早已消失身影的姐姐，带着五岁的女儿净身出户，逃到我处安身立命。

回首前尘往事，姐姐恍若隔世，如梦初醒。梦醒时分，现实是残酷的。"但当初那个梦还是美好的啊"，姐姐说。对于过去，她无怨无悔。她说她以后依然会爱情至上。

我的青春期，我的爱情观，甚至我的人生道路，深受姐姐的影响。我少女时期的文学阅读，大多来自姐姐的引导。曾经，我和姐姐一起为琼瑶笔下的人物落泪，一同向往三毛超凡脱俗的爱情与人生。

姐姐又拿起了笔，说是要"待从头，收拾旧山河"，扬言要尽快名满天下，多挣些银子供养女儿。她对着我摇头晃脑，"予岂好名乎？予不得已也。"

我看着这个叫作海棠的国色天香，嬉皮笑脸地笑了。

发表于《红豆》，入选《最受读者喜爱的文章》（中国华侨出版社）、《感恩亲情美文 32 篇》（文化艺术出版社）、《感动人一生的 100 个亲情故事》（中国和平出版社）、《有一种幸福叫感恩》（中国华侨出版社）、《我的兄弟姐妹——38 个暖心的亲情故事》（内蒙古文化出版社）等

夜色如水

晚饭后，母亲跌了一跤，我和弟弟冒雨送她上急救中心，拍 X 光做 CT 透视，被诊断为左腿粉碎性骨折。母亲骨质疏松严重，腿原已摔瘸。打完石膏绷带后，各种仪器复查一遍，回到家时近凌晨四点。

守候着心理几近崩溃的母亲，全家彻夜未眠。

一大早，我就去退掉原本中午启程回京的机票。有再要紧的事情我都得放下，面临多大的难处我也得留守。这是我应尽的本分。人，只有承担起责任和义务，才能心安理得。我忧惧"子欲养而亲不待"，我不要日后良心不得安宁。

日夜为卧床的母亲端水喂饭接溺擦身。凝视着飞速进入衰老阶段的母亲，无比心酸。照顾孩子时，我们看到的是生机和成长，照料双亲，却是往相反的方向而去。两年前，我曾每天心如刀绞地看着父亲受尽病痛折磨，眼睁睁看着他咽下最后一口气，那种撕心裂肺的生离死别之痛，简直要彻底颠覆我的人生观。现在，面对老弱病残的母亲，我努力平复着心情，我必须学会正视和接受：离别是人生的必然，我们注定会一个个地失去自己的亲人。

悲悯之情充盈心间。年岁越长，经历越多，越能深切地体会到哲学家罗素"对于人类苦难痛彻肺腑的怜悯"的感受和情怀。

几天后，母亲在别人帮助下可以坐起来了，心情逐渐好转，有时会独自安静地阅读。我惊讶地发现，她居然越千山万水把我出的书从老家又带到这个海岛上，每逢有人前来探望，便大力推荐宣扬。

我为之动容，也于心不忍。我的文章，她常引以为骄傲，尽管没有一篇写到过她。父亲生前欣慰地阅读我抒写他的文字时，她悄悄地走开，久久地沉默。

可是，我一直不能够去写她。少儿时期饱受母亲打骂，我们姐妹心目中的母亲，严厉有余而温情不足，我们不曾在母亲的怀抱中撒娇，相反，很多年里，见了她犹如老鼠遇到猫。尤其我，因为性格倔强，更吃尽了苦头。这是我心底永远的隐痛。弗洛伊德说，童年经历影响人的一生。曾经，我不无幽怨地想过：我的人生如此失败，我的命运这般多舛，未必不是根源于此。

给母亲洗衣服时，发现她口袋里放着香港影星钟楚红的照片，是从报纸上剪下来的。我打趣道：哟，老妈还追星呢。她说：我才不疯疯癫癫呢，留着它，是因为你跟她长得很像，她这张照片照得也好。

我的眼睛湿润起来。"有人说我脸上白胖一些时，就不像爸爸而像你呢。"我的声音柔柔软软的。

"是吗？"母亲开心地笑了，露出一口洁白的牙齿，"我生的女儿，当然要像我。"

想起朋友的话，"其实，你有不少地方像你妈。你的牙齿，就越来越像她。"我揽过镜子龇牙咧嘴，果然：下排牙齿参差不齐，排列方式与母亲的一模一样。

心下一惊，突然间意识到，岂止容貌，我像母亲处还有很多很多。如果说我具备些灵慧和才艺，多半来源于母亲对我的馈赠。母亲总是得意地说我的语言和文字能力强，得益于她。母亲有时颇富幽默感，我则偏爱写女性很少涉足的幽默小品文。我不屈不挠的个性，也传承于她。而我的字，写得跟她的同样难看。我甚至发现，命运也是能遗传的。

是的，自出生起，母亲早已给我的生命打上了不可磨灭的印记。

为了给母亲解闷，我们姐妹为她举办个人演唱会。没有目迷五色的舞台，没有鼓乐齐鸣的伴奏，是在病榻上，在亲朋好友前。母亲躺着唱，坐着唱，唱得很认真很投入，从20世纪50年代的革命歌曲到当下的流行音乐，几个小时唱下来，精疲力尽仍意犹未尽。

母亲挺满足，我心里却很不好受。我听说过，母亲念过省师院艺术科（系），演唱过歌剧《江姐》，被称为"刘三姐"，当过报幕员、"红展"讲解员。

"妈，你怎么会改行当老师了呢？"我非常自责，自己太不了解母亲了。多年的记者生涯，我采访过多少人啊，却从没有想到过采访父母亲，真是没心没肺，而父母却总是给我鼓励为我喝彩。从今天起，我要多多地与母亲作心灵交流，我要写母亲，用心写，好好写。

听说我要采访她，母亲兴奋得不知如何是好，一刻都等不及，连饭也不要吃。

母亲庄重地讲述，从根上说起。她有过刻骨铭心的感情，尽管毫无肌肤之亲，但对方给她写的话画的图，她一一道来记忆犹新。命运的阴差阳错，使他们互相成了镜花水月。她14岁起就跟我父亲同窗共读，"对他没有感觉"，然而，十多年后，在担心国民党"反攻大陆"的我外祖父逼迫下，她十多天内就下决心把终身托付给他。

我失声惊问："为什么？"

她一声叹息："唉，今生姻缘前世定！"

一时间，我心里长出无数触手，想去抚摩眼前这个身心沧桑的老人。

以前，在父母的争吵和矛盾中，我们姐妹感情上多半偏向父亲，却原来，"文革"中，是我的父亲连累了她，使她受到灭绝人性的文攻武斗，更使她彻底改变了命运。但她原谅了丈夫，而且，无论承受来自组织上和亲朋间多大压力，她坚决不肯离婚。对任何人，她都只说这一句，"我不能对他落井下石，不能扔下两个幼小的女儿不管。"

母亲为自己的选择付出了沉重高昂的代价。她被下放到山区当农民。进山的时候，她手牵着我姐姐，因"家庭出身不好"而少年辍学的舅舅肩挑箩筐送行，箩筐一头是我，另一头是母女三人的全部家当。我们被安置在山上一"五保户"家，母亲披星戴月外出耕种，我和姐姐由孤寡老奶奶照看。

一年后，母亲被"解放"，奉命组建当地小学。校舍是一座破败不堪的房子，孤零零远离村庄，解放前是祠堂，解放后当敬老院，"文革"中关押"犯人"，传说一到天黑便有无数屈鬼冤魂出游，连村里壮汉都不敢入住。我们在这所摇摇欲坠的屋子里，住了整整六年。我隐约记得，一到黄昏，母亲就将大门紧闭，日复一日地，母女仨枯坐在一盏昏暗的煤油灯下，听风吹雨落蝉鸣蛙噪，以及夏夜里晒谷场上依稀传来的孩子们的嬉闹声。现在我才明白，那是母亲对我们姐妹也是对自己的保护。一个正值年华风姿绰约的女子，带着两个弱小懵懂的女孩，孤儿寡母沦落异乡，自然，她必须时时提防处处小心，躲避一切是非和麻烦。

母亲把学校治理得井井有条，把学生管理得服服帖帖。在政治、语文、算术、音乐、图画课之外，公社要求开设珠算课，她便无师自通学会打算盘。一个乡村小学，居然教学、文艺、体育各项都在全区名列前茅，被传为佳话。母亲受到敬重得到器重，被调到公社中学任教任职，并领导公社"毛泽东思想文艺宣传队"。而那些年里，她的父亲因"历史反革命"罪入狱，她的母亲被人打聋含恨病逝，她的丈夫在劳改农场"改造思想"。

我的心骤然一阵疼痛。一个无依无靠的女人，一个忍辱负重的女人，要怎样坚强的心灵和不屈的意志，才能在乌云笼罩的苍穹下，独力为孩子支撑起一片天空啊？女人是弱者，而母亲是强者！

一点点想起母亲对我们的种种好来：在乡下时，母亲省吃俭用，给我买昂贵漂亮的灯芯绒外套，使我成为小伙伴们羡慕的对象；开全公社教师大会时，母亲经常带上我，让我在公社广播里念报纸，大人们夸我"比很多民办教师都念得流利"，她的自豪常常溢于言表。常有顽劣的孩子或地痞骂着"地主崽子"扔石子泥块欺负我们姐妹，为了维护孩子的自尊，不管对方多么强横无赖，母亲不依不饶直到他赔礼道歉才肯罢休。我和姐姐还没上中学，她就日夜为我们将来要面临的"上山下乡"担惊受怕，想方设法走后门买回缝纫机让姐姐学一技之长。后来，全家回城了，我们也长大了，每当远方求学的我放假回家，母亲总是欢快地见人就念叨"二小姐回来了"……

一股股热流从心底涌上，情不自禁地，我拥抱了母亲。平生第一次，我拥抱了生我养我的母亲。母亲怔怔地看着我，像个孩子，不知所措，受宠若惊。泪珠大颗大颗顺着我的脸颊滴落。我热切地呼唤着："妈妈，妈妈！"

"有句话，我一直想要告诉你"，母亲说，"我知道，我不是慈母，对此，我很内疚，但是，我是个负责任的母亲……"话音未落，她嚎啕大哭。母女哭成一团。

母亲，我忏悔，以前对您有失宽容体谅，其实由于我的心智不够成熟；对您的责怪苛求，更是缘于我的狭隘、自私和执拗。现在充溢我心中的，唯有对您深深的感恩——人世间，爱莫大于责任啊！

窗外，夜色如水，月亮的清辉遍洒大地，映照着街巷里弄的尘世流转四季轮回，还有屋里两张泪眼婆娑的脸。

我紧紧地紧紧地搂住母亲，生怕一松手就会坠入时空的无垠生命的虚无，不断喃喃着："妈妈，妈妈。"

妈妈，妈妈。再没有哪个称呼像"妈妈"一样，对我具有如此深沉和永久的吸引力；也不会有其他任何一个人，能这样地令我永远思念和牵挂、心痛和感伤。

发表于《飞天》，获孙犁文学奖（散文奖）、海峡两岸"华夏母亲·西王母"全国散文诗歌大赛征文一等奖、"漂母杯"母爱主题全球华语散文征文二等奖

父亲的二胡变奏

未等消除旅途劳顿，父亲便兴冲冲从皮箱里取出二胡，坐到我新居的落地玻璃窗前，摆好架势，头微微昂起，两颊红润，双目半闭，嘴角漾起笑意——

明媚的阳光透窗而入，把他轮廓分明的脸部线条，映照得分外柔和、生动。

猛然，一阵群马嘶鸣声从父亲手中的弓弦间爆出，使我精神为之一振。紧接着，一段跳跃式的优美旋律欢快蹦出，仿如拉开"那达慕"节日草原牧民赛马的序幕。我仿佛看到，澄澈灿亮的丽日晴空下，一望无际的辽阔草原上，千军万马整装待发，熙熙攘攘的围观者个个流露出纯真的喜悦之情。

快弓、跳弓，热烈奔放的快板，坚定有力的强音，让我眼前浮现出万马奔腾纵横驰骋、万众欢腾兴奋昂扬的景象；继而，急促音型的宽紧相间，分解和弦的跌宕起伏，将宏大磅礴的气势、紧张激烈的场面次第展现，如排山倒海，似疾风骤雨；拨弦、颤音，父亲手指灵巧地拨弄着内弦，"嘚嘚"，"嘚嘚"，那清脆而富有弹性的阵阵马蹄声便由远而近，渐

303

渐地，群马飞奔变成一马当先，它从遥远美丽的草原翻山越岭而来，在蓝天白云下恣肆激越势不可挡。

我的心灵，跟随着父亲悠扬的琴声在苍穹中回旋飞翔。

低音，转而音阶向上，再急速跃向顶点；一个铿锵有力的羽音被陡然切住，强烈高亢的旋律就在坚定的节奏中戛然而止。从父亲的演奏中，我看到了一个古稀老人的心是何等的饱满、欢乐和安详，听到了一颗豪迈炽热的心在向生命和未来热切地呼唤。

赛马落下帷幕，人们欢呼雀跃，草原一片沸腾。

一曲《赛马》终了，激情洋溢豪情满怀的父亲定格成一尊雕塑，神情如痴如醉酣畅淋漓。良久，父亲出神地微微一笑。这光华灿烂的笑容，使得宽敞洁净的屋子更加明亮起来。

倏地，隐藏在我脑海深处的记忆之闸，刹那之间打开了；泪水瞬间奔涌而上，模糊了我的双眼。童年往事，历历在目：

秋气肃杀的黄昏里，群峰遮掩斜阳，暮色笼罩大地。父亲从劳作的田间拖着疲乏沉重的步子归来，慢慢走进低矮破败的泥土屋里，从简陋潮湿的墙壁上取下二胡，神情黯然默默无语地出来，枯寂地坐到门前。凉风习习乱草萋萋中，父亲风霜忧患的面容，孤单凄凉的身影，在我幼小的心灵上打下了深深的烙印。

父亲深深地低下头去，开始演奏《江河水》。

乐曲从最低音区起奏，如泣如诉，凄切忧伤流淌于波浪式起伏的音阶中；继而，旋律连续上扬，大跳至高音区后又连续下行，如江潮排空，似惊涛拍岸，表现出无比的悲痛激愤；之后，乐曲节奏转为抑扬顿挫，如江河水在群山峻岭中辗转蜿蜒，表现出极度压抑之下的痛苦悲伤，令人心碎魂断……随着轻拉慢揉的音乐从父亲指间缓缓流出，使人依稀看到一个缟服素裙的古代女子，孤苦来到当年送别夫君的江河边，面对滔滔不绝的东逝水，倾诉着对外服劳役而客死异乡的丈夫的深切思念，哭诉着无依无靠走投无路的悲苦心境，时而悲戚，时而悲愤，时而悲恸，那种深沉内敛宛如杜鹃啼血的抽泣哀怨，那种血泪交织、惊天地泣鬼神的控诉，那种叫天天不应喊地地不灵的绝望，直令人肝肠寸断撕心裂肺！

余音未绝，我看到父亲仰天长啸，听到陆续前来围拢倾听的山民们长长的叹息。我掩面远远地跑开，为了不让父亲和人们看到我夺眶而出滚滚而下的泪水。我虽年少懵懂，也能感受到父亲从文艺工作者一夜间变成劳动改造者的冤屈和苦闷：他登台的权利被剥夺，他创作的才情被扼杀，他言行的自由被限制，这对于一个正值英年的人来说是多么的残酷啊。孤愤、悲怆又无奈的父亲，只能把自己的灾难、世间的苦难、祖国的磨难，全都诉诸于幽咽呻吟的二胡曲。

庆幸的是，华夏神州斗换星移、沧海桑田，父亲的坎坷，连同家国的动荡，也早已流逝于浩渺的历史长河之中了。

……

耳旁响起喜庆悦耳的乐曲声，这回，父亲拉的是生机盎然的《百鸟朝凤》。在一片鸟鸣啁啾中，我会意地冲着父亲笑，父亲也笑吟吟地朝我颔首。

这样一个充满了阳光和温馨的清晨，我将永远不会忘记；我将永远不会忘记，这样一个充满了阳光和温馨的清晨。

发表于《海南日报》，中国网、网易、搜狐、南海网、中国网络电视台、东莞时间网等转载

忆祖母

祖母的音容笑貌，在我记忆中已经模糊，即使每日面对她老人家的遗像，我还是难以断定那是否就是她生前形象的真实写照。

我想这是由于我对祖母的感情超乎寻常的结果。我们如果深情、强烈地爱一个人，反而会记不清他的具体面貌，因为我们把他神化了。

祖母是饱读诗书的大家闺秀，也曾是享受过富贵荣华的知县夫人，后来，命运把她抛到社会最底层，她坦然认命，默默承受起一切身心折磨。她在晚年"悟无为，参妙法，朝夕礼拜佛菩萨"，对人生只求平安，然而她感情强烈的性格始终没有改变。

几乎还在襁褓之中，我就被送到祖母身边，老人家含辛茹苦把我拉扯到三岁。大概因为我长得像父亲像祖母，祖母对我溺爱到旁人匪夷所思的地步。幼年的我顽劣任性，经常把有很强洁癖的祖母捉弄得苦不堪言，但她从来不忍心责骂我，倒是我乖巧听话的姐姐反不甚得她欢心，这在她为我和姐姐做布鞋时就毫不掩饰地体现出来——给我的精美之至，谁见了都觉得应该被当作艺术品展览，而给我姐姐的就相差甚远。类似的事情，总是惹得偏爱我姐姐的母亲心生怨恨。

最后一次见到祖母是在六岁那年。在祖母处居留的暑假期间，有几件事情令我印象深刻：一个黄昏里，我趴在小河边玩耍，全神贯注到忘了回家，祖母一路呼唤急切寻来，见到我时，两眼的焦灼立刻转换成满眼的笑意，还情不自禁念起两句古诗，"最喜小儿无赖，溪头卧剥莲蓬"；有一次，祖母费尽力气从吊井里车上水，颤巍巍挑上坡时，脚下一滑，人顺坡滚落下去，不幸被岩石撞得头破血流胳膊青肿，当祖母浑身湿淋淋地进门时，我扑过去伤心大哭，祖母放下摔破的木水桶，没有去换衣服，也没有落泪，而是一把搂住我，欣慰地抚摸着我的小脑瓜说，"真是有良心的女女，婆婆以后就有指望了……"

然而，四年后，祖母不堪磨难与世长辞。我不仅没能报答祖母养育之恩，反而连奔丧都没能前往，这是我内心深处永远的伤痛。

少年时代多愁善感的我，在课堂上总是凝望窗外，任思绪百折千回；泪眼朦胧里，我脑海中虚幻的祖母款步而来，听我梦呓般地向她倾诉着思念，这时候，祖母总是用慈爱睿智的目光静静地注视着我。

成年后，但凡清明节前夕，我千里迢迢赶回故里为祖母焚香诵经，祖母便会栩栩如生地出现在我梦里，让我重沐她爱的光辉。梦醒后我泪湿寒衾，深感阴阳两个世界也能灵犀相通。

现在，祖母成了我的一种精神象征。

发表于《岁月》

卫慧印象

正在复旦大学读文学博士的好友丽洁打来电话：海蒂，在卫慧的网站看到她写到了你，还有你们在一起的照片。

哦？我心中一动。

不久又听朋友告知：《上海宝贝》一书在国外卖出高价版权后，卫慧赠送了数目不菲的一笔酬金给"恩人"，以谢提携之恩。

是吗？我心中又是一动。（后来向白烨老师求证，白老师说只收到过卫慧送的一件白衬衫。）

已经淡忘了的卫慧，便从记忆中走了出来。

三年前的深秋时节，名字正被国内外媒体爆炒的卫慧来琼，在广州的朋友伊萍要我接待，使我与卫慧有了"第一次亲密接触"。我无法把她与《上海宝贝》折页上的照片联系起来，也许她那时心力交瘁而太憔悴之故吧。当时的卫慧是个敏感人物，舆论漩涡中心。不管人们捧也好，骂也罢，在我看来，她很有才气和灵气，只不过言行有些出格，弄巧成拙致使结果出位。当然，你可以不认可她的做法，但不能不承认她在名气上的大功告成。

对于几乎路人皆知的《上海宝贝》，我始终没有多少兴趣，并不是我故作清高，而是它的确不合我的胃口。我偏爱有思想深度有哲学理趣的作品。但是，面对中国最知名的"用身体写作"的"美女作家"，不谈谈她暴得大名的《上海宝贝》似乎有悖常理常情，因此，在她下榻的酒店里，我问起《上海宝贝》作为"半自传"的可信度，我毫无心机，以朋友的身份坦诚相问；"一半真的，一半假的"，她的语调和表情都是外交式的，让我立即感觉到自己交浅言深的浅薄可笑。"哪一半是真，哪一半是假？"我的执拗劲儿上来了。她不回答，却突然说了一句很黄很暴力的话，让我不敢相信自己的耳朵，在此我只能把那句话轻描淡写一番，意思是她想对一个女人如何施暴施虐。我目瞪口呆，继而认为这大概是她故作惊人之语，要么就是她已经玩世不恭。

关于"卫慧迷"，我和朋友都定错了位。当晚，我打电话叫两个闺蜜来亲见最负盛名的"美女作家"真容，不料两个混蛋异口同声说"免了"，而循声前来的另外两位才女，又对她打不起一点兴趣，弄得我这个"地主"很不自在。后来才知道，男性读者才希望能一睹卫慧芳容，有位新闻界同仁就曾揪住我胳膊愤怒声讨，"为什么不让我见卫慧？！"唾沫分子喷了我一脸，吓得我连连后退。有男同胞不断追问我"卫慧住上海最豪华的别墅吧？听说她至少有了几百万……"而同事则毫不留情地质问我，"她肯定要坐奔驰宝马吧，会坐你的车？"言下之意，我开车带卫慧逛街是在吹牛；如果我告诉他我带着卫慧在街边摊点吃早餐，恐怕他要怀疑我在故意诽谤和贬低卫慧。

"海蒂，我是一分钱也没有……我可能只有靠假结婚出国"，我驱车时，卫慧忽然声息软软地说。这时候的她显得无助、迷惘，已全然不是媒体上渲染的那个"疯狂的卫慧"。由于有过教训，我担心她这些话又是障眼法，我很认真地观察她的眼睛，认定她是真诚的。于是，我怜香惜玉，不胜唏嘘。

我和伊萍还有伊萍的老领导陪卫慧去三亚。途中，不记得我和卫慧怎么评价起了某报总编，她不屑，"他是个上海男人。"那种口气，与小品演员一旦演小男人时就故意装上海腔有异曲同工之处。我坚持说，"但他是个性格豪放的上海男人，看上去挺大气的。"她似乎有些愠恼了，加重了语气，"可是他就是个上海男人。"一时车里鸦雀无声。我默默地想，她对上海的所谓"痴迷"，也许不过是种假心态。

刚到三亚，任职于某大酒店的我老乡兼文友朱文平宴请，也算是为远道而来的卫慧接风。大家酒足饭饱后，文平兄又领我们去三亚最好的夜总会消遣。我们又唱又跳，唯有卫慧很不开心，不时起身离开，在座时也闷闷不乐，对谁都不理不睬。我不知道她又有哪根神经被触动了，直后悔自己多此一举，暗骂自己"真是吃饱了撑的"。后来，卫慧把在海南见到她的男性读者都归为另类，声音幽幽地对我直言不讳，"那是你的崇拜者，我没兴趣。"我哭笑不得，但也从此对她有了理解和怜爱：她既不是一些人眼中的天仙，也不是另一些人笔下的魔鬼，她是个外形瘦小内心脆弱的女孩子，她的天性其实是本真和坦诚的，只不过受声名之累，她现在活得既骄傲又卑怯、既豪放又压抑。

在三亚南山寺，我们虔诚地拜佛、抽签。卫慧和伊萍各抽了四种签，把功名、钱财、婚姻、平安问了个遍，她们的功名都为"下下签"。卫慧顿时脸色大变，半天没说出话来，后来不断后悔说不该抽这个签。我还记得卫慧功名签的头两句"轰轰烈烈往京城，竹篮打水一场空"，后两句记不全，但记得大意是：你该有充分的心理准备，否则连回程的钱都没有了。伊萍也为自己的功名下下签惶恐不安。我虽然抽到功名上上签，却抽了个婚姻下下签，也是一副痛不欲生的神情。大概看我们三个人很可笑，伊萍的老领导成心捉弄我们，自称江湖高人为我们"看相"：卫慧呢，不会很有钱；伊萍嘛，适合当主妇；海蒂神经很坚强，绝对不会自杀。卫慧对于自己"不会很有钱"感到很失望，她不讳言自己很在乎有没有钱。其实，谁又能真正不在乎呢？只不过卫慧再一次展现了她的真性情而已。

"海蒂，你的头发不要中分，女人头发中分不吉祥，这是一个高人告诉我的，所以我现在改成边分了。"在送卫慧去机场的路上，她忽然小女人态地对我面授机宜，神态很可爱。几天相处下来，我们的交往渐入佳境，然而分别的时刻也到了。两人离别时，我感觉到她的确动了感情，而我鼻子酸酸的眼眶热热的，因为我知道，此一别很可能再难相见。我在心底里真诚地为她祝福：卫慧，前路珍重，永远幸福！

发表于《海南特区报》，人民网转载

巴顿

第一眼看见他，就舍不下了。

他很年轻，身形矫健，浑身洋溢着蓬勃朝气。他眼睛很小，很黑，也很忧伤。他惊恐而专注地看着我，眼里渐渐涌上泪水。虽然我早就听说他多愁善感，此刻还是方寸大乱。我眼睛迷蒙起来，摸摸他脑袋，叹口气，说，"走吧，巴顿。"

他眼睛倏忽一亮，浑身一激灵，迅捷蹦到门口。

一路上，他昂首挺胸神气活现地跑在我前面，每跑一段又回头等我，眼睛里满是兴奋又带点讨好。

一辆豪车在我们身旁紧急刹车，略显富态的中年男子推开车门走了下来，盯着他看一阵后，用夸张的声调喊道，"瞧他那张苦大仇深的脸！"

我忍不住哈哈大笑。他有些羞涩地看看我，撒娇地扯扯我的裙脚。他对自己的尊容有自知之明：生就一张苦瓜脸，额上的皱纹成群结队，整个一小老头。他知道人家说的是他。

跨进我刚装修一新的房子，他愣了一愣，小心翼翼地停住脚步，探头探脑，手足无措，眼神又满是惊恐不安。

"小沙，你就睡这儿。"我将一块从新疆买回的巴基斯坦小毛毯铺在客厅一角，吩咐道。

他久久地凝视着我，然后抓过我的手不断舔吻，不时发出一些含混不清的声音。他感激涕零。那时他才半岁多，却已饱经沧桑——几经转送逐出，受尽流离失所之苦，心理非常敏感脆弱。

可怜的小家伙。

小沙是一条血统纯正的沙皮狗，外形符合纯正沙皮狗"葫芦头、瓦筒嘴、蚬壳耳、沙皮纸、牙刷毛、辣椒尾"的一切特征，胸宽而深，四肢强健，机警温顺，极通人性。

见到黑黝黝憨乎乎的小沙，闺蜜忍不住大叫：从来没有见过这个样子的小狗！连一向对狗不感兴趣的父亲都赞叹：哎，这小家伙是有味道。

既然收养了他，我下决心要让他过上幸福生活。我郑重其事地负起了责任。我尽可能早下班多回家，以陪伴这小东西。我总是胡乱填饱肚子了事，却不厌其烦为他炖排骨。实在有事而晚归了，担心他饿得慌，回家前我赶紧上超市给他买价格最贵的火腿肠。他经常一顿就吃掉我好几天的伙食费，我有些心疼，却也心甘情愿。

说实在的，小沙又脏又臭。他吃得太好，老是上火，常结眼屎；因我给他洗澡不当，他不时感冒导致鼻炎，经常一溜黄鼻涕拖到嘴边；喜欢在草地里打滚，以致身上虱子不断；生殖器流脓，上宠物医院后居然检查出他患有尿道炎！他臭气熏天：那是一种无法形容的臭味，报社同事甚至说这是一种狐臭、狗屎臭和死老鼠臭味的混合气味，是天下第一臭。我每次外出都得偷偷摸摸，生怕被他察觉，但没有一次能成功逃脱。他时刻警惕地关注着我的一举一动，一见到我开启车门，立即箭一般射过来蹿入车里，不管我哀求还是打骂，他自岿然不动。无奈，但凡能带他出席的场合，我都把他领去。刚开始，朋友们一见他就掩鼻皱眉没好脸色，后来全都避之如躲瘟神。社会新闻部黄晨那小子，还特地写了篇关于女人养宠物狗的"社会调查"报道，假托他人之口含沙射影，责备我"只管自己任性，不顾他人感受"。

为了小沙，我众叛亲离，聚餐没我的份了，打牌没我的位了，结伴出去采访也没我的事了……

每天下班后，我急火火地回到家，拖着疲惫的身躯，开车穿过整个海口城，把小沙送往"宝贝医院"，让医生为他打针抹药。每次一上车，小沙就兴奋不已，趾高气扬地站在副驾驶座上，耀武扬威地向行人致意。第一次上省动物防疫中心，让医生给小沙看病时，我把他的肚脐眼当成了病灶，让医生治它"肚子上的瘤"，让医生和护士笑得前仰后合；后来，他们嘲笑小沙是"世界上最胖的沙皮狗"。的确，小沙被我喂养成土圆肥，沙皮狗的特征褶皱几乎荡然无存。

为了治好小沙这堆毛病，我一下花掉好几千元。这还不算，遵照医嘱，我还要给他买日本制造的"灭虱灵"，买德国出品的洗浴液，买美国生产的眼药水……

小沙健康了，减肥了，迅猛长成为帅气的大小伙子，英武阳刚，帅呆酷毙，好友秀云夸他大有巴顿将军神韵，自此得名"巴顿"。

哪个少年不钟情？巴顿春心荡漾了。

住宅小区管理处养了条小母狼狗小黑，从此开始不得安宁，只要一见到她，巴顿就强行非礼，小黑则拼命顽抗，巴顿从未得逞，急得我恨不能帮上他一把。巴顿垂头丧气，我于心不忍，到处为他征婚。终于，有一条小母沙皮狗喜欢上了巴顿……

巴顿有早起外出解手的习惯，而我却有赖床不起的毛病。他从来不敢打扰我，憋急了时，就蹑手蹑脚地在我卧室门口窥视，看我有没有醒来。我若不理会，他蔫头耷脑走开，绝不会越"雷池"半步。实在憋得受不了时，他便在客厅里团团乱转，最后昏厥倒地。如果上战场，巴顿绝对是忠诚的钢铁战士。

巴顿的忠诚，令我临表涕泣。我要去澳门出差前，正犯愁该把他托付给谁，前主人刘宇（刘宇养他一阵后送给李萍，李萍养他一阵后转送给我，刘宇李萍都是同事）说想他了要带回家去养几天，"放心吧，即使他赖着不肯走，我也保证会还给你的。"结果我还在澳门期间，刘宇就连连打电话催促我"赶紧回来！"回琼后，我还没到报社呢，刘宇早已领着巴顿在大门口等我。一见到我，巴顿飞扑过来，咬着我裤腿打转转，嘴里"呜呜呜呜"既哭又笑，活像受了委屈的孩子。刘宇比巴顿还委屈，讪讪地诉说这些天巴顿根本就不理他，放什么美味佳肴都不吃，绝食以明志，"你再不回来，他就要饿死了"，刘宇酸溜溜的忍不住骂一句，"对我竟然这样，这狗东西！"

可有时候，巴顿也让我气急败坏。有次我要出去办事，怎么都摆脱不了他，无奈之下，只好放弃开车，趁他不备，悄悄溜出去拦"的士"出逃。就在我打开车门的那一瞬间，巴顿如同神兵天降，"嗖"地蹿上了车，我和司机都傻了眼。各种威逼利诱的招数都失效后，我咬牙切齿连踢带踹硬把他赶下了车，用最快速度关上车门，一抬眼，发现巴顿挡在车前，神情委屈又倔强，而眼睛里满是哀求。我狠心叫司机"不管他，快跑！"汽车启动，巴顿绕到车后，追着出租车跑了几公里才绝望地驻足。

即便经常被这么粗暴对待，每天黄昏时分，巴顿 一定会静静地蹲在门外，忠实地守候着我的归来。他能分辨出我的脚步声。只要我一踏上小区花园的阶梯，远远地就能看见他竖起耳朵、屏住呼吸、全神贯注地紧盯着前方，当看清楚的确是我时，立刻撒蹄狂奔而来，神情和姿态犹如孩童奔向慈母。

　　一天早上，巴顿离家后再也没回来。他一定被不怀好意的人给俘获了。我找了一整天，哭了一星期，十多年过去了，至今想起他依然心痛。你现在过得怎么样啊，我的巴顿？但愿你已儿孙满堂。

发表于《岁月》

写作源于内心的召唤

文学对我来说，其意义正如一句印度经文所称颂的：你带领我从梦想到现实，从黑暗入光明。

有不少人对我说过，"海蒂，你原本可以走便捷热闹的名利路子，却选择了写作这么一条艰难寂寞之道，难得啊！"是的，我热爱艺术，曾兼当过市歌舞团舞蹈演员和省歌舞团节目主持人，出演过影视剧，在时装秀场上走过"猫步"……但对我而言，在一切的艺术魅力中，文学的魅力最强烈，最深刻，最隽永。

文学，让我魂牵梦萦，无法割舍；写作，源于内心的召唤，无关其他。

幸福，并非生活的全部意义；财富，更不是幸福的唯一保障。追求高尚的精神生活，追寻高洁的圣者灵魂，赋予生命以更高的价值，是我人生的终极目标。

我不敢说自己已远于世俗，但我尽可能远于喧嚣和热闹；我不敢视金钱如粪土，但奉行简单生活即幸福。欲求越少，痛苦也就越少，若要沉稳面对五光十色的俗世，内心世界就须宁静安详。现如今，无论外界如何"风动""幡动"，我也很难心动。

捧书之时，执笔之际，我的心灵才会感到真正的惬意。

我如饥似渴地读书——读政治书以养大气，读文学作品以养才气，读经、史、传以陶冶情操。只有大量地阅读，才能使作品集各家优长，铸一己风格。

蓄道德而能文章，是中国古代贤哲曾巩的思想，诚哉斯言！文学创作不能有人格的缺席。以心灵为载体的散文和报告文学，最能呈现出作者心境，最能体现出作者品格。

写作中我崇尚：宁有稚气，毋有滞气；宁有霸气，毋有市气。

杂文、随笔和报告文学，统称为"文学轻骑"。因为常被指派撰写海南岛上重大题材的深度报道，我的记者生涯从省报到省刊，作品从新闻通讯到报告文学。我深有体会：放下小知识分子的身段，融入民生，认识社会，才能写出文章的广度、深度、厚度和力度。而在为某出版社撰写长篇报告文学的过程中，我更加深刻地领会到，"报告文学是真实地记录时代风云的文学，是最富于时代精神的文学。"

时光无情，恍然间，我离开美丽海南岛竟已整整十年。"人的一生应该这样度过：当他回首往事的时候，他不会因为虚度年华而悔恨，也不会因为碌碌无为而羞愧"，保尔·柯察金这段名言，我年少时倒背如流，然而，回首来路，我更多的是因为虚度年华的悔恨和碌碌无为的羞愧。

聊以自慰的是，我对文学的热爱和追求始终不渝。

　　《去日留痕》自序（中国书籍出版社），发表于《文艺报》，中国作家网、中国学网转载

后记：世界就是这样长着的

三年前，有江湖高人预测我今年将鸿运当头。将信将疑。我从来就不是幸运儿，很少有意外之喜，一切从艰难困苦中来（当然这也让我心安理得），失去又总是多过得到。这样一个人，习惯接受磨难、挫折，不敢奢望奇迹、好运。

不料，开春三个月来，喜事真的接踵而至：我参与的首届"三毛散文奖"评选顺利收官，我主编的"名家 金散文"文丛吉祥如意，收录散文拙作的各种选本纷至沓来，《诗刊》发表诗作、《中华文学选刊》选载……

尤其是，正想出版散文集而又茫然不知所向时，古耜老师的电话就来了，说他受中国言实出版社委托，要选编一套女作家散文丛书，共计十人，问我愿不愿意参加。

愿意，当然愿意！怎么会不愿意？

对于我的受宠若惊，古耜老师颇感意外，有些惊讶地说，"我原以为，你出书太容易了……"

我只有苦笑。

一元复始，万象更新。我第一次深切体会到它的涵义。

迄今为止，我与古耜老师只见过一面，还是在别人组织的饭局上。他留给我的印象是：谦谦君子。认识古耜老师的朋友，全都赞同我的看法，他（她）们说，这四个字，是对他的最好写照。

与古耜老师结缘，却远在十二年前。那时，我刚换了工作和生活环境，事事都要从头开始，投稿亦然。在柳建伟同学恩师何启治先生（人民文学出版社原副总编、《中华文学选刊》创办者、《当代》原主编）指引下，我把散文投给《都市美文》，承蒙古耜主编不弃，很快发表。然后，一篇又一篇，一组又一组，拙文不断在《都市美文》亮相，有的获奖，多篇入选各种选本、选刊、年鉴和排行榜。

更让我感动的是，帮别的刊物组稿，古耜老师也会想到我，比如我在《红豆》发表作品，就是他牵的线搭的桥。最让我感动的是，他主编《幽默是水——中国作家幽默散文选》一书，收录我一组数篇小文，从样书中看到，该书选编的是百年来中国作家的幽默散文，其中不乏近代大师和现代大家，我这无名之辈，能够忝列其中已备感荣幸，并不在乎有没有稿费。不仅如此，我还与闺蜜一起请给我寄样书的责编喝咖啡以示感谢，可古耜老师再三要求这个责编"必须给每一个作者付稿费"。古耜老师，真君子啊。

"海蒂散文融才思才情为一体，尤其具女性少有的幽默才能，现在国内这样的女性作者很少见……"作为著名评论家、散文理论家，古耜老师这样的评价，让我无比汗颜，又多么地感激。

我为文，以李渔的高见、刘熙载的高蹈、林语堂的高论为旨归："能于浅处见才，方是文章高手""高韵、深情、坚质、浩气，缺一不可""文人稍有高见者，都看不起堆砌辞藻，都渐趋平淡，以平淡为文学最高境界，平淡而有奇思妙想足以运用之，便成天地间至文"。

虽不能至，心向往之。

我才疏，却志大；我奉法国诗人保罗 瓦雷里的话为金科玉律：我的文章，甘愿让一个读者读一千遍，而不愿让一千个读者只读一遍。

当代中国散文领域，各式各样的流派、主张、概念、口号层出不穷，乱花渐欲迷人眼；在我心目中，散文，只有好的和不好的之分。

潮流来来去去，文章品格永恒。

我缓缓地慢慢地写，耐心等待，任凭旁人名气劲升，不管他人大红大紫，我不急不躁，不慌不忙，小碎步朝前行时，静观花落笑看云起。

《圣经》曰：万物有时。《金刚经》云：得成于忍。

时间自有其意义。

人生旅途中，我要感恩的人有很多很多，文学道路上，除了古耜老师，金炳华、张炯、郦国义、李少君、王必胜、韩小蕙、邢增仪、张兰夫等诸位先生，都是无私帮助过我的良师益友，而我，对他（她）们连杯茶水都没奉过。

文学大家陈思和先生，作为上海首届"新都市小说"大赛评委会主任，对拙作的肯定和厚爱，使之最终能脱颖而出；著名影视导演车径行先生，曾为我第一本散文集写下精彩的评论，朋友从网上读到转发过来我才知道；青年编辑钟伟强，无论在珠海还是广州，无论当编辑还是主编，不仅一直主动要求发表我的作品，还到处委托各地编辑朋友帮助我。与他们三位，我毫无交道，从未谋面。

贵州省文联主席、鲁迅文学院首届高研班同学欧阳黔森，代贵州人民出版社组稿时诚恳邀请我写长篇小说；华文出版社副社长兼总编辑李红强，一再邀请我写世界名人传记；北京时代华语出版公司策划高人欧阳勇富，多次邀请我写长篇纪实散文……虽因种种原因，或被我婉拒，或无奈放弃，但点滴于心，未敢忘怀。

予我恩谊者，何其多也，恕我难以一一提及，感谢所有关心、鼓励、支持和帮助过我的人，终生铭记，永远感激。

我们注定要为一些人付出，而从另外一些人那儿受益——世界就是这样长着的。

"世界就是这样长着的"，是建伟同学最爱说的一句话。遇到了困境，他念着这句口头禅，坦然面对；遭受了不公，他念着这句口头禅，豁达处之。"世界就是这样长着的"，曾经听到我就不由发笑，想起就能万事看开。"世界就是这样长着的"，我灵光一闪，终于逮着了自己满意的标题。也感谢建伟同学。

我越来越讷于言，我但愿越来越敏于行。我要以恩人为榜样，我要尽己所能去帮助别人，更要用心尽力去体恤和扶助不幸者、失意者、弱势者，这是我报答恩人的最好方式。请允许我在这儿大言不惭地说一句：这些年，我的确努力在这样做。种什么因得什么果，因缘果报真实不虚。

人有善念天必佑之，以我们知晓或不知晓的方式，因为，"天"什么都看得见。请记住这句话吧：天下无完胜之局，上苍有不忍之心。所以，善良、善良再善良，一直善良下去，你终能守得云开，迟早得到福慧。